家行天下

瞿军 / 著

吉林文史出版社

图书在版编目（CIP）数据

家行天下 / 瞿军著 . -- 长春 : 吉林文史出版社，
2022.8

ISBN 978-7-5472-8712-5

Ⅰ.①家… Ⅱ.①瞿… Ⅲ.①随笔－作品集－中国－
当代 Ⅳ.① I267.1

中国版本图书馆 CIP 数据核字 (2022) 第 153391 号

JIA XING TIAN XIA

家行天下

出 版 人：张　强

著　　者：瞿　军

责任编辑：杨　卓

封面设计：道长矣

出版发行：吉林文史出版社

地　　址：长春市福祉大路 5788 号

印　　刷：天津和萱印刷有限公司

开　　本：787mm×1092mm　1/16

印　　张：18.625

字　　数：374 千字

版　　次：2022 年 8 月第 1 版

印　　次：2022 年 8 月第 1 次印刷

书　　号：ISBN 978-7-5472-8712-5

定　　价：68.00 元

前　言

关于旅行

旅行的意义是什么？相信每个人的答案都不一样。旅行是一项改变人类生活常态的活动。

从孩子三四岁开始，我们全家有了每年出游的习惯，当时的目的只是让自己休息一下，带孩子多看看外面的世界。一开始是利用周末的时间短途2~3天的出行，去过好多次日照海边，周边的古镇和名城也都走遍了。第一次长途自驾游是在孩子大姑父的陪同下，从贵阳到昆明。后来就逐渐开始了省外自驾，先后在安徽、湖南、江西、湖北、山西、河南、广西、广东、福建、浙江、陕西、甘肃、云南、青海等国内各地自驾，也曾和朋友一起在老挝、泰国自驾出游。这样，车子就成了移动的家，车轮滚滚，踏遍千山万水。

旅行是一个劳累筋骨的过程。我们总的自驾里程数超过了4万公里，去过42座高山，其中，登顶神农顶和徒步嵩山是较为艰辛的攀登过程；去过36个古镇，其中，皖南古村落是文化内涵较为厚重的；玉龙雪山最后一两百米的攀登让我们第一次体会到了高海拔的"含义"；在涠洲岛两次单日徒步20公里以上，真正体验了背包客的生活。上山的日子是多雨的，雨中登山，无疑又增加了艰辛程度。登山的过程是辛苦的，我们曾经在烈日下挥汗如雨，也曾在雨中瑟瑟发抖。

旅行是一个发现自然界美的过程。那些美景不仅能让人陶醉，还能净化人的心灵。十多年的游历，有很多画面驻留在自己的脑海里。印象较深的有青海湖、神农架、大九湖、涠洲岛、苏梅岛、泸沽湖、王莽岭、井冈山、阳朔、河西走廊、恩施大峡谷。那一片天、一片水、一座山、一片沙滩、一朵云、一片丹霞……总会不时敲打一下心灵。虽然山高水长，有好多地方余生难以再次到达，但有些地方还是要争取再去一趟的。

旅行是一个了解文化的过程。常言说，中华文化地下看陕西，地上看山西。秦始皇兵马俑、何家村唐代两陶瓮遗宝、杨家村西周青铜重器、佛光寺唐朝全木大殿、应县辽代木塔、浑源北魏悬空寺等都能给人带来强烈的文化震撼。国内有众多分量极重的博物馆，如陕西博物馆、南京博物院、宝鸡青铜器博物馆、兰州博物馆、景德镇陶瓷博物馆，历朝历代的珍品呈现在眼前，令人嗟叹。纸上得来终觉浅，只有真正面对时，你才会深刻理解那份文化，被其博物馆震撼并感动着。古城古镇让我们有机会去了解前人的生活，那里有家园本来的模样，我们或许能从中悟出未来家园的规划之道。

旅行是一个认识和体验别人生活的过程。俗话说"十里不同俗"，更何况相距甚远的地方！去一座城，了解一下当地的历史，考察一下当地的建筑风格、人文风俗、饮食特色总是令人饶有兴致。我们去一个地方，总喜欢买一两本介绍当地风土人情的书，想加深一下对那片土地的了解。我们去过千户苗寨、程阳八寨，这里的人们择山靠水而居，还保留了一份原始的纯真。我们也去过李家山、平遥古城、西递宏村、和顺古镇、凤凰古镇、青岩古镇、黄姚古镇、丹洲古城，它们至今还保留着历史深处的那份味道。

旅行是一个感受人类改造自然、创造文明的过程。古时候，人们就开始在山上铺设简单的道路直达山巅，后来有了可通汽车的盘山路和供游人观光的栈道，现代，有了高悬于峡谷之上的大桥、贯穿几十公里山体的隧道。这都是人类征服大山的作品，一代代人的努力让"天堑变通途"成为现实。雁门十八弯、神农架十回首、天门山九十九道拐、北盘江大桥、乌鞘岭隧道都是人类杰出的代表作。高山大河再也挡不住人类前进的脚步。梯田是人们征服大山的另一个方式，龙脊梯田、上堡梯田，前人向大山讨生活的壮举，给后人留下了宝贵的旅游资源和精神财富。秦朝时期的灵渠、南北朝萧梁时期的通济堰是人类改造河道、变患为利的代表作，在农耕社会，这是泽被后世的工程。

旅行是一个感受信仰力量的过程。悬空寺、梵净山金顶、武当南岩宫都让人叹为观止，在生产力极为落后的年代，建材的运输就是一项工程量巨大的工作。四大石窟以及更早的河西走廊上的那些石窟，在那样的年代完全是凭手工力量造就的看似不可能的工程。徽商大宅院、开平碉楼，还有分布在众多古城古镇里的宅院，都能道尽往事。

出发前认真做功课：浏览网友的游记，搜索有关资料，导航设计合理路线，网上预订好酒店。这几年来，科技让出行变得更为简便。而回来后，根据拍摄的图片写游记成了我的习惯，往往一篇游记要断断续续写上两三个月。整个游历过程在脑子里又回顾了一遍，这也是一种享受。图片只能定格瞬间，而文字则能记录曾经的生活和心灵的感悟。在不能出行的日子里，翻阅以前的游记也是一种快乐。

旅行也有益身心健康，换个空间，给大脑一个调节的时间，给身体一个锻炼的机会，这是一个修身、悦心、养性的过程。在路上，可以思考一些更为深刻的问题，所见所闻也能拓展自己的思路，有利于人生道路的优化。有人说：灵魂和肉体总得有一个在路上。灵魂在路上，那就是阅读和思考；肉体在路上，那就是出行。人人都渴望诗和远方，但必须先面对现实。辛苦工作是为了有更多的时间来做自己喜欢做的事情，调整后的身心可以高效地去工作。

在生活节奏越来越快的今天，找机会让自己慢下来是非常重要的一件事情，而旅游是一个不错的选择！

目 录

云贵行

此次旅行，在云、贵两省领略了青山绿水、激流飞瀑，亚热带风情、高寒之景；见识了品种众多的神奇植物、鬼斧神工的山峰溶洞；穿梭于多个少数民族之间，感受其丰富多彩的各族文化。

2012年8月9日　贵阳　温泉

这两天，台风"海葵"正肆虐江浙，夜里还听见窗外狂风暴雨大作。第二天，天空仍然飘着小雨，但台风已经出了江苏境内。天公有成人之美，去贵阳的航班准点起飞。

从贵阳这个名字不难看出当地人对于晴天的珍惜，在农耕社会，晴天的多少往往决定一个地区的经济水平。而在历史上，贵州长期是人们抱怨的"三无"地区——天无三日晴、地无三尺平、人无三分银。如今，气候条件的变化、旅游资源的开发、经济的发展早已让贵阳摆脱了"三无"的境地。阴雨连绵的天气已经成为历史，独特的地理环境使得贵州一年四季气候宜人，贵阳已成为国人争相前往的避暑胜地，导致"地无三尺平"的众多青山、峡谷已然成为吸引八方游客的亮点，这里遍布4A、5A级旅游景点，让许多外省人艳羡不已。

孩子的姑父老丁来接站，入住到之前曾住过的酒店。收拾妥当已是下午2点多，在附近随便吃了点小吃，其中凉拌辣粉和汤粉的味道相当不错。

贵阳的温泉资源非常丰富。温泉浴场里的每个池子具有不同的温度、深度。场内有假山、动物雕像、飞瀑等造型，周边是仿山建筑，使人宛若置身于天然环境之中。

躺在温泉水中，睁开眼，看一下天高云淡；闭上眼，思绪一片缥缈，只能感受到水的浮力。偷得浮生半日闲，管他春夏与秋冬。随着社会的发展以及科技的进步，现代人的工作生活益发忙碌，像这样闲适惬意的轻松时光特别难得。

泡了2个多小时的温泉，有点累也有点饿，于是老丁带我们到了一个特色餐厅去吃贵州名菜——酸汤鱼，上次来的第一餐也是这一家、这道菜。

这一天，大有昨日重现的感觉！

2012年8月10日　兴义 双乳峰

今天，我们开始了目的地为昆明的自驾游。桥梁是贵州高速公路极其重要的一部分，行驶中不时有一桥飞渡；隧道则省去了盘山公路翻山越岭之劳顿，大大缩短了通行距离和时间。谈笑间，汽车过了一个又一个峡谷，穿越了一条又一条隧道。眼前的青山转瞬已在身后，远处轮廓模糊的青山则越来越清晰。眼前青色止不住，轻车已过万重山！

途中经过的关索镇坝陵河大桥，在国内外的桥梁界都很有名气，建成当时，是"国内第一，世界第六"大跨度悬索桥。它建在一个大峡谷上面，跨度达1500多米，桥面距离峡谷最低点有370多米，远远望去，相当壮观。峡谷两边是高耸的青山，谷底有一条河流蜿蜒流过。景色很美！这座大桥上经常会举行国际跳伞活动，可以想象，从这座大桥上往下跳，完全置身于一个美丽的画面中，该是一种怎样的感觉？

途中，看到双乳峰的广告，网络上将其列为大自然的杰作之一，老丁决定带我们去看看。下了高速，乡村公路两边的农田里散落着喀斯特地形小山，像一个个美丽的盆景。

双乳峰坐落在贞丰县者相镇。进入景区，来到了第一个观景点，远处的景象真的让人非常震撼，其形象用鬼斧神工来形容一点儿都不为过。当地人对这两座山推崇备至，其名字体现了人类对母亲、对大地母亲的崇拜。与一路看到的喀斯特地形不同的是，这两座山的植被很好。来到山脚下，只见山上有溪流淌下来，我们也品尝了一下，溪水无比甘甜。溪流汇聚成一条小河，蜿蜒前行，哺育着生活在这片土地上的人。

出了景区，继续赶路。途中路过了全球第一高桥——北盘江大桥。它横卧于云贵交界的北盘江大峡谷之上，跨度1300多米，桥面距离谷底江面距离达565米，桥两端是刀切一般的千仞绝壁。在停车区远眺，大桥如同在云雾之间，若隐若现，往来车辆里的乘客都被这如同仙境般的感觉所震撼。

恶劣的地理环境，却造就了许多人类建筑的精品，让人嗟叹不已。一路上接连看到两座雄伟的大桥，既有"一桥飞架南北，天堑变通途"的震撼，也有"当惊世界殊"的感慨，现在，我们的国力真的是强大了。

兴义是县级市，也是黔西南自治州州府所在地。市区主干道非常漂亮，看上去一点儿不比沿海经济发达地区的县城差。准备吃晚餐时，当地朋友推荐了一家特色饭店。这家饭店门面看上去普通，但沿着不太宽的台阶上到二楼，眼前却一下子豁然开朗：仿佛来到了一个空中花园，多种花草树木散发着阵阵清香，餐桌就散布在这些花草树木之间，使人有一种融入自然的感觉。菜以狗肉为特色，有多种做法，火锅、红烧、椒盐。就着冰啤，我们品尝了一番。

饭后，一行人来到了兴义广场看景。这个广场很大，在沿海地区很难看到如此规模、如此方正的广场。广场上有3个舞场：交谊舞、民族舞和广场舞，各得其乐！新时代的百姓能够尽享太平盛世的欢愉！

2012年8月11日　兴义 马岭河峡谷、万峰林

早餐品尝了当地有名的特色小吃——杠子面，口感有点像方便面，但配料要讲究许多，是当地民众极为喜欢的一种早餐。

进入马岭河峡谷景区，首先穿过了一个花园地带，内有各种各样的亚热带植物，其中就有苏铁，导游说它很珍贵。下到谷底需要乘坐电梯，在下降的过程中，眼前的景色不断变化。电梯下降了100多米才到达谷底。回首看，电梯依悬崖而建，就像是嵌入山体一样。导游说这电梯的高度是国内此类电梯的第二位。

峡谷里奔流着碧绿色的河水，河里有许多形状各异的巨石。左右两侧悬崖上挂着的飞瀑在绿色背景衬托下显得格外洁白，像飘逸的白纱。抬头看，是狭长的天空，蓝天白云，一座高悬于天空的桥横跨峡谷两岸，应该是我们来兴义经过的。阳光很难完全射进峡谷，每天，谷底及悬崖上的植物只有少量的光照时间，但它们依然顽强地生长着。

过了一座小桥，沿着开凿于绝壁上的栈道前行，我们忽而拾级而上，忽而顺阶而下，忽而穿越山洞。穿越山洞时，有许多从山体中渗出的水滴溅到人的身上，冰凉冰凉的。感觉整个峡谷像一个艺术馆的画廊，举目远望，峡谷两岸悬挂着众多瀑布，几乎每隔二三百米就有一个瀑布，如同一条条白练在风中飘荡。今年的雨水比较丰沛，瀑布也就多了、大了。瀑布群汇入谷底成河，浩浩荡荡，奔涌向前。

悬崖上有小道可以供游人从谷底走到谷顶。考虑到攀爬困难，我们选择了一条近道，走了一条"O"形的路线，回到了乘坐电梯的地方。山间溪流汇聚而成的水潭上漂着几个西瓜，清凉的溪水加上碧绿的西瓜，使人的心里顿觉清凉。我们买了一个，切开，红瓤黑子，坐在凉亭里痛快地吃了起来，疲劳感顿时消失。

匆匆一游，我们看到的可能只是这个景区的局部之美。马岭河大峡谷被誉为"地球最美的疤痕"，若是临空俯瞰，或许更能领略它的风采。

万峰林，顾名思义，这里有许多山峰，如同树林。沿途有多个观景点，每到一处，我们便停车欣赏山色。放眼看去，近处是一个个独立的山峰，而远处在视觉上连成一片，绵延不绝，就像是由山峰组成的森林。正如古诗"横看成岭侧成峰，远近高低各不同"所描述的，果然不负国内五大著名峰林之一的美誉。

低头近看，有一个面积很大的平原，这在以梯田景色著称的贵州实属罕见。整个平原上只有少数几座山峰散落着，间或分布的几个村庄，有着典型的布依族建筑风格，建筑物很新、很整齐，彰显着乡村的幸福新生活。村落之间有水泥马路相连接，马路两边是一排排太阳能路灯。村落被农田包围，四周是绿色的青山，有绿水绕村落、穿农田，还有袅袅炊烟，整个画面让人感觉来到这里就不想离开。

2012年8月12日　罗平 九龙瀑布 石林

　　汽车在G324江召段上行驶了近2小时。路过九龙瀑布时，因十多年前老丁来过这里，觉得这里景色不错，便建议我们去看一下。于是。车子拐进一条不起眼的小道，顺着稀拉而不显眼的指示牌来到了景区门口，没想到，这个景区居然是国家4A级景观！

　　耳边一直响着瀑布的轰鸣声，却见不到其身影，给人一种神秘感。景区里游客不多，可以从容地徜徉。经过一座坝桥，桥的左边是一片比较大的水面。过了桥，沿着水边的小路前行，非常凉爽。路边竹林茂盛，竹子种类也很多。那些巨大的竹笋很是吸引人的眼球，有的甚至比一个成人都要高，直径有30多厘米。

　　终于，壮美的瀑布出现在眼前！整个瀑布呈三级，最上面一级落差最大，水势最猛，下面两级逐渐变宽，落差逐渐变小。整个瀑布群以两座相对的青山为背景，恰似飘落在绿色山林间的巨幅白练，随风而动。

　　继续上行，来到最上一级的神龙瀑。靠近了才感觉到这个瀑布的壮观，顺势倾泻而下的水流与山石撞击而飞溅。由于蒸发作用，形成了巨大的水雾，更增加了瀑布的朦胧感。水流下落形成的巨大轰鸣声，片刻不息。

　　在返回的路上，我们再次途经来时就看到的那一大片红菊花种植地，只见漫山遍野，很是壮观，便忍不住停车下去和它们合了个影。

　　2小时车程后，到达了蜚声海内外的风景名胜点——石林。门票好贵，175元/人，另收电瓶车票25元/人。电瓶车几乎风驰电掣，那些奇异之石从我们眼前匆匆掠过，看景的感觉如囫囵吞枣一般，可能这就是旅游经济所需要达到的效率吧！直到来到一个叫小石林的景点，我们才有了下车自由活动的机会，才得以好好地端详这些奇石。这些岩石几乎独立而生，每个造型都不太一样，但它们有一个共同的特征——每块石头都有几道水平"切割线"，像是人力所为。有水的地方，这些石头显得更美。在小石林里悠闲地逛了一会儿，和石头有了一个亲密接触的机会，并且拍照留念。

与石林匆匆作别，晚上赶到了昆明。

2012年8月13日　宜良　九乡

来的路上，就看到了"不到九乡，枉来云南"的广告语，但总觉得有点夸大其词。听人讲，这里有属于溶洞性质的景点，因为在贵州看过"龙宫"溶洞，所以觉得可能不会再有什么惊喜。

车行驶在山区公路上，感觉一直在攀高、在盘旋，中间经过的一个深"V"形地段，很像滑板赛道的设计。回首来时的路，已经在山下很低的地方了。

在景区门口的饭店简单用餐，但却有惊人发现。饭店门口摆着许多蜂窝，蜂窝里有一个个白白胖胖的小东西在蠕动，听别人说这是蜂蛹，云南人敢吃，其粗犷、豪放可见一斑。这时，天公不作美，下起了大雨，不过听当地人讲，这边的雨多是下一阵子，很快会停。果然如此，没一会儿，雨停了。

进入景区，坐电梯下到溶洞的入口，这个电梯和马岭河那个电梯差不多，但是据说是国内首座。入口是沿着一条激流修的，抬头仍能见到天空。过了横卧在河流上的一座小石桥，算是完全进入了溶洞，这时河流已经不见踪影，成了暗河，只是水流声依然可闻。

顺着这条通道往里走，越来越开阔，沿途看到了千姿百态的钟乳石。不久，来到了一个巨大的洞府，有不少人在里面休息。天然的平台将洞府分割成几个展示厅，展示了当地的各种石料、文化和考古发现，更有直径达几十厘米的野灵芝王。钟乳石厅里有各种形态的钟乳石，像是一个专题展览。在灯光的氤氲下，这些钟乳石更显梦幻。联想到钟乳石漫长的形成历史，这些大自然的艺术杰作曾经埋没于此千百万年，不禁令人感慨万千。

走上台阶，有一片露天广场。这时天已放晴，各种植物在阳光下显得更加青翠，雨滴顺着树叶往下滴。广场的另一侧还有一个洞口，两个洞通过一个露天场所相衔接，如同二龙戏珠，这就避免了人长时间待在洞里可能产生枯燥感。由此可见，大自然是个不错的设计师！

沿阶下行，又见到了那条河流，其依然那么湍急。两个洞之间有点落差，河水在第二个洞的入口处形成了一大一小两个瀑布，当地人称为雌雄双瀑。往前走，眼前又出现了一个奇观：从地面向上生长的钟乳石和从洞顶往下生长的钟乳石相连接了，据说像这种情形要千百万年才能实现，于是现代人给它取了一个非常浪漫的名字——千年之吻。

洞里居然有天然的梯田，当地人称之为神田。在贵州曾见到过许多美丽的梯田，而洞里的梯田则是第一次见，这些梯田让人有了匪夷所思之感，难道老天爷也担心当地人的地不够种，在洞里给准备了足够多的田地？洞壁渗透出来的水汇聚成涓涓小溪流，从上往下流入梯田，在灯光的映照下，梯田像由多面造型各异的镜子组成。

出洞前的最后几百级台阶对人的体力是一种挑战，那些不胜体力的人倒是促进了一个行业的传承——滑竿。不过，那些大块头的胖子也真够那些轿夫喝一壶的。

坐在下山的缆车上往下望，只见郁郁葱葱一篇，根本看不出来哪里是我们刚才游过的神仙洞府。忽然，我们发现了隐藏在绿色山林里二龙所戏的那颗"珠"，禁不住一阵惊喜。

九乡既有普通溶洞所具有的造型各异的奇石，又具有激流、飞瀑、梯田，这是其他溶洞难以与其媲美的。云南的风景名胜众多，而九乡有其独到之处。

回程时，我们选择的是一条老路，便有机会看到了穿行于大山之间的铁路，好多地方是半山腰凿绝壁而成，火车俨然行驶在一条空中走廊上。那些年，这条深山里的铁路是西南地区的交通动脉。

傍晚，从昆明飞往西双版纳。

飞行1小时后，来到了西双版纳。邻居李总接机后直接带我们来到了澜沧江边的一个饭店。我们坐在一个亭子里，而那亭子的天花板上潜伏着许多蚊虫杀手——壁虎。眺望着江面上的点点星火——城市灯光的倒影，享受着美食和凉风。快哉！

这里的海拔比昆明要低约1500米，气候比昆明略显闷热。

2012年8月14日　西双版纳 勐腊植物园 傣族园 演艺厅

在一个布依族小导游的带领下，我们开始了植物园之旅。植物园坐落在一个形似葫芦的岛上。导游说这里是"中国最大、保存物种最多的植物园"。

首先来到了国花园，有些看似不起眼的花居然被称为国花。经过导游的介绍，我们才觉得不能"以貌取花"，花也有内涵，更与一些民族有着千丝万缕的联系。我们首次看到了曼陀罗，整朵花看上去很优雅大气，色彩以白和绿为主，整体呈一个长长的喇叭状，静静地下垂，虽已处于花期的后期，但风韵犹存。我们还见识了一种没有花蕊的花，俗称没心没肺花，花型和色彩都很好，却落下如此恶名，很为其鸣不平。

名人植树园里有许多名人亲手种植的树，令我印象深刻的是龙血树——见血封喉的箭毒木，这种树木能用来提取中药血竭。在蔡希陶教授的带领下，科研团队完成了对这种树木的栽培，结束了血竭依赖进口的历史。这里成了一代科学工作者实现梦想的乐土。巨大的榕树郁郁葱葱，给人的感觉就是"大树底下能乘凉"；百年的铁树王彻底颠覆了盆栽铁树所代表的铁树形象。

在这个植物的世界里，我们看到了三种现象——板根、绞杀和藤缠树。

板根是热带雨林常见的现象，树根往一个或多个方向生长而成为三角形，使得树木加强了与土壤的结合力，极大地增强了树木的抗风能力，为其长高提供了保障，而长高意味着能获得更多的阳光和雨露。

绞杀则显得有点违背人类的道德精神，有句话说：当一颗榕树的种子落到一棵树上，这棵树就注定了要被绞杀，不管目前这棵树有多么高大。虽然这听起来有点悲伤，但这就是自然界的法则——适者生存。榕树发达的根系决定了其在这场竞争中的胜利，其依靠寄主生根发芽，全然不顾"养育之恩"，只一味侵蚀寄主的机体，疯狂掠夺寄主的水分和养分，并最终将寄主逼死。

与绞杀相反的是藤缠树，给人的感觉是二者之间有着千丝万缕的联系，互相依存、难舍难分、温馨缠绵，符合人们对爱情的美好愿望。当地也有歌曲来赞美藤缠树的。

热带花卉园里有大片大片的热带花卉，五颜六色，品种繁多。这些花有良好的生长环境和园丁周到的护理，长得艳丽妖娆。

最后一个小园子里有许多特殊的植物，比如随着歌声开合叶子的跳舞草，轻轻触摸就蜷缩的含羞草，越老颜色越鲜艳的老来俏，貌似炮仗、显得极为喜庆的炮仗花，造型优雅的凤尾蕉，婀娜多姿的凤尾竹……

在一个水塘边，热带的风情更加明显：倒映在水中的高大挺拔的椰子树、漂浮在水面上的巨大的王莲、徜徉在碧波中的锦鲤、自由生长的绿色水草……画面美极了！

植物园是植物的天堂，也是一本鲜活的植物百科全书。

西双版纳位于傣族自治州，要想了解傣族文化风情，就必须去位于景洪勐罕镇的傣族园。进入园子，首先映入眼帘的是具有傣族特色的雕塑：大象造型的雕塑，憨态可掬；傣女造型的雕塑，袅娜多姿。

泼水节是傣族的重要节日之一，远道而来的游客自然也要体验一把恣意泼水的畅快。坐在广场一侧的二楼往下看，许多游客已经换上了傣族服装，手里拿着盆，等待活动的开始。终于，骑着大象的主持人和盛装的傣女队伍出场，绕场一周宣布活动开始。首先由头人主持典礼开始，盛装傣女手里拿着光亮的银盆，围绕在水池四周。头人和盛装傣女退场后，泼水活动正式开始。此时，早已按捺不住激情的人们拿起手中的小盆尽情地把水泼向身边认识的或不认识的人。水珠在阳光的照耀下显得晶莹剔透，空中布满了快乐跳跃的水珠，部分水珠落下来，更多的水珠飞起来，让人感觉到生命的生生不息。人们已经完全抛弃了平时的拘谨，在主持人的指挥下，摆开各种阵势，泼出的水也就有了不同的造型。煞是神奇！

剧场里的表演通过服饰、舞蹈、生产和生活展示，向游客们介绍傣族的历史和文化。傣女们衣着华丽，民族特色非常明显。我有点怀疑现在的服装风貌是不是它原本的样子，总感觉有点艺术化了。傣女们舞姿婀娜，给人一种柔美之感，用"风摆柳"来形容傣女的袅娜倒是非常贴切。崇尚水的傣族无意中给自己的女儿带来了水的柔美。傣女的美除了天生丽质外，还透露着一种质朴。

晚饭后，在曼听公园观看大型文艺演出——澜沧江·湄公河之夜。啜饮着冰爽的果汁，享受着自然的凉风，观看着精彩的演出，之于我还是平生第一次。

湄公河流经中国、老挝、缅甸、泰国、柬埔寨和越南等6个国家。演出的第一部分展示了一衣带水的6国服饰、舞蹈。西双版纳是一个少数民族聚居的地方，傣族、布朗族、基诺族、哈尼族、瑶族是当地主要的少数民族。第二部分则是通过典型的服饰和舞蹈来展示这些民族的特征。第三部分是通过互动的方式来展示当地的恋爱和婚俗文化，主持人调侃的语言以及观众的热情参与，使得晚会气氛轻松、欢乐。整台晚会，表演者衣着艳丽光鲜，歌舞具有浓郁的民族特色，舞台灯光如梦如幻。用文艺的形式展示地方文化已成为云南旅游的一个鲜明特色，确实做得不错！

演出结束后，手捧河灯的人们排成一个长长的队伍，宛如一条游动的巨龙。在河边，人们把河灯小心地放在河面上，漂浮的河灯在水中形成倒影，把水面打扮得非常美丽。红彤彤的河灯簇拥在一起，随着水流往远方漂去，在黑夜的背景下，如同星星之火。跃动的火苗不正是生命的象征吗？

篝火晚会广场，人们手拉手围成内外几个圈，在以煽情为能事的主持人指挥和当地少数民族舞蹈演员的带领下，大家伴着欢快的节奏，尽情地跳着、唱着、嗨着……

2012年8月15日　热带雨林

热带雨林离城市不远，开车一会儿就到了。

进入雨林，天下起了雨。这里有个哈尼族寨子，进入必须经过一座悬索桥。只见桥面铺着铁板，栏杆漆成了绿色，与环境很协调，桥下有小溪流过。站在桥上张望，整个背景是翠绿的大山，树木随风摇摆。

吊脚楼里，身着哈尼族服饰的少男少女们且歌且舞，歌声穿透力很强，舞姿很古朴。比之汉族少数民族对于本民族的历史记忆和文化传承好像做得更好，历史和民族文化通过歌舞的形式得以表达和传承。这种方式虽古老，但真实。

离开寨子，来到猴岛，这里有成群的猕猴。猕猴的体形非常小，它们在这里快乐地玩耍，穿梭于树丛之间，动作异常敏捷。这里是它们的乐园！

沿着一条便道往雨林深处走去，路两边全是参天古树，有的树龄已经达千年。之所以高大，都是竞争的结果，在这片空间里，要想获得更多的阳光雨露，就必须不断生长。此时，游人较少，雨林里很安静，山涧流水声清清楚楚。轻风、古木、清泉，让人融入自然中。王维描述的"空山新雨后……清泉石上流"可能就是我们眼前所见吧！

一棵高大的古树上挂了一个吊篮，绳子约有20米长，供游人荡秋千。在雨林里荡秋千，让人体验一下穿梭于原始森林的感觉，是一个很好的创意，就是有点苦了那棵古树。

再往前走，我们踏上了一条用竹篾片依山而建的简易栈道，两边是竹子做的栏杆，踩上去松软而富有弹性。这是一条奇特的景区路，应是出于保护雨林的生态环境考虑，匠心独运！此时雨已停，在透进来的阳光照射下，树叶显得更绿了。路上，我们多次遇到像凤尾一样的树根，甚感稀奇；还有一条横挂于路上方的巨大扁担藤，虽貌不惊人，但它却是热带雨林里可以救命的树种之一，割开它，人们可以直接饮用它的汁液。

路的尽头是一个泼水广场，规模比傣族园的小了许多，泼水广场旁有一个舞台，正在上演充满民族特色的歌舞。到云南以来，我们已看过多场歌舞表演，有点习惯了，也有点喜欢了。我们围坐在一个小桌子边，喝点饮料，稍事休息，顺便欣赏一下。

来到孔雀放飞点，阳光很厉害，只有躲在树荫下才能避免烈日的暴晒。我们耐心等待了20分钟，终于看到了对面山上的树林里有孔雀飞了过来，有两个放飞点，一只接着一只，呈一个倒八字展现在游客面前，孔雀飞过湖泊，来到了岸边一块平地上，这里有它们的食物。上百只孔雀相继飞过来的场面也是壮观的！

离开热带雨林，我们来到了家具小镇。这里的家具以当地和周边国家的古木为材料，直径1米以上的大树被切割成大约20厘米厚的板材，抛光上清漆后直接作为桌面，边角并不做任何特殊加工，基本保持树木固有的特征，长在3~8米间。巨大的树根则被加工成茶桌，成为爱茶人士追逐的新宠。眼前一下子呈现这么多如此霸气的桌子，我被震撼到了。

次日早上，我们离开，带着一份眷恋，那是对傣女袅娜的舞姿和葫芦丝演绎的缠绵曲调交织在一起的热带风情的眷恋。

2012年8月16日　丽江 古城

经过一小时的飞行，我们来到了丽江。这里海拔达到了3000米，从热带雨林一下子来到高寒地区，有点穿越的感觉。从机场打的来到了预订好的虎跳峡宾馆，它对外称三星级，但是环境、卫生和服务实在不敢恭维。

跟随全国各地慕名而来的游客形成的人流，我们进入了古城。入口处有两个转动的水车，可见水是这里的一个特色。而古城的布局确实和河流有紧密的联系，一条河分流成几条支流，临河有青石板铺成的街道。随便走进了一条巷道，巷道显得幽深、古朴，有阳光洒入，正应了一个名字——"一米阳光"。河水一路流向远方，河边种植着垂柳，如同江南水乡的景致。路两边遍布商铺和酒吧，酒吧的风格秉承了沿海地区的文化情调，这可能是对文化的整体移植吧。酒吧里传出地方特色的音乐，反映的正是人在丽江的一种生活情调。

主街道由多个垂直的小巷子连接起来，游客可以自由穿越，街道随着地势而高低起伏。街边还有许多小客栈，这些客栈基本上由一个个院落改造而成，一个很小的门脸，却有一个意境十足的招牌。沿阶走下去，小门面里藏着小天地，一个小院，二层楼结构，几个标间，一楼的窗外就是小河，透过垂柳的绿丝就是街道。窗内、窗外两个世界，夜静的时候，必有听水的效果。这里卫生状况还挺好，比"虎跳峡"干净多了！

逛到一个小广场，以此为中心辐射状分布着许多街道。广场上，纳西族的群众正在唱歌跳舞。沿一条街道继续前行，人流越发显得拥挤，路两边陈列着云南名小吃。其中，一家烹饪各种昆虫的小吃店前好多人驻足，围观者的脸上都呈现出诧异而又好奇的神情。

出了古城的南门，感觉意犹未尽，于是再次进入古城，选择了另外一条街道往前逛。逛着逛着，我们走进了一家酒吧，叫了一壶茶，静静地坐在一张靠窗的桌子周围。酒吧里只有我们几个人，很安静。以前，看到有些文章里提到在丽江古城里晒太阳、看书、发呆，难以理解这是怎样的感觉。现在走进古城的街巷，真的感觉静坐、发呆是件美事！让人没有了现代社会的繁忙，没有了尘世间功名的驱使。坐在一个光线不太强的空间里，你像一个时代的局外人，在观看流水落花和各色行人，一下子超脱了不少。古城吸引人的地方可能正在于此。倘若到了晚上，灯红酒绿、高朋满座的酒吧还能给人这样的感觉吗？

马路上，时而有纳西族人骑着马从略显拥挤的街道上走过，叮当叮当的铃铛声提醒人们这里曾经是茶马古道的要冲，给人带来一丝久远的记忆。

晚饭后，我们又来到了古城，想看看夜色下的古城是怎样一种景象。果然与白天不一样了，现代灯光艺术把古城打扮得更加梦幻，烟霭像薄雾一样让古城显得有点儿朦胧，流动着的人群时刻都在进行着光影的变换。另外，空气有点凉！

2012年8月17日　丽江 玉龙雪山

来丽江，玉龙雪山是必须去的。一路上，导游介绍了有关纳西族和雪山的传说，一再告诫我们上山后一定要行动缓慢，防止出现高原反应。目的地越来越近，雪山的峰顶在云雾间时隐时现，越发显得神秘。

行程安排是先去看实景演出，整个舞台是立体的，以雪山主峰为背景，以朱砂红为主色调。

　　看完演出，租了羽绒服，买了氧气瓶。索道一路高升到海拔4506米，俯瞰可见到一些稀稀拉拉的高寒地带植物，越高，植被也就越少得可怜，满眼是嶙峋的巨石和成片的石砾。可以想象建造这个索道的难度，而正是有了这个索道，让许多人才有机会一睹雪山的芳容。在索道的尽头已经可以看到雪山的概貌了，但还不是较佳的地点，要想看得真切，必须沿着栈道走到海拔4680米的观景台。

　　轻装上阵还得放慢速度，不时吸点氧，调整一下呼吸。高原的空气显得稀薄，看景物感觉特别透彻且有点虚幻。这个栈道是水平道和梯道交替的结构，逐渐攀升。在栈道上举目四望，景色各异。灰色和白色岩石交错，据说白色岩石就是冰川的遗迹，给人一种强烈的苍凉感。变幻多端的云彩改变着山峰的模样，云遮雾罩的景象给玉龙雪山增添了一些神秘色彩，孱弱的植物和觅食的小鸟显示着生命的痕迹。栈道上三五成群地散落着好多游客，红色羽绒服形成一条红色的河流，与白色的冰川形成强烈对比。

　　一下子来到这个高度，身体难以适应，比在平原上行走5公里要累许多。终于，我们来到了栈道的终点。这里有一个平台，凭栏环视四周的山峰，自己仿佛成了一个淡看风云变幻的人，心境一下子平静了许多。而雪山的主峰就矗立在眼前，顶端依然在云间，有没有雪难以判断。

登玉龙雪山，看美景是一方面，自我挑战也是重要的一方面。人生有许多高度需要跨越，也有许多困难需要克服。雄关漫道真如铁，而今迈步从头越！这种气概是攀登人生高峰所必需的。

回到宾馆，我们查询了机票、火车票，已经全无，有这几天都离不开丽江的可能。于是当即下定了决心：必须尽快离开丽江！明天包车去大理。

2012年8月18日　大理 洱海

一早，在宾馆门口叫了一辆出租车，谈好价钱，直奔大理而去。大理是一个我神交已久的名字，大理段氏、苍山洱海、蝴蝶泉、五朵金花等是小说、音乐和影视里经常提到的元素。

车在山路上行驶，开着车窗，吹着山风，倒也凉爽。出租车师傅为了跑长途而专门充的氟利昂没派上用场。路边除了村落，基本上没有其他建筑，空气很好，能见度高。路边有许多饭店，有点像十多年前104国道两旁的情景。在路边的小饭店点了几个菜吃了午餐，其中有一种鱼，皮很厚，肉比较嫩，据说是洱海鱼。吃到了洱海鱼，看来是离洱海不远了。

饭后，人有点犯困，迷迷糊糊间进入了大理城。左手是洱海，右手是苍山。蓝色的海，青色的山，白色的云。路边是白族的民居，白墙黑瓦，白墙上画有颜色鲜艳的精美图案，颜色以蓝色和青色为主。

接着我们直接来到了预订的酒店。放下行李，来不及休息，打车来到了洱海边。

洱海很大，一眼望不到边。上了船，船往洱海中心驶去。在船上看大理城更为清楚，只见整个城市呈狭长状，坐落在洱海之滨、苍山脚下，真正的山水之间。建筑少有高楼大厦，建筑外观颜色以浅色调为主，与周边的自然色调很协调。在船上看水，水很平静，碧绿清澈，水面上不时掠过几只白色的水鸟；在船上看山，山势起伏连绵，植被很好，为城市提供了一个巨大的绿色背景，山顶有云雾缭绕。随着船的移动，山的形状也跟着变化；随着时间的推移，山顶的云雾也在变幻。站在船头，迎面吹来海风，有点凉。悄然间，天色暗了许多，并飘起了丝丝细雨，有点冷。此时，远处的青山显得朦胧起来，水天交接处渐渐模糊了。

"情侣岛"确实是情侣度假的好地方，给人一种"面朝大海，春暖花开"的感觉。天镜阁就位于这个小岛上，上到天镜阁顶层，可以从4个方位看洱海，海光山色一览无余。此时，天放晴了，远处的山越发有点"淡墨轻描远黛痕"的韵味！洱海显得更妩媚了，洱海的水也越发显得美了，"秋水共长天一色"的意境跃然眼前。

纵观四周，洱海就像是嵌在这片土地上的一颗巨大蓝宝石！四周有青山环绕，有的山还伸入了洱海，形成了半岛形状，海中间有绿岛点缀。

转了一圈，回到码头，见有栈桥伸入洱海，便信步走到尽头，让身心完全融入这绝佳的山水中！

返程快到岸边时，下起了瓢泼大雨。如船老大所言，雨来得急，去得也快。上了岸，雨果然就变小了。

宾馆里有许多关于旅游方面的刊物，躺在床上翻了翻，感叹云南的旅游资源真是丰富。宾馆里有赠送的水果，晚上9点钟还赠送了2杯热腾腾的牛奶，让旅客感觉到家一般的温暖。

2012年8月19日　大理 张家花园 苍山 大理古城

包车一天只要200元！出租车师傅推荐了一条旅游路线——张家花园、苍山、大理古城，结合昨晚做的功课，我们没有把蝴蝶泉、崇圣寺作为重点。

因为我们去过江南园林、徽商大宅院，所以一开始对于张家花园并不是特别上心。进入景点，首先来到一个戏院，看白族歌舞表演，几朵金花又唱又跳。在欣赏歌舞的过程中，我们还品尝了当地的特色饮品——三道茶。

出了戏院，我们就跟在一个年长的导游后面，如此大年龄的导游，在其他地方还真少见，他自称杨老师，解说词充满了文化色彩。

这里有2个四合院、1个迎宾馆。与多数汉族人建房以南北向为主不同的是，白族的建筑基本是东西向，杨老师称之为"抱着太阳，背着月亮"。这里的四合院两层布局，在4个角上有飞檐的角楼。与别处园林相比，这里的色彩非常丰富，墙有白色的，也有青砖本色的。白墙上有各种壁画，颜色五彩缤纷，讲述着大理的历史和白族的民俗；青砖墙上会有白色的宽线条并点缀多彩的图案造型；屋脊图案颜色是以蓝色和青色为主色调，底色则是白色的；漆黑的柱子上挂着红色的楹联；黄杨木栏杆尽显木雕的技艺；院子里和走廊上到处是绿色的植物，盛开着或黄或红的花儿。

院子里有多种名贵的杜鹃和茶花，其中一种叫作"恨天高"的茶花，虽矮小，却是珍贵的品种。

走进迎宾馆，风格一下发生很大变化，很现代！喷泉、罗马柱、麻花柱、铸铁栏杆、玻璃顶，充满异国情调。地面镶金线，走银边，墙壁上挂着银画。一整面墙上画着大理国主接待使者的场景，据说是按原图比例放大的（原画收藏在台北故宫博物院），展现了大理古国曾经的辉煌，也难怪有那么多的异域元素。

处于地下的"弓正库银"原本是金库，现在却成了一个专卖金银首饰、工艺品的场所，但整体还算协调。

整个园林设计施工均根据史书资料记载，旨在展现大理古国的历史文化。个人感觉设计思路和建筑的精细程度还是很不错的，各种建筑技术搭配完美，木雕、砖雕、石雕等技艺融合得很好，值得一看。

到了苍山景区，小雨还在下。我们上了缆车，一路高升，直面洱海。此时的洱海已经被云雾所笼罩，朦朦胧胧的。看近景，我们仿佛是在绿色的海洋上穿行，但时不时看到顺势而下的溪流所激起的雪白浪花。山间有一团团的云雾在缭绕。

下了缆车，雨势不仅没有像预期的那样变小，反而更大了。这里的海拔有近4000米，阵阵山风吹过，凉意不断袭来。稍等了一会儿，眼见天晴不了，我们便租了羽绒服和雨披，打起雨伞，毅然走进风雨中。整个景区只有一条用木塑建造的栈道，栈道两边是大片的杜鹃树，有的树龄达百年甚至数百年，从粗壮的树干能看出它们经历的沧桑。据说每年的三、四月，满山遍野的杜鹃花盛开，蝴蝶和蜜蜂穿梭于花间，景象甚是壮观。栈道上的观景台本来可以看苍山的美景，奈何雨雾太重，苍山仿佛隐身了。不一会儿，鞋子和裤腿都湿透了，冰凉冰凉的。旅行瞬间切换成了挑战恶劣天气的极限运动，大家小心地沿着栈道向前走，这样的海拔高度，我们也不敢走得太快。

顶风冒雨，我们来到一个叫作饮马潭的地方，就是一汪水，据说忽必烈攻打大理国时曾翻越苍山偷袭，越过了山顶后曾在此饮马。站在接近苍山之巅的地方，伴着凄风冷雨，有点壮怀激烈的感觉。游人不多，整个山顶显得很空旷，幸好视野不是很开阔，否则这种孤寂感会更强。如果是晴天，看到的苍山洱海的景象必然不同。

返程途中发现，来时看到的小溪流已经变成水流湍急的小河了。

在下山的缆车上，我和宝宝合拍了几张大头照，突然发现，自己一下子黑了许多，宝宝已经比我白了。这算是见识了紫外线的威力，也对防晒霜的作用有了新的认识。

怀着遗憾下了山，且发现天居然放晴了，穿着短袖还有点热呢。这正是苍山"一天分四季，山上山下不同天"的写照。苍山一下子又出现在我们的眼前，沐浴之后的苍山，通体翠绿，葱郁葱茏。白色的云雾绕着翠绿的山峰随风飘逸，画面的颜色特别清新、明丽。

去大理古城的路上，我们顺便去了趟大理石博物馆，所见所闻令人震惊，好多岩石经简单的切片就成了绝美的山水画，妙手丹青的杰作也不过如此，难怪云南有"石头当画卖"的说法。这里还有各种玉石雕成的工艺品，有时岩石和玉石的界限很难判定。徜徉在这些艺术品中，我感觉到一种视觉上的享受，但那标价也着实让人感受到了刺激。

从北门进入古城，只见街道呈网状结构，经纬各有几条平行的街道。这里没有过度开发，基本是旧式的平房，有的房顶上长满了草。主街道一侧有一条河流，岸边栽着垂柳。30年前的邮局、新华书店……让怀旧的人眼睛一亮。

与这条主街垂直的洋人街的风格和丽江有点像了，路两边遍布酒吧。此时，天上又下起了雨，我们便选择在一家酒吧凉棚下避雨。

来到南城门，城楼有点帝都大门的味道，彰显了大理古城的风貌。

晚上，我们找了当地一家老字号店品尝正宗的过桥米线；但米线吃起来的味道远不如昔。

第二天一早，我们乘飞机离开了大理。虽短短两天，但大理留给我们很深的印象，明代文人杨升庵的名句"山则苍茏叠翠，海则半月掩蓝"确实道出了苍山洱海的神韵。这片神奇的土地上有"风花雪月"的景色，也有风花雪月的故事。

湘黔游

古人将行千里路和读万卷书相提并论是有其道理的，一个是身体的远行，一个是思想的远行。人如果长期待在一个固定的生活环境里，会出现僵化，心情也会感到压抑，而旅游和读书是调节我们生活的两种重要方式。旅行是一个身心放松的过程，一个健壮体魄的过程，一个收获知识的过程，一个感悟人生的过程。

湖南是我一直向往的省份。杨度有言："若道中华国果亡，除非湖南人尽死。"回看历史，诚不虚言！出于对那些杰出人物的景仰，我总想去探究一下这块神秘的土地。

加之我们虽然游玩了好几趟贵州，但黔东地区未曾涉足，久闻梵净山、镇远盛名，于是设计了从湘西到黔东这条旅游路线。

2013年8月19日　张家界　天门山和金鞭溪

到达天门山，买了索道票，开始体验中国式旅游的特征之一——排队。经过近30分钟的等待，终于坐上了缆车，开始"一路高升"。

缆车里的音响播放着歌曲，苍茫的声音烘托出了天门山神秘的色彩。这条索道有7400多米长，落差达1200米，每小时能运输1000人，是我乘过最长的索道了。坐在缆车上，往下看，万丈深渊，不觉有点心慌；抬头看，映入眼帘的是奇峰怪石，感觉很震撼。山体不大而光秃，但嵯峨高峻、凌空独尊。山顶相对平缓，植被甚好。

下了缆车，沿着一条封闭的过道往观景台进发。过道两侧贴满了有关天门山的摄影图片，每张的景色都很美。观景台有几层楼高，顶楼风很大，水雾被刮得四处飘荡。举目远眺却啥也看不到。衣着单薄的人感觉到了寒冷，好多人瑟瑟发抖，但仍强打着精神，将拍照进行到底。

"鬼谷栈道"的路面与山体呈垂直状态，由嵌入山体的横梁托着整个路面，全线都处于平均海拔1400米的悬崖之上。行走在栈道上，身边雾气萦绕，脚下云海翻腾，让人感觉仿佛是在踏云而行，而我们根本没有勇气扶着护栏"一览众山小"。看了看对面的山，山体如刀削式陡峭，越发感觉到脚下的栈道让人心惊。不知道走在那条60米的玻璃栈道上是不是这感觉。

下了"鬼谷栈道"，我们还游览了天门寺。

巴士沿着"通天大道"往天门洞进发。这条盘山公路修建历时8年，有99道弯，暗合"天有九重，云有九霄"之意，起点和终点的海拔相差近1100米。公路的一侧就是万丈悬崖，空谷幽深。在盘旋直上的过程中急拐弯，惊险刺激。大约20分钟，我们到达天门洞下，回首，来时的路，蜿蜒迂回于千仞绝壁之上，让人不由得感叹人类征服自然之勇气，工程力量之强大可见一斑！

天门洞的入口处有元朝人张兑的一句诗："天门洞开云气通，江东峨眉皆下风。"天门洞于三国时期自然形成，被人们视为祥瑞之兆。天门洞悬于海拔1300多米的绝壁之上，终年吞云吐雾。天门洞像是飘于云际的一道门，不由得让人产生幻觉：跨越天门就进入了天界，尘世和天界只有一步之遥。从入口到天门洞有999级台阶，台阶很陡，没有缓冲之处，登顶是一个巨大的挑战。站在天门洞看索道，犹如悬于天空中的一条线，轿厢则成了悬挂在线上的火柴盒；而在缆车里看天门洞，也只是缥缥缈缈的一个小洞口。事物总是相对的，就看你的视角了！

金鞭溪是一条峡谷，被称为"山水画廊"。进入景区门口，眼前是一片翠绿，顿觉空气清新，呼吸顺畅。在大森林中缘溪而行，感觉十分清凉。溪水流动，溪小并不大，但清澈透底，不若仔细看，甚至感觉不到水的存在。水底有五彩的卵石，色彩非常鲜艳。有人坐在溪中的大岩石上，尽情享受着阳光、凉风和天籁，也有一些人忍不住将脚伸入清清的溪水，再用脚把水扬向空中，开心地嬉戏着。

溪流两边，花草树木藤蔓竞相生长，我们被眼前那些顽强的草木所感动，它们大多处境不好，但却坚强地生存着！这告诉了我们一个道理：我们没有必要抱怨命运和处境，努力成长才是硬道理！

峡谷两边，石峰石壁交织，山体如一根根钢鞭直刺云端，好像是经斧劈而成。山体呈赤色，山顶有被森林覆盖。在阳光的照射下，赤色的山体色彩鲜红，在绿色的衬托下，显得更加夺目。山峰形状各异——似人、类动物，如此形似，让人嗟叹；远景组合更加神奇，赋予人更多的想象空间。

一路走走歇歇，优哉游哉，无须随队伍脚步匆匆，也无须听导游啰啰嗦嗦的解说词。可以为一种没有见过的花朵而流连，也可以为一种没有见过的蜻蜓或蝴蝶而驻足。途经长寿泉，喝上一口泉水，感受一下它的清冽。不知不觉，天色渐晚，身后已经没有了游客，于是我们不由得加快了步伐，直到终点——水绕四门。

5.7千米长的金鞭溪是一个充满魅力的峡谷，移步换景的风光让人陶醉；空气清新，凉爽异常，游客极度放松。正如诗云："清清流水青青山，山如画屏人如仙。"

入住的酒店条件不错，就是菜太辣。一天下来，对张家界的风光有了了解，也有了一份期待，期待明天遇到更好的美景。

2013年8月20日 张家界 袁家界和天子山

面对太多的选择项，我们将目标锁定在具有代表性的景点上——袁家界和天子山。从标志门乘车来到百龙电梯——世界第一观光电梯。然后排了半个多小时的队，进入电梯，300多米的高度仅用了118秒。当电梯出竖井的那一瞬间，我们被眼前的美景惊呆了，仿佛来到了一个梦幻世界！走出电梯，举目远望，一幅"海市蜃楼"般的山水画卷凌空出世。

袁家界有多个观景台，每经过一处，游客便驻足欣赏眼前的美景。迷魂台，从名称就可知道此处观景具有摄魄般的震撼；后花园，更像是皇家园林；天下第一桥，凌空飞架于2座巨大的石峰之巅。立于观景台俯瞰，一众雄险奇秀的山峰尽收眼底，就像是面对着一个巨大的盆景。峡谷深处，千百根石峰石柱奇伟突立，形成了一片奇特的峰林，也像一幢幢高耸入云的摩天大厦，若隐若现。白云萦绕在山腰，那些高耸的山峰若静若动，更增添了梦幻般的感觉。如此美景，语言和镜头倒是显得苍白无力了！

张家界的山非常奇特，与黄山、雁荡山都不相同。近几年来，旅游界常说"张家界看山"，这个后起之秀竟把一些著名景点都给比了下去。张家界的山更像是艺术品，山体小，但形状各异，错落分布。有的如一柱擎天，恰似"天欲坠，赖以柱其间"；有的如利剑，欲"刺破青天锷未残"。几百米高的山体像是由一块块巨石垒成，让人担心一阵狂风会将其吹倒；不见泥土的山体上竟还零星生长着一些生命力极其顽强的植物，它们似乎已经与基石融为一体。

在我看来大自然就是一位思想浪漫的艺术家，一座座石峰石柱的组合，加上视角的变换、云雾的烘托，成就了一幅幅不同的画卷，让人百看不厌；大自然更是一位杰出的建筑师，简简单单的随手之举便造就了鬼斧神工般的杰作，着实让人顶礼膜拜。这种结构的"摩天大厦"历经数万年而不倒，其质量无疑让人折服。

在天子山，有一条美食小街，除了当地的特色小吃外，还云集了全国其他地区不少名小吃。胃口一下子被调动了起来，新疆烤肉串、重庆酸辣粉和陕西肉夹馍，就着矿泉水，爽！只花了50元，便搞定了一家三口的午餐。

天子山的风景和袁家界差不多，只是山体的造型有所不同，组合而成的景象有所区别。代表性的景点是御笔峰、天女散花。

贺龙公园就坐落在天子山，贺龙铜像坐落在千层岩左侧。我们怀着景仰的心情瞻仰了铜像。作为湘籍的共和国元帅之一，贺龙是家乡的骄傲，值得尊敬与怀念！铜像立于高山之巅，为众多山峰所簇拥，其本身也像一座山峰。

从天子山下山乘坐的是缆车，说实在的，电梯和缆车的确给游客带来了很大的方便，既省力又省时，只是会失去些欣赏沿途风景的机会。

自然环境的闭塞使得张家界被尘封了几千年，连走遍大江南北到过无数险恶之所的徐霞客也未能有缘与之谋面。如果徐霞客能够到达这里，或许会改变他的一些观点，也会改变张家界的命运。这是徐霞客的不幸，还是张家界的不幸？与国内众多名山相比，张家界的山确有其独特之处；与石林等以地貌特征为看点的景区相比，张家界的山无疑要更为令人震撼！

最后，我们从歌舞中了解了湘西土家族、侗族文化。近两个小时的文艺表演让我们感受到了湘西的山、水、人，以及基于此产生的文化。

2013年8月21日　张家界 猛洞河和芙蓉

早饭后，从酒店出发去猛洞河漂流。猛洞河隶属的顺义县经济并不发达，通往这个景点的公路坑坑洼洼，车子在路上颠簸了近2个小时。

到达漂流出发点后，游客们都穿上了厚厚的雨披，每人还配备了一把水枪，说沿途可以打水仗。这时，原本下雨的天突然变晴了，很是闷热。我们坐在皮筏子上面，筏工启动了，筏子便顺流漂走。刚漂出不远，就有岸边的人用水枪偷袭。由于我们毫无准备，一时间搞得很狼狈，雨衣里面的衣服也潮了，倒是缓解了刚才的闷热。

也许是今年干旱的原因，猛洞河水位不高，水流也不湍急。坐在筏子上，可以从容欣赏眼前的"两岸青山相对出，一江绿水东流去"的美景。两边都是悬崖峭壁，时不时有小瀑布从苍翠里飞下，峡谷很安静，只有鸟儿鸣叫的声音。在经过一些有落差的浅滩时，水流比较湍急，筏子在波浪中起伏颠簸，感觉甚为刺激。筏工仅仅靠一根竹竿来控制船行进的轨迹，很老到！河水清澈无比，在青山的映衬下，显得特别绿。我们忍不住卷起裤腿，将脚放到水里，异常清爽。沿途不时发现一群群的猴子，它们怡然自得地生活在丛林之中。

筏子一路漂流2个多小时，沿途时不时会遇到其他的筏子，免不了一场混战。虽然每个筏子上的人都被水泼得像落汤鸡一样，但他们都开心的不得了。在水深的地方有的游客干脆跳入了水中，在清澈的水中尽情撒欢儿。

沿途的岸边会有一些居民摆的小摊点，烤小鱼、土豆、玉米，筏子靠近就可以尝一尝乡间美味。

湖南有许多地方名字取得不错，芙蓉镇就是其中之一。其实名字如此文雅的芙蓉镇原本有一个乡土气息浓厚的名称——王村。而芙蓉这个名字更能反映这个地方的地理特色，一条江水从镇旁穿过，正应了李白"清水出芙蓉"那句诗。

走到景区门口，就看到这样一句话——挂在瀑布上的村镇。

沿着路，首先来到土司行宫，削山而建成的二三层水泥房。这是依山而建的一个建筑群，占地不大。整个建筑面对青山，青山下是一片很大的水面，开门见山又见水！让人感觉有些违和的是对面山脚下的一些现代建筑，破坏了整体的氛围。

顺台阶而下，眼前出现了一个巨大的瀑布，而且是三级，尽管水不大，但还是挺壮观的，若是雨水期，气势应更为雄伟。瀑布下面有人行通道，人从其中穿过，就像过水帘洞一样，感觉水势挺猛，如同几条巨大的白练悬于眼前，飞溅起的水珠晶莹剔透。由于水的蒸发作用，洞里很凉爽。瀑布的另一侧是依山傍水而建的土家吊脚楼，整个建筑与悬崖面基本在一个平面上，这是当地经典的建筑风格之一。

穿过瀑布来到一条小街，到处是卖米豆腐的门面，且家家都说自己是最正宗的。我们找了一家环境相对较好的路边小店，尝了尝传说中的米豆腐或许是没吃惯米做的豆腐的缘故，感觉远没有平时吃的豆腐味道好。

镇子的主街道由青石板铺成，石板已被磨得异常光滑，很有历史感。街道很长，两边尽是做买卖的店铺。沿着这条街一路逛去，发现了一种目前已渐渐消失的生活方式：街旁有一条流淌的小河，河水很清，上段有人淘米洗菜，下段有人洗衣服；小河上还建有一个亭子，四周布有石凳。山、河、青石板街、吊脚楼、瀑布是这个小镇的重要元素，如果这些元素再和阳光、夜色、水声组合起来，将是何种效果？朝阳或夕阳反射在青石板上，会将人影拉得很长。夜晚，酣睡声伴随着瀑布的声音，风刮着木质门窗发出吱吱呀呀的声音，偶有一两声狗吠。这不正是一个自然村落应有的声音吗？

一个小镇将山水、建筑、文化结合得如此好，实属罕见。好宁静的一座小镇！

离开芙蓉，驱车前往凤凰，路途不远，但路况不好，经过近2个小时的颠簸才终于到达！入住坡山宾馆，旅行社介绍说这里很有特色——靠江靠古城，住进去之后觉得很挤很一般。晚饭在烧烤一条街解决，这条街整个都是露天烧烤摊，热闹非凡，这么大的吃喝阵势也颇为壮观，四面八方来的游客在此大快朵颐。

饭后，驻足江边，看了看光影装扮下的古城夜景，现代文明与古代文明交相辉映！

　　凤凰，一个很响亮的名字，原名却很土，叫竿镇。传说有凤凰从这里飞起，于是改名为凤凰。近年来，这里被世人誉为中国较美丽的小城。

　　沱江横穿这个县城，主城区在沱江的一边，有几座桥飞跨沱江两岸，其中较著名的就数虹桥了。立于虹桥桥头远眺，江水很清、很绿，水面平静，不时有木舟缓缓划过。岸边栽了许多柳树，水和柳是水乡的两大重要元素，二者相互映衬。江上有游船穿梭，河对岸，沿江修建了一条水泥步道，便于游客与水亲密接触，有许多游客坐在路牙子上用清水濯足。沿江全是吊脚楼，悬挂于江面的部分由几根木头支撑着。建筑物基本是砖木结构，木头基本是本色，屋顶为乌瓦，有飞檐斗拱，山墙抹青灰，还有起防火功能的马头墙。远处的青山成了整个建筑群的背景，整体感觉宁静、古朴。

　　穿过虹桥，进入古城。整个县城保存得非常好，城门、城楼、城墙、庙宇、祠堂、古宅等一应俱全。其中有许多明清古建筑，基本为平房或二层楼房。如此大面积保存良好的古城，实属罕见。这得益于下面的原因：地处偏远的湘西，受到的战争摧残比较小；经济相对落后，没跟风房产大开发。"慢"是凤凰古城原有的节奏，而这种节奏反而成全了这座古城，留下了宝贵的旅游资源。

　　建筑物的保护和建筑风格的传承给予这座城市足够的特色，深厚的文化底蕴更为这座城市增色许多。这里走出了许多名家：陈宝箴（陈寅恪的祖上）、沈从文、黄永玉。走进这座古城，就把人带入了历史，让我们去体验祖辈的生活。穿小街，走小巷，我们行走在

"清明上河图"中，徜徉在湘西文化中，满眼是青砖墙、青石板铺成的街道。

沱江泛舟之旅自然是不能少的。舟随绿水流，江水一道开！水草清晰可见，随水流摇曳，嬉戏于水草间的小鱼看得真切。江的一边是掩映在绿柳丛中的建筑物，一边是几层楼高的吊脚楼。大多数吊脚楼已被改造成小客栈，可观江景，楼顶有开阔的平台，平台上有许多人躺在吊床上闹中取静。途中穿过一座石墩桥，这种桥在这个区域很常见，既可交通，也可泄洪。有许多游客坐在石墩上，享受着阳光和风，享受着清闲自在。不少少男少女演绎着让人啼笑皆非的一幕：沱江之水清兮，可以濯我足。虽率真，但辜负了一江好水。

船从虹桥下穿过，如同穿越历史。桥洞下的一艘船上，有一位少数民族着装的少女唱着当地的山歌，原汁原味。

船行至天后宫码头上岸。

江南小镇多以园林和水两种元素取胜，以彰显水乡特色；皖南古村落以深山藏古宅这一元素取胜，以彰显官宦和徽商的特色；凤凰的风景则将自然的、人文的特质有机地融为一体，山、水、建筑、民风、多元文化相融相通。让人感到可惜的是，路边几乎变成了商铺，没有了原有的那种生活氛围。过多的现代文化元素的注入，让这座古城成了现代经济的布景，已经和沈从文笔下的"边城"相距甚远。

我们依依不舍地告别了凤凰，告别了湘西。湘西的好山好水好文化，我们只是浮光掠影地看了一下，还值得再来细细品味。湘西的民风相对淳朴，这一点从对儿童票的控制可以看出来，众多旅游景点对于儿童票的控制是比较放松的。

离开凤凰，路况依旧不好，颠簸了两个多小时后到达贵州铜仁，入住铜仁国际大酒店。和老丁会合，下面的行程就由他负责了。

2013年8月23日　铜仁 梵净山

在酒店用罢早餐，驱车前往梵净山。

上了高速，车穿行于青山之间，山顶云雾缭绕，山区天气无常，东边日出西边雨是常有的事。在贵州开车，感觉很好，就像是行走于风景画中。随着旅游经济发展的需要，尽管造路的成本很高，但贵州的高速公路建设还是毫不懈怠。

一个多小时后，我们到达梵净山。景区名气很大，但基础建设很差，停车场就是一块平整后的荒地，简单地由石子铺成。一株巨大的桂花树孤零零地位于停车场一隅，虽枝繁叶茂，但寂寞无主，让人有点怜惜。

进入景区，景区巴士首先来到寺庙，梵净山是弥勒佛的道场。

我们在这里逗留了几十分钟，沿盘山公路上行，乘客一次次与离心力做着抗争。

上了缆车，一路高升，眼前千山万壑，郁郁葱葱。梵净山是武陵山脉的一部分，号称武陵第一峰，很有大气象——山势绵延无穷尽，孤峰云外天地宽。随着缆车升高，气温越来越低。

下了缆车，斜风细雨，顿觉寒意。沿着木栈道一路上行，据说有三千多级，好在山势不是太陡峭，没有感觉太吃力。沿途有许多图片介绍梵净山的物种，其中有珍稀的黔金丝猴，有千年的杜鹃花，品种繁多，梵净山是一个天然的物种基因库，不愧为"梵天净土，生态王国"！

越上行，雨势越大，在山下买的一次性雨衣早已开了几个大口子。梵净山的标志性景观是蘑菇石，我个人觉得这个名字不是太好，没有体现出其应有的神秘和神奇，还不如"天书石"来得好。凄雨冷风，视线不开，游客的兴致有所消减。我们只是匆匆看了一眼这个奇特的造型：一层层叠起，像两本错落放置的巨书，离天如此近，更像是上界遗落的天书，其中隐藏着无穷的奥秘，不由得让人不肃然！

梵净山的特殊之处在于其顶峰有几座喀斯特地形的凸起，造型奇特，山体呈黑色，像铸铁造成的巨大艺术品。与周边郁郁葱葱的景象相比，显得非常特别。蘑菇石是其中之一，另一处便是金顶。

金顶是一座长在大山顶上的小山，有百十米高，方圆一两百米，从一个侧面来看，整体造型有点像"大力神杯"。有旋转着的阶梯直达金顶之巅。山顶有一山涧，形成了两个独立的小山峰。两个峰顶各建有一座庙堂，庙堂小得让人担心它们会被风吹走，两座庙堂通过一座小拱桥连接起来，共同组成了一座寺庙。这是世界上较为奇特的寺庙了！此情此景让我不由得想起了李白的《夜宿山寺》："危楼高百尺，手可摘星辰。不敢高声语，恐惊天上人。"这座小寺庙真是暗合了这首诗！

山顶云雾变幻，或雨或晴，更迭于瞬间。我们在一座凉亭小憩，环顾四周，山势雄伟，云蒸霞蔚。坐看风云变幻，云舒云卷，需要一种闲情，也需要一种淡然。

梵净山的景点屈指可数，游客不算太多，梵净山还是很净、很静的。游客到此，已经淡化了旅游的目的，更多的是一种远离尘嚣的精神回归。

2013年8月24日　镇远 舞阳河 镇远古城

铜仁到镇远的路上依然是青山、绿水、白云、蓝天、农田和村落。行进于其间也是一种享受，正所谓，目的地并不重要，重要的是沿途的风景和看风景的心情。路两边的民房大多是混凝土结构的楼房，传统的吊脚楼已经不多见了，好多处于自然坍塌状态。这个地方的吊脚楼正在逐渐退出历史舞台，但无论从协调性和审美来看，吊脚楼和这里的青山绿水才是最佳搭配，钢筋混凝土建筑终是有些突兀。

两个多小时后，我们到达镇远——一个具有威武地名的城市！镇远是贵州的东大门，想象中，这里必是历史上的刀兵之地。

我们找了个临街的宾馆住了下来，看了看当地的景点介绍，决定先去舞阳河景区。旅游资源极其丰富的贵州，对于舞阳河这样的景点不是太在乎，地方的投入和宣传力度也不大，这样的景点要是放在沿海地区，早就被包装得"此间仅有，别处绝无"了。

上了游轮，一声汽笛之后，在马达的轰鸣声中，船在一江碧水中破浪前行。水真好，清澈、碧绿，像是流动着的碧玉。水面平得像一面巨大的镜子。或许是因在沿海地区很少见的缘故，每次见到此等好水，我都要感慨一番。据介绍，这里有一种特有的生物——桃花水母，水母生活在这样的淡水里既反映了这里的水质绝好，也佐证了地球的变迁史。

沿途有几处瀑布，水势虽不大，但给这幅美丽的山水画面增添了些许灵动之感。途中发现有几个码头，有路指向高山的深处，导游说这些山中还有居民居住。桃花源里可耕田，除了传承一种居住习惯外，自然少不了出世的那份释然。

在游轮上看风景，有点似快放，前面的扑面而来，后面的刷刷退去，镜头般的动感，让人的心情在惊奇和留恋中。两边有各种造型奇特的山峰，其中尤以大象和孔雀造型的山体显得神奇。舞阳河号称小三峡，虽有过誉之嫌，但风光确有独特之处。

镇远与凤凰颇为相似，山、水、城浑然一体，拥有"九山抱一城，一水分府卫"的独特风貌。舞阳河如一条凝碧的玉带，呈"S"形蜿蜒贯通全城，俯瞰整个城市，犹如太极图。周边有群山环绕，造就了郁郁葱葱的大背景。河两岸的建筑风格以现代风格为主，难得的是

所有建筑风格非常一致，从造型到色彩，几乎一模一样。这里不得不赞扬一下那些规划者，正是由于这种一致性的传承，才使得镇远古城在中国众多的历史名城里有了一席之地。此时，天空中下着毛毛细雨，雨落在水面上，打皱了一江绿水。河的一边是一色的四五层高的建筑，另一边有大片空地，供游客欣赏水景，空地外面则是各色的饭店、酒吧、茶吧和商铺。镇远的水色没有凤凰那边好，水草疯长。

镇远是中国山地贴崖建筑文化博物馆，不时能发现贴崖建筑物，古色古香的建筑就像是嵌到岩石里一样。其建筑风格为青砖黛瓦、高封火墙、飞檐翘角、雕梁画栋。这里的每一块青石板、每一块青砖都记载着历史遗迹，诉说着千年古城的沧桑变化。

镇远还保留着人工摆渡，游客必要体验一下很久以前人们的生活。一位年轻健壮的艄公摇橹，每次渡一二十人，每人1元，很快就到了对岸。渡船这种交通方式已经很少能在城市里见到，堪比威尼斯的刚朵拉，这既方便了当地的居民和外来的游客，又延续了水乡一道独特的风景。整条河上有许多渡口，艄公也是清一色的小伙子。一般而言，很少有年轻人愿意继承传统行业，但镇远给了我们惊喜。

河畔有许多小饭店，遮阳伞下是一张张餐桌。伞的边缘有雨水流下，像珍珠卷帘一样随风飘动；伞外斜风细雨柳婆娑，两三点江上孤舟；舞阳河水在静静地流淌，大有槛外长江天际流的意境。看着眼前像画一样的景色，自己好像已经不是看画的人，而是成了画中人。

饭后，我们沿江一路逛去，有时也纵深进入古街古巷。曲径通幽，不时看到明清古民居、古巷道、古码头、古城垣等。走在江边，徜徉在古城之中，没有了行色匆匆的人群，没有了高楼大厦的压抑，感觉特别放松。江边有当地人在打水草，还看到外地来的一对年轻情侣在河边捡螺蛳，一会儿工夫就捡了一小盆，晚上可以好好享受一下美味了！

路边有人在卖荷灯，我给宝宝买了一盏，点亮蜡烛，在码头上将河灯放在水面上。漆黑的河面上，河灯随波荡漾，闪闪的灯火在风中摇曳，显得特别弱小，丝丝的细雨一直在下，很担心这盏小荷灯会被打灭。

逛了一个多小时，天色渐黑，原本平静的江边立马热闹了起来。突然，两岸的灯一下子都亮了起来，多样的色彩装扮着这座古老的城市，建筑物的轮廓在黑色的苍穹中清晰可见。水面如镜，水面上是一个真实的世界，水面下有一个倒影的世界，此时，哪个真、哪个假已经不重要了。黑色的夜空衬托出一个神奇的光影世界，古城成了不夜城。

旅馆邻街，窗外就是一条主干道。居室内亦能感受到小城的脉搏，它在喧嚣中渐渐睡去，第二天，又在寂静中渐渐醒来。

2013年8月25日　贵阳

今天没有目的地，驱车从镇远向贵阳赶去，在凯里下司镇的一个农家乐用餐。农家乐开在一条河边，以鸭为特色菜。据介绍，沿河有许多这样的农家乐。河水依然很绿、很清，但水面上不时可见一些漂浮物，餐饮业的污染可见一斑。

晚上入住的酒店是以前我们住过的，房间很宽敞。躺在沙发上，随手翻了翻沈从文的《湘西散记》，思绪又回到湘西那片土地……

8天里，我们在湘西和黔东短期旅行了一次，先后到过张家界、猛洞河、芙蓉、凤凰、梵净山、镇远等景点。本次旅行，自然风光和人文文化相结合，既领略了张家界和梵净山绝妙的自然风光，也体验了凤凰、镇远这些保存良好的古城文化；既享受了山水带来的视觉享受，让身心得到了放松，也让平时难得锻炼的四肢得到了充分运动的机会。这次出行，我也深刻思考了旅游经济与文化继承之间的关系，有感触颇深，以文记之。

皖赣游

本次出行，第一次靠网络完成全程导航、订房、行程设计，第一次邀请伙伴同行。往返历时8天，游览了几座名山——三清山、齐云山和天柱山，走进了颇负盛名的美丽乡村——婺源，探访了徽商的发源地——古徽州。这次旅行基本处于错峰出行，景点也非热门炒作的，所到之处未感受到人满为患的痛苦，有足够好的心情看山、看水、看云、看白墙黑瓦。立秋后的天气凉爽异常，即使皖赣这样的地方也没感觉到一丝炎热。

2014年8月16日　婺源 晓起

我们一行5人，早上10点多钟从扬州驾车出发，经南京、芜湖、铜陵、黄山，顺利地到达婺源，途中只在南京堵了半个多小时。

从婺源高速出口下来，时间尚早，便直奔晓起村。

进入景区，爬过一个小山坡，一个小村庄呈现在眼前。正如《桃花源记》里打渔人进入村口豁然开朗的那种感觉。一条小河从村边缓缓流过，经过横跨在小河上的拱桥才算进入村庄。村口右手边有两座徽派古宅——大夫第和进士第，沿着青石板铺成的不算宽阔的街道前行，脚下有潺潺的流水声，路两边的民居基本已经成为商铺，旅游商品以当地的土特产和徽州三雕为主。

途中有两口百年历史的古井，这里曾经是整个村庄的生活水源地和重要的社交场所，如今，井水依然清澈。

继续前行，呈现在眼前的是一棵让所有晓起人引以为豪的千年樟树，直径有1米多，枝繁叶茂，树干高大雄伟，直插云霄。游人不由得感叹：好大的一棵树！这棵古樟树见证了晓起千年的历史，庇护了一代又一代晓起人。

沿着小山岗行走，一路有众多的参天大树，其中比较名贵的有香樟和红豆杉。这些大树为晓起撑起了一片绿色的天空，晓起就像睡在一个由众多千年古树编织成的摇篮里的孩子！此情此景让人羡慕不已：居然有如此好的生态环境，人与自然是如此接近！人类的家园是不是本应如此？晓起被列入"国家级生态示范村"实至名归。站在山岗上看这个小村庄，真为他们祖先的好眼光所折服！

晓起基本保持了它原有的风貌，唯一的败笔来自旅游经济的恶俗设计，在进入村口的地方建造了一个回廊，陈列着各种商品。晓起经历了千年的历史，经历了多少战乱，历经过多少运动，晓起人能够保存好千年古樟树，也希望自己能够保护好晓起村的"魂"，祝愿它能不受经济浪潮的过度侵袭。

2014年8月17日　婺源 汪口、李坑、思溪、彩虹桥和严田

汪口，俞姓聚居的古村落，始建于宋朝。汪口的名称源于村口一条清澈的大河，这条河比一般村落前的河要宽广得多。这里自古耕读并举、亦儒亦商。明朝时，汪口的木业和茶叶生意如日中天，汪口也成为一个重要的商业码头，是徽商南下的一个重要埠头。清朝时，俞氏一族进士9人。和众多徽商的发展途径一样，俞氏家族"由儒而商、由商而官、官商结合"的发展道路使得财富迅速积累，而这又促进了村落的发展，鼎盛时期，巷道就有上百条。

由一座拱桥进入村口，桥头有一棵硕大的樟树。碧水、拱桥、樟树是皖南古村落村口比较普遍的组合，可见樟树在皖南居民心目中的地位。沿着一条古旧的青石板街道前进，这是一条繁华了几个朝代的商业街。街两旁分布着一些古老的宅院，有大夫第、一经堂、养源书屋等。从一些依稀可辨的匾额和招牌可以想象古时这个村落的繁华，这里也曾船来船往，商贾云集，酒旗飘飘。多少漂泊的人在茶楼酒肆喝酒、划拳、听曲，打发时光，淡化乡愁。

每隔十多米就有一个巷道直通河边，可见当时上下货物的繁忙。沿一条小巷道走到河边，河的另一面是青山，青山倒映在河面上，河水静静地流淌。河面上，一群群鸭子自由地在游弋。时有村民在河边洗衣服、淘米洗菜，这样的情景已经离我们很久远了，但依旧勾起了旧日的记忆。

河边有许多碎瓦片，虽不是秦砖汉瓦，却是这个小村落发展的见证。孩子们忍不住拿起几片瓦片，在碧波上打起了水漂。溯溪行走了一会儿，又回到了青石板铺就的街道，一直走到俞氏宗祠。俞氏是这个村落的望族，曾经出过众多大官。宗祠选址很注重风水，坐落于两股河水的交汇之处，这里也有古代修建的水利工程——平渡堰。宗祠建筑传承是典型的徽派风格，巨大的整木柱子和拱梁，以及精细的三雕佐证了俞氏家族和这个村落曾经的荣耀。

回程乘坐竹筏，筏工用一根竹竿左右拨弄几下，竹筏便顺流而下。习习凉风拂面吹过，让人顿感舒适。一边是青山，一边是村落，眼前是一条伸向远方的大河，周围非常安静，只听得到筏子下面汩汩的流水声。

李坑，李姓聚居的古村落，始建于宋代。进入景区的路边有一条小河，河上有一座由砖砌成的拱桥，拱桥下面的水地里有几头水牛在休息。桥上有一座凉亭，柱子上有一副楹联：不嫌漫步观山景，何妨小坐听溪声。仿佛是在告诉大家，不要急，且慢慢体会。河那边，一池的荷花正在开放。沿河而行，河里有一群群鸭子在觅食、嬉戏。路边是成片的水稻田，此时，稻子已经开始扬花。李坑的水口有三株大樟树，这里曾经是迎来送往的重要场所。

从村口往里眺望，村子坐落在一个小山坡上，村口为低处。山里的水流汇聚成小河，河水穿过整个村落后，缓缓流淌出村口。小河两边依次建有民居，是典型的徽派民居风格，其间不乏官宦、徽商的府邸。民居大多改造成了客栈和酒楼。河上每隔10多米便有一座桥，这些桥有木头铺成的，也有石板建成的，难怪这个小村子有"小桥流水人家"的美称，很是恰当！

沿途经过一个亭子，叫作申明亭，曾经是村里议政的地方，有时也作为戏台用。亭子东北角有一座石拱桥，石拱桥的桥洞与倒影形成了一个圆，桥的北边是两条河的交汇处，构成一幅"二龙戏珠"的画面。当地特产——红苞鱼在河里游来游去，绿水红鱼，画面很是清新。

这里自古文风鼎盛、仕官富贾辈出，村子里的两个重要景点——武状元府和铜绿坊则分别代表了官、商两种宅院的建筑风格。状元府里面有一棵八百多年的紫薇，轻轻挠一下树干，便花枝乱颤。院子后面有一眼清泉，泉水非常清洌。铜绿坊造就了一个以有机化工产品——铜绿起家的徽商，这在徽商队伍里也算独树一帜了。

中午，我们在一个村民家里用餐，卫生环境和菜的味道都不错，也品尝了红苞鱼的味道，有点像红鲤鱼，不过肉质比红鲤鱼好得多。

思溪延村景区门口有一个巨大的算盘，暗示这里的先民是曾经叱咤风云的徽商。景区里有两个村子——思溪和延村，延村没啥好看的，我们就直奔思溪。

思溪傍河而建，始建于南宋，因建村者姓俞，故以"鱼思念清溪"之意而命名。通过建在河上的一座小廊桥即可进入村子，廊桥里有村民在悠然地打牌、聊天、做些小买卖。

这个村子曾经是一个规模较大的徽商聚集地，曾经商船云集，风光无限，留有好多古宅。后来世事变幻，村落规模尚存，但人去宅空，好多古宅已经破败不堪，只能从檐角飞翘的马头墙和一些木雕、砖雕依稀能看出这里曾经是商宅官邸。徽派建筑本身采光不好，断壁残垣、腐朽的木质门窗使得好多建筑即便在白天也显得极其阴森，更何况在朦胧的月色下。因为修缮不够，宅子虽多，但值得看的宅子不多，不过即使这样，也能领略徽商府邸的风貌之一二。

彩虹桥景区比较特殊，这里没有徽派建筑，只有一座美丽的桥。景区湮没在一个集镇的后面，如果没有路牌，你是难以想象如此平庸的集镇后面会隐藏着一个神奇的建筑。

彩虹桥以唐诗"两水夹明镜，双桥落彩虹"的意境而得名。它建于宋代，4墩5孔140米长，横跨在一条碧绿宽广的大河上，恰似长虹卧波。

站在稍远的地方看彩虹桥的全貌，效果更佳！青山、绿水、蓝天、白云，一座美丽的廊桥嵌入，宛如浑然天成！这是一个很有想象力的设计。桥体由6个半船型桥墩构成，桥面由木板铺就。整个建筑以青砖、黑瓦和木头为主要材料。桥身基本以黑色为主，栏杆和柱子则为红色。桥的上游青山隐隐、绿水悠悠，桥下的碧水缓缓流淌，八百年来从未停歇。

彩虹桥位于一条驿道边，多年来，曾有多少人停下匆匆脚步在此小憩？

廊桥的下游是一座石磴桥，呈月牙形。走在上面，水草清晰可见，小鱼儿在流淌的水中自由嬉戏。一些当地的小孩在河里玩耍，有些游客禁不住水的诱惑，参与其中。石磴桥的一端有一个巨大的水碓和磨坊，可惜水碓已经损坏，不能运转，否则必然给这幅乡村美图增色不少。

严田古村，始建于南唐，因始迁祖"立志从田"而得名。景区门口的一幅宣传画让人一下子有了期待：夕阳西下，一棵巨大的樟树边有一座石拱桥，桥上悠然地走着一头牛和一位扛着犁的农夫，桥下有一个渔翁撑着一艘小船正要穿过桥洞。这幅宣传画是逆光拍摄的，牛、船和人如同剪影，好一幅美丽的晚归图，勾起了多少人的美丽乡愁！而这幅画面正是严田水口，这种水口设计在徽派众多的古村落中也是值得称道的。

见到那棵樟树的瞬间，还是让人感觉到了震撼。那是一棵被乡民尊为"树神"的巨樟，距今已历经1500多年的沧桑，树围近15米，冠幅达3亩，比起那棵樟树的年龄还要大，堪称"天下第一樟"。古樟枝干横斜，苍劲雄浑；叶片茂密，披青展翠。可惜的是，有两个枝头已经断裂，这可能是树龄太大的缘故吧！

我们围着这棵巨樟转了两圈，感叹这棵巨大树木的雄伟，感叹在人类生活的环境里能保留这样一棵大树是多么难得！人类传承的除了物质之外，还有精神和信仰的传承。

回到宾馆，看了看有关婺源的旅游书，回味了一下这两天的旅程。婺源有众多古村落，这些古村落的兴衰反映了时代的变迁，也反映了人们对家园的理解的不断更新。

　　对于大鄣山，知道的人不多。卧龙谷是目前开发的一个景区，纯自然景观，是婺源另一种旅游资源，有"江南第一峡谷"的美称，想来自然风景应该不错。

　　沿着一条弯曲的山路行进，路上几乎没有其他车辆，让人怀疑这是一条通往4A级景区的路。事实证明这是通往景区的唯一一条路。

　　进入景区，峡谷里有一条溪流，溪水比较湍急。我们溯溪而行，溪中有众多巨石、怪石，多年的水流冲刷，巨石的棱角已经变得圆滑；溪流清澈，在巨石的缝隙里流过，奔腾向前。

坐在缆车上，看溪流如同白色的哈达散落在绿色的山间。因为是雨天，水汽很重，其形成的云雾在山峰间飘来飘去，对面的山若隐若现，只能隐约看到山的轮廓和挂在山间的瀑布。

下了缆车，逆着溪流继续前进，处处皆美景，谷内有紫色的峥嵘奇石、碧绿的潭池溪涧。这里瀑布成群，有的挂在光滑的山体上，细细的，仿佛两座山体的分界线；有的如同一条白练，飘摇而下，恰似"飞湍瀑流争喧豗"所述；有的平铺在整个山体上，宛若一个巨型水幕。而越往上走，溪流越是湍急。

我们所能到达的地方只是峡谷中段，这里有一个雄伟的瀑布——千丈瀑，落差达240米，可惜在谷底很难看到它的全貌，其从绝壁上凌空倾泻，气势恢宏，大有"飞流直下三千尺，疑似银河落九天"所描述的气概！

归途中，宝宝们对那些溪涧里的大石头产生了浓厚的兴趣，在这些大石头上跳来跃去的，虽有时需要攀爬、跨越，但他们却乐此不疲。

大鄣山是我们婺源之行的最后一站。

婺源的旅游资源真是太丰富了！随便一个村落就有不错的旅游资源，这一方面得益于大自然的馈赠，另一方面得益于历代乡贤留下的文化遗产。长久以来地理环境相对闭塞，导致这里的经济欠发达，但反而也使其远离了经济快速发展所带来的破坏力。特殊的自然环境和文化相结合，给当地带来了前途无量的绿色产业。婺源的生态环境真的不错，很干净，车子在雨中行走了几天仍很干净。

告别了婺源，我们赶往三清山，去感受"江南第一仙峰"的雄奇险秀。

2014年8月19日　德兴 三清山

连续几天都在下雨。

出了索道，拾级而上，来到一个宽阔之处，抬头便看见四周奇峰耸立，但因水汽太重，只能在水汽飘过的那一瞬间，粗略地看一个局部景象。即便如此，我们对三清山的美景依然有更多的期待。

　　我们选择了"西海岸"这条路线。行进在依悬崖绝壁而建成的栈道上，丝毫没有感到恐惧，这是因为大部分时间，我们根本就看不清栈道的构造。雨水打湿了裤脚，模糊了眼睛。本想边走边欣赏美景，但能见度实在是低，读一读路边景点介绍牌上的描述，也只可意会，难以直观。遗憾的是我们根本就没有时间去等待云雾消去、景观出现。天空略微放亮时，景色如同泼墨手法的中国山水画，意境还是很好的，如果再亮一点，就能看得更真切一些。

　　好多山峰都是由许多形状各异的石块组成的，山体原本光滑，经雨水浸润后，更像是温润的玉石。三清山有许多奇峰怪石，以及类似海豚或鲸鱼造型的岩石，好像是海底世界瞬间被定格一般。

　　随处可见的光滑山石上长着弱小的树木，各种种子在石头缝隙少量的土壤里发芽，扎根于石头之上，顽强地生长着。

　　云雾的变幻导致景观的变化，原本混沌一片的地方会突然出现一片美景；原本一片美景的地方突然变得空无一物。就像舞台布景，几秒钟就会变换一次，云雾真是个神奇的魔术师。一旦有美景呈现，我们便抓紧时间拍照，试图留住这些稍纵即逝的瞬间。

　　三清山是道教名山，但在这样的天气下实在是无心情去体会道教文化了，再加上体力因素，我们选择了下山。下山的路并不好走，过度的劳累让小腿肚子突突直跳。

　　当我们再次来到景区入口时，居然有初霁的迹象，原本朦胧的景象立马清晰地呈现在眼前，与之前看到的已经有天壤之别。或许是长时间受朦胧环境的压抑所致，看到这个清新的世界，我们的心情一下子好了许多，水汽已经成为白色的云海。云海在翻滚，雄伟的山峰、奇美的怪石在云海中清晰可见。此时方感觉到三清山的仙气！

三清山之行，由于天气的缘故，没能完全欣赏到它的美景，留有遗憾！

2014年8月20日　歙县 雄村、徽商大宅院、棠樾牌坊和鲍家花园

古徽州有许多村落，这些村落反映了徽商的历史，集中展示了徽派文化。历史上，几次中原动乱，许多中原氏族移居徽州，中原文化在这个区域得到了很好的传承和发展。歙县、黟县因与婺源同属于古徽州，故此，村落和建筑的风格和婺源有许多相同之处，但也有不同的特征。歙县之旅可看成我们这趟徽州文化游的延续。

雄村是我们歙县之行的第一站，据说这里居住的是曹操的后人。这个村子的有名之处在于出过代理朝政的宰相——曹振镛，曹振镛和他的父亲曹文埴作为重臣共辅佐过三位清朝皇帝，把持朝政达75年，可谓名门望族。

雄村的水口具备徽派村落的典型特征——古樟和碧水。沿河而行，是一个狭长形状的

小公园，沿途路过亭子、牌坊，最后来到竹山书院。该书院是曹氏家族的一所私立学校，比之那些著名的书院，竹山书院占地不算大。在皖南，土地是非常稀缺的资源，书院所用土地是村民们捐赠出来的，可见当地人对教育的重视。考中进士的曹氏后辈有几十人，更有"同科五进士，一朝三学政"的科举奇迹。书院里面较值得赏玩的就是桂花厅了，之所以有栽这么多桂树，源于这样的祖训：凡族人中举一人，于此院中植桂一株。桂花厅也叫清旷轩，顾名思义，这个地方能让人心旷神怡。书院的东南角有文昌阁一座，保佑学子们文运亨通。

距竹山书院不过百米有一座高大的牌坊——"大中丞坊"，集体表彰曹氏考中进士、举人的族人。

雄村曾经的亮点有二：一是非园，据说是曹雪芹笔下"大观园"的原型；二是桃花坞，十里长堤种满了桃树，春暖花开之际，景象非凡。很可惜，非园早已灰飞烟灭，桃花坞也只留下象征意义的几株桃树，全无往日的风景。

雄村曾经风光无限，但现在给人留下的只有无尽的遐想和略带伤感的慨叹。

徽商大宅院前后历经家族4代人的努力才建成，是目前保存较好的徽派建筑群之一，比较集中地展现了徽派建筑风格、建筑工艺和居住文化。整个园子横向分为左、中、右三部分，进深有好几进，第一进和第二进之间有宽敞的院子，其他地方的院子则显得有些小。建筑按功能区又分为接待区、生活区、祭祀区、后花园。整个一、二楼都有回廊连通，雨天可以雨不沾衣地到达任何地方。整个园子里水系连通，有明沟也有暗河，有成群的鱼儿在其中游来游去。

特别让人惊羡的是小姐的绣楼，曾经这是当时歙县最高的建筑，四层高的楼房围成一个不大的天井，让人深刻感受到"深闺"二字的含义。有多少女性在此度过了足不出户的青少年时代，每层都有优雅的美人靠，供那些小姐们在此观云、看雨、赏花、望月，以及读书、吟诗、作对，以打发漫长的春日。楼房整体是砖木结构，满眼都是精美的木雕，仿佛进入一个木雕艺术品的世界。

在宅院的一个角落里有一个后花园，花园里有亭台楼阁，有假山，还有一个小湖泊。院子里不乏百年以上的桂树、紫薇等，让人感觉到历史的厚重。女眷们可以在此看花开花落，感知四季变换，以及享受春天明媚的阳光和夏季凉爽的清风。

整个院子到处可见精美的徽州三雕，我们不能不为那些工匠的高超技艺所折服。整棵巨木做成的梁柱很吸引人的眼球，整个建筑群里，这样的巨木有一两百棵，徽商财力之雄

厚令人赞叹。

楹联也是这个宅院的特色之一，它们从一个侧面展现了徽州人为人处世的哲学，这种哲学思想造就了曾经鼎盛一时的徽商，也形成了独树一帜的徽派文化。有徽商的地方就有徽派建筑和文化。

徽派建筑的主体色调是冷的，黑、白二色是主要色调；徽派建筑不讲究采光，建筑物里面光线阴暗，让人有一种"庭院深深深几许"的感觉。

看着如此规模的园林，不能不让人联想到《红楼梦》里的大观园以及园里人的生活。这里曾经生活着一个辉煌的家族，但早已湮灭在历史的长河中。

牌坊是徽州文化的重要元素之一，曾经这片土地上牌坊林立，绩溪就有过19个牌坊组成的牌坊群。每个家族都以拥有牌坊为荣，而牌坊的主人更是家族的荣耀。这期中，棠樾牌坊群是徽州保存较好的牌坊群，彰显了鲍氏家族的荣耀。

进入景区，首先看到的就是鲍氏宗祠，最特别的是，这里有全国唯一女性祠堂——清懿堂，这一方面体现了鲍氏先人对家族女性的尊重，另一方面也加强了对女性的一种思想引导，希望她们为家族的发展和荣耀作出贡献。

棠樾牌坊群由七座牌坊组成，中间还有一个凉亭。依次而立有"忠""孝""节""义""节""孝""忠"字牌坊，从前到后，从后到前，依次都是"忠""孝""节""义"，这是古代牌坊种类的全部。每座牌坊都有一个感人的故事，故事增加了牌坊的内涵，牌坊铭记了故事的厚重。鲍氏先人如此的创意让人赞叹，更让人感叹的是一代又一代人的努力，使得创意得到了实现。

牌坊的两边是农田，还有一条乡村公路从牌坊群边经过，让牌坊群自然融入田园风光之中。在蓝天白云、丽日阳光映衬下这个建筑群呈现出一幅壮丽的景象。在秧苗起伏、菜花芬芳、麦浪滚滚的季节里，这个建筑群给人以强烈的震撼。经历百余年的历史沧桑，牌坊群仍能够屹立，是一件幸事！

离牌坊群不远便是鲍家花园，这个花园的前身是官商鲍启运的私人花园。曾经，鲍启运广泛收集各流派的盆景花木，精心种植于园内。原园已毁坏于清末战火，现在的这个花园是以原貌为蓝本修建而成的，继承了老园林的特色，以徽派盆景为主题。园林中的艺术盆景融徽、苏、扬、川、海、岭南盆景艺术为一体，场景颇为壮观，是全国较大的私家园林和盆景观赏地，盆景种类和数量位居世界第一。

鲍家花园的核心在盆景园，里面有上万盆艺术盆景。其中有几件大盆景作品：群峰竞秀——综合了安徽名山的经典风光；江山如此多娇——用盆景的技艺展现了名画风采；徽州人家——展现了皖南秀美的山水。这3个以白墙为背景的巨型盆景，如同宣纸上的国画一般。

盆景园里还有几十件历史悠久的盆景作品，其中好多具有百年以上的历史，随便一件放在他处，都是镇宅或镇馆的宝贝。这些盆景以其独特的创意、优美的姿态、深远的内涵、久远的历史，让人倍感珍稀。和其他艺术品相比，盆景传承更为困难。这些生命力依然旺盛的古董，让人不由得感叹：在漫长的历史岁月里，这些物件经过了怎样的变迁？它们见证了国家、家族的兴衰，以及世事的沧桑和人情的冷暖。

　　园里的盆景也有种植于土壤里的。在欣赏盆景的同时，我们了解到好多制作盆景的技艺，这其中，一件名为"枯木逢春"的盆景让人震撼：在一棵巨大但枯朽不堪的银杏根上，竟长出了如同孔雀开屏造型的枝叶，且枝繁叶茂。这样的作品让人震惊于生命力的强大，震惊于园林艺术家起死回生的技艺，以及化腐朽为神奇的高超手法。

　　鲍家花园在园林界和盆景界的地位很高，被人誉为"盆景之绝唱，园林之离骚"。因于盆景知识的缺乏，我们也只是走马观花，但即便如此，依旧深深地被吸引。或许连鲍启运本人也未曾想到，他一个高雅的个人爱好，给后人留下了一笔宝贵的财富！

在古徽州游历的2天里，总有一种凝重的感觉，中原文明在皖南山区各个村落里生了根，衍生了独特的徽州文化。这片土地上走出了许多优秀的人物，或官，或商，或学，骨子里都有徽州文化的烙印。汤显祖说过："一生痴绝处，无梦到徽州。"足见人们对古徽州的那份迷恋之情，只有不属于当官发财的他才鄙视蔑视徽州。

从行政区划来看，古徽州已被今天的黄山市取代，但徽派文化，却留给今人太多的财富，更留给今人更多的感慨。希望徽州文化在展示历史的同时，成为当地绿色经济的主力军。前人留下的财富正在造福后人，也希望今人在让文物活起来扩大中华文化国际影响力的同时，能够妥善地保护好前人的馈赠。这片土地以及这片土地上的每一片砖瓦、每一棵古木、每一个院落、每一个村落都有着历史的承载。这是在中国经历了众多时代的更迭与变迁后而获得良好保存的为数不多的区域之一，为后人留下了足够多的历史记忆。

2014年8月21日　休宁 齐云山；黄山 翡翠谷

有了上次雨中上三清山的经历后，我在前几天的行程安排中特意避开了上山这个项目。今天是晴天，齐云山离我们的住地最近，于是便锁定了它。齐云山是四大道教名山之一，古称白岳，与黄山齐名。

天气真好，蓝蓝的天上飘着朵朵白云，齐云山的云，果真不错！今天的能见度极高，远处的青山一层层平铺在眼前，让人不由得对此行充满了期待。

在缆车终点处，我们请了当地一位村民当导游。在她的带领下，我们缓缓前行。每一

个地点，当你极目远望的时候，都能看到由远处的青山、蓝天、白云所组成的辽阔画面。近处则到处是古木、怒放的鲜花和一浪高过一浪的蝉鸣。齐云山属丹霞地貌，在阳光的照射下，在绿色树林的掩映中，整座山紫衣赭裳，显得生动而鲜明、灿烂且大气。

齐云山吸引过许多文人墨客，摩崖石刻和碑刻是齐云山的一个亮点，让人震撼，而唐伯虎的《紫霄宫玄帝碑铭》碑刻是其中的精品。

途经一池碧水时驻足回望，二天门犹如一头巨象。

山腰上有一个小山村，大概几十户人家，导游家便在此中。我们在她家吃了中饭，几道菜，清爽可口。山里人家，房前屋后的方寸之地都种上了蔬菜。

饭后，我们穿过小山村，沿一条只有一人宽的陡峭石阶而上，来到山峰的顶端。坐在凉亭上休息，悠闲地瞭望四周，朵朵白云足以让人感受到这里的美丽和清新。在此远眺，齐云山"三十六奇峰，峰峰入画；七十二怪岩，岩岩皆景"的景象尽收眼底。

齐云山给人的感觉就是格外清净，人类与自然和谐共生。

翡翠谷，也被称为"情人谷"，位于黄山脚下，与黄山其他景点相比，这个景点名头不大。

进入景区后，路两旁的树木和路上的亭子被红色的绸带装扮得很喜庆，倒也符合"情人谷"的称谓，只是不知道此地与翡翠有何相干。

道路距溪流较远，不能真切地看到溪水，但能听到哗哗的流水声。继续前行，终于看到行色匆匆的小溪了。溪水在巨石的间隙中奔流，荡起白色的水花。从下往上看，溪流一路奔走过来，形成一叠一叠的小瀑布，如同白练一般铺在山涧，又好似跳动的音符一路欢歌。近处的水面则清澈见底，水面涟漪不断，反射着余晖。落差较大的地方，水流较急，而落差小的地方，溪水则缓缓流动，让人自然联想到"清泉石上流"的意境。

忽然，眼前出现了一汪水面，这片水面处于溪流中，由于地势的原因，形成了一个小潭，景区将其命名为池。在底部石头的映衬下，潭水呈碧绿色，如同翡翠，而流入和流出的水则是无色的。一路上看到许多小潭，分别被命名为某某池，像一个个形状各异的翡翠石，晶莹透明，翡翠谷果然名不虚传。

绿珠池位于景区最里面，它的水面较大，水色翠绿翠绿的，上游有落差近10米的瀑布跌下，冲击着翠绿的水面，波光荡漾，充满动感。潭水清澈无比，可以看清池底的各种石头，甚至可以细数水中的鱼虾。

身处这样的环境里，即便闲坐也是一种享受，但无奈天色已晚，景区工作人员已经在一遍遍催我们返程了。

与其他峡谷相比，翡翠谷自然景象一般，但如同翡翠般的潭水赋予了特色，赋予了生命。如此，翡翠谷值得看，翡翠谷的水更值得看。

晚上，我们入住黄山脚下一家酒店。在宾馆里用餐，吃了3道徽州名菜——臭鳜鱼、胡氏一品锅和毛豆腐。饭后，我们在街上逛了一小圈，各地游客会聚于此，强烈地感受到了欢快的氛围。

2014年8月22日　潜山市 天柱山

一早从黄山出发，到潜山市（当时还是潜山县）天柱山景区已经是中午。

进入景区后，有一个人骑摩托车跟随了我们十多公里，山里人用这样的方式来招揽顾客，也算是用心良苦。鉴于他一路辛苦，我们就在他家用了餐，并让他推荐了游览路线，帮我们买了门票。

呈现在眼前的一个个山峰好似由不同形状的巨大鹅卵石堆砌而成，这正是天柱山独特的花岗岩地貌。地表变化，山体崩塌堆垒而形成不同造型的山体和各式洞天，一堆堆巨石垒起的山峰，看似杂乱，或许是千万年来最好的选择。远方山顶上的巨石随意摆放着，让人担心一阵风会不会把它们吹落。

虽然天柱山顶无茂密森林，却让人感觉很凉爽。巨石垒成的洞穴（景区命名为宫）里面更是阴凉异常，在这里小坐一会儿，湿透的衣服就干了。

每座山体都呈现出苍白色的背景，只有少数顽强生长的松柏显现出一点绿色。这些扎根在岩石中的一棵棵松柏仅靠着一抔土，以及积累于土壤里的雨露，顽强地生存着，让人深深地感受到生命的力量。没有选择，没有抱怨，只顽强地生存。

一路走来，奇峰林立，较有名的有天柱峰、飞来峰、莲花峰和天池峰，或奇伟凸起，仰摩霄汉；或比肩巍立，身遏行云。较著名的自然是天柱峰，只见它石骨嶙峋，屹然独尊于群山之上。

途中发现几块"飞来石"，感觉像天外来物一般。一小块石头突兀地附着于巨大的山体之上，风刀霜剑将其雕琢得娇小玲珑，给人感觉似乎一阵风就能将其吹走，殊不知，它们已经笑傲狂风暴雨，岿然不动千百万甚至上亿年了。有的飞来石在风中会有所晃动，故得名"风动石"。

近处看，这就是些光秃的巨石，远眺则可见各种造型，像鹰，像虎，像猴，更有甚者，有一绝似人面的山体，眼、耳、鼻栩栩如生，当地人称之为"皖公神相"。

随处可见的巨石激起了人们攀爬的兴趣。行走于巨石之上，体验攀岩的快乐。如此在巨石之间行走，在凿巨石而成的阶梯上攀登，再环顾周边和远方一块块的巨石，有点恍若回到远古的感觉。

俯首下望，只见一簇簇绿色的植物分散生长在光秃秃的巨石之间，俨如戈壁上的一小片绿洲。半山腰有一个湖泊，湖边郁郁葱葱，湖水在周围绿色的映衬下呈碧绿色，天空的云朵倒映其上。

天色渐晚，容不得我们慢慢游玩，沿途的好多景点只能匆匆而过。半小时后，我们来到那潭碧水边，但我们无法驻足去欣赏湖光山色，只能从湖边掠过。一路走到山脚下，居然看到茂密的丛林，很难想象如此光秃秃的山，居然有如此好的植被。

离索道关闭的时间越来越近，也无法知道离索道站点还有多少距离，只能继续加快步伐。远远地，我们看到了索道站，但还有横在眼前的一个大台阶，于是我们用最后一点力气完成了今天最为艰苦的攀登。

坐上缆车，整个身心才放松下来，腿肚子突突乱跳。迎面吹来的山风，送来了一丝凉爽。回眸身后的大山，竟有恋恋不舍之感。下了缆车，工作人员关闭了索道电源。我们是今天最后一批乘客。

2014年8月23日　返程

美好的旅行要结束了，虽然心中还想继续游玩下去，但孩子们要上学了，大人也要上班了。旅游让人脱离了长时间生活的环境，脱离了压力较大的工作氛围，让人有了短暂的精神休整时间，可以放松身心，但终究还是要回到现实生活中去。

清迈游 金三角——

春节出游记

2015年春节，我们和邻居一家共6人进行了一趟"任性"的旅游。所谓任性，体现在临时决定。其间，在没做任何功课、没有明确的游览计划、没有详细地图、没有导游和导航的情况下，我们自驾游。在近十天的时间里，领略了多样的生活：徜徉在三亚的沙滩和海洋，漫步于西双版纳的热带雨林，感受了老挝的原生态生活，接触了泰国的佛教文化和休闲文化。

2015年2月15日（腊月二十七）出发

考虑到此时正值春运高峰期，我们一早就出发了，两辆车直奔南京禄口机场。飞机经停长沙，晚上到达三亚。走出凤凰国际机场，尽管已经减少了衣服，但还是感觉到一点湿热。

打车来到一家酒店，只见整个大堂是开放式的，海风可以直接吹进来，游客们都身着海岛特色的短衣短裤，热带风情扑面而来。进入房间，打开窗纱，隐约看到大海的模样，沙滩上灯光点点，还有人在漫步。打开落地窗，涛声立马在耳边响起，一波又一波，甚至闻到海水特有的味道。

稍事休整，在宾馆叫了车去附近一个小镇用餐。出于对传说中三亚旅游乱象的恐惧，我们抱着试一下的心情点了几道海鲜，味道相当不错，结账时感觉价格也还公道。

回到宾馆，洗洗睡了。

　　一觉醒来，打开窗帘，眼前就是久负盛名的亚龙湾。海湾里有几座不大的小岛。不同区域的海水呈现不同的颜色，这是水清且浅、海底石头颜色不同导致的。海浪在沙滩边激起白色的浪花，好多人在赤脚踏浪，好一幅清闲自在画面。

　　酒店临沙滩而建，沙滩边便是酒店的游泳池，泳池面积很大，被分割成不同形状。泳池中有几个人工岛，种有高大的椰子树。泳池底部铺着蓝色的瓷砖，将一池水衬托的如人们梦想中的海水那么蓝，感觉特别清新。此时，不少人正在泳池里游弋。

　　自助餐厅就在泳池旁边。这里有明媚的阳光、轻柔的海风，可以听海浪和树叶婆娑的声音；旁边高大的椰子树、槟榔树成了天然的遮阳伞。在这样的环境里用餐，令人陶醉的就不仅仅是美食了。

　　信步来到海边。阳光很好，但有点晒。孩子们迫不及待地奔向沙滩，奔向海洋，大人们则漫无目的地闲逛，行走在松软的沙滩上，吹吹海风，听听海浪的声音。

　　行走在一条长长的栈桥上，海水清澈见底，一群群小鱼清晰可见，数量之多，颠覆了"水至清则无鱼"的说法。在栈桥尽头，乘上一艘游艇，在水面上疾驰大概10分钟后，又换乘上潜艇。潜艇分为水上和水下部分，水下部分除了船底，其他都是透明的玻璃，海底世界一览无余。

潜艇缓慢地行进着，透过潜艇的玻璃，可以看到各式各样的珊瑚在人们眼前划过，软体珊瑚像水草一样随着海浪的节奏在摇摆，各种各样、大大小小的鱼游戏于珊瑚丛间。一点没有被潜艇这个大家伙惊吓到。

当有人在上面喂食的时候，鱼群便开始聚集。组成鱼群的鱼品种很多，颜色丰富。随着喂食点的变化，鱼群在移动，形状也在变化。静静地看着这一幕，仿佛自身也成了一条鱼，自由呼吸、自由遨游。

从海上归来，已经快下午1点钟了，然后在酒店的餐厅用了餐。回到房间，坐在窗边的沙发上，喝上一口刚泡好的茶，面朝大海，享受春日的阳光、和煦的海风。此时，把目光尽可能投向远方，思维也跟着变得空旷起来。就这样慵懒地看看海、上上网，任凭瞌睡虫来袭扰，这是多么惬意的生活啊！

孩子们享受不了这份安静，他们换上泳装要去游泳池。那里可以游泳，也可以玩耍，好多并不相识的孩子一会儿就成了朋友，嬉戏打闹成一团。坐在池边的椰子树下，晒着太阳，听着音乐，进行着从工作状态到休闲状态的模式切换。孩子们在泳池里玩了好长时间，才恋恋不舍地离开，回房间休息。

打车来到昨晚去过的饭店。因天色尚早，便在小镇上溜达了一圈。有了昨天的经验，这次点菜就放开了。海鲜就着啤酒，大家一边享受着美味，一边畅谈着生活和工作。

夜色里，我们又来到海滩上，海风吹在身上有一点凉意。周围的世界正变得越来越清静，只有海浪有节奏地拍打着沙滩。

此时正是过年前三四天，三亚旅客不多，消费也不高，是个休闲的好地方。再过一两天，大批的游客蜂拥而至，到时候，这里就将是另外一番景象了。

2015年2月17—18日（腊月二十九至三十）西双版纳

一大早，我们从三亚出发，从昆明转机到达西双版纳时，已经是下午3点多钟。下了飞机，在街上找地方拍证件照以备出国之用。此时虽是腊月二十九，但商店、菜市场照常营业，摊贩还依旧摆着摊，为外地游客的涌入做准备。

晚上，我们在一家农家乐吃饭，吊脚楼，小圆桌，配小马扎。客人虽多，但上菜很快，并且菜肴都是当地的做法。特色菜有烤鸡和烤鱼，配以当地新鲜的作料烤成，香气扑鼻；菠萝饭由菠萝和糯米做成，甜且糯；我们中午饭没吃好，此时便以风卷残云的速度消灭掉了三四只烤鸡。

我们入住的酒店坐落在山脚下，令人有种置身于大森林的感觉，好些大树有三四层楼高，建筑物反倒成了森林的点缀物。大厅装饰是典型的傣族风格。在服务员的引领下，我们一会儿电梯，一会儿回廊，拐弯抹角，仿佛在玩剧本杀游戏。打开通向阳台的落地窗，一股植物的芬芳扑鼻而来，借着灯光可以看到楼与楼之间种植着许多树木花草。

年三十的凌晨，没有不绝于耳的鞭炮声，睡得很香！

早上9点，我们去用早餐，一个能容纳千人的宴会厅，人来人往，川流不息。既惊叹于如此多的人在异地他乡过年，也感叹于传统生活方式正在悄然发生改变。

这个季节的西双版纳，穿短袖在室外都会觉得热，而在室内，则要穿上外套。下午，闲来没事，来到李总在西双版纳的房子，沏上一壶茶，边喝茶边聊天。

多少年来，大年三十还是第一次如此悠哉，远离了寒冷，远离了忙碌，也远离了习惯的环境和氛围，只有手机里一条条祝福的短信才让人意识到现在正值过年。

晚上，几家人一起吃年夜饭。饭菜非常丰盛，美酒佳肴，让人大饱口福，感叹生活之美好；觥筹交错，让人感觉到浓郁的节日气氛。清脆的鞭炮声，绚丽的焰火，红彤彤的红包，给孩子们带来了节日的欢乐。

回到宾馆，洗漱完毕，我和宝宝躺在被窝里美美地看了一会儿春晚。这是一个特别的除夕之夜。

2015年2月19日（大年初一）望天树

今天，正式启动自驾出境游的行程。

中午，在一位当地人的带领下，我们来到一个坐落于傣族村落里的小饭店。两间不大的砖砌房屋便是厨房，菜地里种有几种蔬菜，水池里养了几条鱼，不远处的篱笆里关着几只鸡。厨房的右前方，用竹子搭的一大间棚子便是餐厅，里面摆了几张小圆桌。桌椅、房屋基本是就地取材，由竹子、木头、藤条做成。大棚边便是一条河流，河水较为湍急，沿着一个斜土坡便可到达河边；后边是一片小树林。用餐的地方更像一个坐落在乡间田野里的食堂，让人有了一种穿越到原始社会的感觉。

菜肴有鸡、鱼、野菜，纯粹的傣族做法，用油不多，以新鲜的食材配以就地取材的作料简单烹制而成。"料出云贵"果然不假，鸡和鱼的味道极为鲜美；野菜吃起来清香爽口；饭是糯米饭，攥在手里很糯、很有嚼劲。虽然饭菜简单，但满满的傣族特色，味道非常好，给人留下了深刻的味觉记忆。

吃完饭再出发，李总到了午休时间，我开始"上中班"了，一路开到了望天树景区。望天树本来是一种树，有种说法：有了望天树，才能证明这里是热带雨林。这个景区有成片的望天树，因此而得名。

进入景区，目光便被许多鲜艳的花卉所吸引。我们扬州的冬天基本是百花杀的情形，而这边则是百花争奇斗艳。

我们流连于鲜花丛中的同时，目光也被那些高大挺拔、直冲云霄的树木所吸引。这些树高有几十米，整个树干光溜溜的，没有任何枝丫，只在顶部有一个不算大的树冠。想必这种树掌握了生命的真谛：只有不断长高，才能在竞争激烈的环境里获得生命的先机；要想长高，必须将竞争得到的生长要素优先用于主干的成长。

这个景区较为吸引人的项目是"树冠走廊"，高大的望天树成了一个个"桥墩"，这些桥墩由索道桥连接起来，形成了空中走廊。桥面与地面有几十米的高差，人走在上面，虽心惊胆战，摇摇晃晃的，但视野很开阔，再看其他树木，可谓一览众树小了。出于安全和减少对树的损伤考虑，每次只放行几个人，且要求人与人之间保持一定距离。

从"树冠走廊"下来，有一潭清水。缘溪而行，随处可见参天古木。沿途有一个巨大的秋千，系于一棵大树间。有四个人帮着摆动、旋转，摆幅很大，旋转也很快，有一种人猿泰山穿行于热带雨林的感觉。

在热带雨林里徜徉，脚步不徐不疾，充分享受树林里的静谧和天籁之音，呼吸新鲜空气。阳光透过茂密的枝叶投影在林间的地面上，那影子又随风摇曳。

在网上预订的假日中心与想象中的出入较大。车子沿着一条弯弯曲曲、坑坑洼洼的乡间小路形式，待感觉不对劲的时候，才发现已经开过了头。掉头边走边仔细查找，终于发现路边的小山坡上有一扇不起眼的铁门，门上着锁，上面挂着"仅接待预约客人"的标牌和联系电话。打了电话，一个服务员一路小跑过来打开了门。

这个度假中心坐落在一个小山头上，占地约二三十亩。中间一块绿地，周边散布着十多个吊脚楼，这些吊脚楼都是木结构的，屋顶由茅草铺成。大堂是一个两层的吊脚楼，一楼摆放着茶桌、台球桌、棋盘和木质家具，这些家具制作讲究天然，由一些大的木材简单加工拼接而成，给人以粗犷的感觉。目力所及，只能看到三五个服务员，感觉冷冷清清的，问了服务员才知道，今晚就我们几个人入住。

登记后，服务员带领我们来到一栋吊脚楼，一切尽显怀旧特色：门锁是老式的挂锁，口杯是搪瓷缸，家具虽是老式的橱柜样式，但材料可是红木的。透过风格与吊脚楼不甚协调的塑钢窗户能看见远处的山和山谷里的香蕉园。

放下行李，天色已晚，需要解决吃饭问题了。问了一下才知道，今天厨师休息。服务员骑车去附近的村子里打听了一下，没有合适的吃饭地方。到厨房考察了一下，发现有一些菜，于是决定自己动手做饭。我和赵姐将能用的食材设计了几道菜：炒鸡蛋、青椒炒腊肉、炒韭菜、豆腐炖鱼、炒菠菜、粉丝、西红柿鸡蛋汤。煎炒烹炸一番，一会儿搞定了几个菜，就着啤酒，年初一的晚餐倒也别有情调。

吃完晚饭，在院子里散散步。此时发现了一个小游泳池，还有一些吊床，一栋吊脚楼里有酒吧，还有自酿的啤酒供应。

天上月朗星稀，好久没有看到这么清朗的星光了，不由得唤起了对童年的回忆。凉风习习，夜幕笼罩了下来，远处有点点灯火，周边非常静，静得让人有点发慌。从整个假日中心的设计来说，自然、安静、休闲所需的各种元素基本具备了，特别适合久在喧嚣城市里的人们来发发呆，过几天大脑放空的日子。

进入房间，觉得有些凉意。木地板踩上去软软的，走在上面嘎吱嘎吱作响。冲了个澡，钻进被窝，打开电视看了看春晚回放。在宝宝的小呼噜声中，我也睡着了。

2015年2月20日（大年初二）磨憨、磨丁、南塔、会晒

一早起来，自己动手，在厨房煮了米线当早餐。餐后，急匆匆离开了这个奇特的度假中心，奇特主要体现在地点偏荒、环境安静、靠近自然，以及它想营造的一种逃脱城市喧嚣的主题。要素是有了，但除了自然环境外，其他都有点牵强。网上预订是根据网络上的图片来选择，但并不是名副其实，经实地考察，才知道拍照的角度太有讲究了，一方小池竟能拍出一个湖泊的感觉。

不管怎样，我们在此度过了一个颇为特殊的大年初一。

我们首次体验了从陆路出境，也见到了大额的老挝币，1000元老挝币才兑换1元人民币，兑换了几千万的老挝币背在身上，一下子成了"富人"。

出了磨憨口岸，跨过29号界碑，前面就是老挝的磨丁口岸。办入境手续，完全靠自己摸索，几个窗口没有清晰的功能标志，也没有相应的办理流程说明，好多人排了半天队才发现此窗口非彼窗口。老挝的办公条件很简单，卖车辆保险的地方只是支了个太阳伞。车辆过境消毒，只有一个人拿着根皮管子象征性地往车上滋了点水。

费了好长时间，总算过了磨丁口岸，进入了老挝地界，看到的人种和我们没啥区别，只是肤色偏黑。镇上到处是汉字灯箱、标牌，就像一个中国小镇。原来，这里是南塔省的一个经济特区，好多中国人来此投资兴业。

不远处有大象骑行项目，好多人会在象夫的陪同下，骑象在田野里走上一圈。我们则买了些小芭蕉喂大象，面对如此庞然大物，喂食也有点担心。大象确实很温驯，彼此之间没有太大的争食动作。它们的鼻子很是灵巧，可以把植物外层的老皮去除，食用里面的嫩芯，如同人类的手一般灵巧。大象曾经是东南亚经济、军事的重要力量之一。

中午时分，我们来到一个小村子，这里是中国游客中途休息的地方，有几家餐馆。进入一家餐馆，里面全是中国游客。这里依然是中国元素居多的地方，餐馆的糖果、面巾纸都是中国产的，电视里的节目是中国卫视，而我的手机网络依然是中国电信。饭菜量很

足，味道不错，价格也不贵，一顿饭也就花了20多万老挝币。

定睛打量，路两边的建筑风格已与中国的不同，整体来看，房屋较为简单、破旧，也有为数不多、比较像样的"洋房"，院门上贴着春联。途中，有一家当地人的豪宅着实让我们惊艳了一回，俨然有阿拉伯富豪的风范，给人一种鹤立鸡群的感觉。李总在望天树售票处墙上扯下的那张"云南周边国家地图"上已经找不到我们所在的地方了。我们有了第一次问路的经历，由于语言不通，因此多次失败，不过后来还是在一家药店里大致搞清楚了方向。

南塔省省会不大，如同一个中国小镇。但是镇上居然有不少西方游客，想来必有其特殊之处。由于事先没有做功课，手机网络也不可用，我们无从得知景点在哪里。本打算住在南塔，看了一家宾馆，挺干净，也有西方游客入住。但是考虑到时间尚早，又无处可去，便决定继续赶路，向会晒出发。

路边间隔分布着许多村庄，道路两旁的房屋以简单的木结构吊脚楼为主。沿途不时看到一群群背着书包的学生，那种打扮和那种神情，淡然而幸福。路边有许多劳作的妇女和小孩，还有背着柴火筐的妇女和小孩，柴火可能还是当地的主要燃料。快到饭点的时候，村庄里、山谷中升起缕缕炊烟，空气中弥漫着木柴燃烧的味道。背着小小孩的小孩用好奇的目光打量着过往的车辆和行人，眼睛清澈而明亮。路边还有光着屁股的小孩跟在一群大孩子后面，没有丝毫害羞的感觉。路上也有骑着自行车、带着渔具、背着小竹篓的少年。眼前的一切让我们想起了小时候在乡下的情形。

车子在公路上行进着，有一定的海拔，目力所及，只有青山，思绪一下子就被冲淡了，让人产生了一种缥缈的感觉。老挝几乎没有工业，旅游业的开发处于低层次，道路两边基本没有广告牌，整个国家几乎没有工业污染。一条蜿蜒盘旋在大山之间的公路串联起了一个个村庄。这里的青山连绵起伏，看不到被人类摧残过的山体；这里的空气清新自然，没有工业粉尘；这里的天空是蔚蓝色的，天高云淡，白云悠悠，一切都很恬淡。

在这样的山路上，在一片呼噜声中，车子开到一个小加油站才稍事休息。加油站对面有家小卖部，在那儿吃了西瓜，和女店主用几个简单的中文、英文单词外加肢体语言交流了几句，给人的感觉是这里的人很朴实。

会晒是过境老挝进入泰国境内前的最后一个城市，我们没做过多选择，看到路边有一家比较现代化的酒店，就选择住下了。出去转了一圈，想找个吃饭的地方，但是没有中意的，主要是环境不太好。最终还是决定在这家酒店里用餐，但点菜可是个麻烦事，服务员只能大致听懂几个中文词汇，当然了，"肉"的发音变成了"又"。最后，在唯一会点英文的服务员的帮助下，辅助以丰富的肢体语言，总算点好了几个菜，至于口味嘛，只能是上啥吃啥了。此时才深切感觉到交流的基本条件是双方得有共同语言，当没有共同语言时，肢体语言连蒙带猜也能搞定一些简单的事。

餐毕，在酒店后面的花园转了转，地方挺开阔，有露天的泳池。有一种叫不出名字的花，白色的，散发出类似栀子花的甜香，我们捡了落在地上的几朵花，带回了房间。

2015年2月21日（大年初三）清盛、金三角

一大早，我们离开了会晒，到了老挝/泰国关口，出境入境花了2个多小时。踏上了泰国国土，在一个"X"形转换处，车子进入了左行模式。过了湄公河大桥，来到一个沿河而建的小镇，街边有许多小店铺。人不算多，三三两两地在街上逛着。没过多久，便走到了街道的尽头，这里也没发现去金三角的路牌，后来还是在同胞的指点下，才发现了一条并不起眼的道路，通往金三角。

清盛离这个小镇只有几十公里路程，一个多小时便到了。路边有许多小饭店，环境还不错，食客也不算多。我们选择了其中一家，里面只有一桌人在吃饭。餐厅是开放式的，里面摆着几套木制桌椅，环境还算干净，厨师和服务人员合起来才3人。拿着菜单，点菜依旧费了好大劲儿。饭店里有个小孩，四五岁的样子，光着脚丫到处乱跑。孩子的小手和小脸满是尘土，眼睛里充满了好奇，他不时折腾着一只小猫，那只小猫还前前后后跟着他。孩子们很快和这个小孩玩到了一起，还给他吃了巧克力，语言障碍并未影响孩子们迅速打成一片。

这里上菜很慢，可能是现做的原因。孩子们没有忘了和新结识的小伙伴分享一些食物。其间发生了让人难忘的一幕：那个小孩从奕霖的腋下将头探到他的面前，斜着头仰望着他。可能是想和他玩，也可能是想吃些东西。我们吃完饭，要离开的时候，那个小孩用双手抱着柱子，探头看着即将离开的2个孩子，眼睛里有点依依不舍的神情。

我们沿着道路，开了几公里就到了金三角，预订的酒店的房间装饰比较老，不过挺宽

敞，阳台是开放式的，正对着湄公河，河对面是老挝的一个关口。

　　鸦片博物馆坐落在酒店附近的一个小山谷里，自然环境很好。这里有大片的草地、蜿蜒的河流、长满水生植物的池塘、高大的树木和雄伟的建筑。

　　参观博物馆，沿着设计路线，首先要经过一条走廊，昏暗的灯光、浮雕上神情痛苦的众人、耳边萦绕的音乐，让人顿觉阴暗、压抑、挣扎，这种氛围可能是为了让人感受一下鸦片对人类身心的折磨。这个博物馆有几个主题展区：鸦片博物馆的由来、鸦片和鸦片战争、金三角地区鸦片的发展历史、鸦片对人类精神的摧残、世界所面临的毒品问题。通过大量的图片、影像、实物，让参观者对鸦片及其危害有了深刻的认识。

　　一个多小时后，我们走出博物馆。尽管外面阳光明媚、绿树成荫，但人还是一下子难以从那种黑暗、压抑的氛围里解脱出来。

　　金三角是泰国、老挝、缅甸三国的交界处。站在码头，只见浑浊的湄公河水慢慢流淌，仿佛在娓娓讲述金三角的苦难历史。

　　街头供奉着许多佛像，其中有一座巨大的金色坐佛，在阳光的照射下，金光闪闪，让人感受到浓郁的泰国佛教文化。路边有许多店铺，旅游用品、纪念品琳琅满目。我们在这里置备了团服——金三角旅游纪念汗衫，还买了一张泰国地图，之后的几天，这份地图起发挥了重要作用。街上到处是云、贵、川牌照的车子，小镇一下子显得拥挤起来。

　　酒店对面有一家饭店，坐落在湄公河畔。我们选择了户外的一处座位，栏杆外就是静静流淌的河水。天色渐晚，金三角边、湄公河畔，柔和的灯光、温暖的江风，几个人举杯小酌，颇有把酒临风的感觉。在异国他乡，尽情享受短暂的放空大脑，无忧无虑的生活。

河对面就是老挝，但只能看到渡口的几盏灯泛着微光。河面上不时有船经过，船上的灯光在水面上倒映出几条长长的光柱，那光柱在水里慢慢划动。

吃过晚饭，天色已晚，路边的店铺已经关门，街道上灯光昏黄，已经没有了白天的热闹，一下变得非常安静。此时，小镇正在睡去！

2015年2月22日（大年初四）清莱、白庙

一早，在酒店的餐厅用餐。餐厅正对着湄公河，游客们在这里悠闲地享受着美食、柔和的阳光和透着一丝凉意的晨风。阳台上有一个路标指示牌，标明了几个世界知名都市的方向及与此地的距离。曾几何时，金三角以一种罪恶的方式与这些都市联系着。

告别了金三角，我们凭着昨晚买的地图的指引向清莱进发。本来打算去两个景点——皇太后花园和白庙，但是由于对地名的英语叫法不熟悉，找皇太后花园让我们吃尽了苦头。一路上，眼睛看花了，也没找到任何有关皇太后花园的路牌。在清莱城里转了一大圈，转到了皇家花园，问了值班的门卫也没弄清楚。最后还是在一家中餐馆，问了一个会说中文的泰国导游，才大致搞清楚了皇太后花园的位置，原来，它就在我们来的路上，已经完美错过了，而且是距此很远了。

下一个目标就是白庙，有可能是导游搞错了我们的意图，他说只需要5分钟即可到达。就是这个"5分钟"让我们在这条路上折返了好几次，用肢体语言和路边的人交流了好几次，也没有找到白庙。最后关头，我们灵机一动，跟紧一支中国车队，一路狂奔，行走了大概20分钟，没怎么费力就来到了媒体上炒得沸沸扬扬的白庙。

白庙原名龙昆寺或灵光寺，由出生于此的一位艺术家捐资建设，从1998年开始建设，到现在，工程仍在继续。

白庙占地不大，为以泰式风格为主的建筑群，并且融合了其他照射风格。建筑物的色彩以白色为主，白色的建筑墙体上镶嵌着许多小镜片。在强烈的阳光照射下，白色本已很刺眼，加上镜片的反光，更让人感觉有点炫目。其设计的理念是：白色代表纯洁，闪闪发光的玻璃片代表智慧。山形窗边饰有蛇神图案，寺庙风格与中国的迥然不同，神的造型也有所不同。主庙前有一潭清水，建筑物在水里呈现出倒影。

奈何桥横卧在水面上，桥两侧各卧一条白色巨龙。

过了桥就是主庙。庙里有精美的巨幅壁画，描绘着佛教的故事。白庙是泰国寺庙中很有特色的一个，用建筑、雕塑和壁画来诠释佛教的教义和智慧。

参观泰国的佛门圣地，除了需要脱鞋外，对衣着也有要求，不能过于暴露。

我们对佛教缺乏研究，对泰国佛教就更加陌生了，只能走马观花地看一下，加之人多，便未做过多停留。

离开白庙，我们继续向清迈前进。这是我第一次左行模式驾驶，虽说很快就适应了，但在拐弯和超车时还是感觉有点别扭。道路不算太宽，路两边都是青山，其间也会穿过一些村庄，村庄的建设水准比老挝要好许多。

公路两旁，广告牌不多，指示路牌也小。路边不时有餐饮休息的地方，但是标志同样很简单，不起眼。泰国的饭店在招揽顾客方面，有一种随缘的感觉。

快到清迈的时候，我们在路边的一家咖啡屋停留了一会儿。咖啡屋坐落在一座大青山下，绿化很好，有池塘，环境优美，地方开阔。偌大的一个地方，居然只是开了一家不算大的咖啡屋，让人感到有些不可思议。咖啡屋里出售一些饮料、甜点和食品，客人不多，三五个服务员轻松地工作着，感觉不是在经营，而是在展示一种兴趣爱好，更像是几个年轻人的创业实践基地。

我们喝了点咖啡，稍事休息，继续前行。

天色将晚，找到一家酒店住下，这酒店坐落在山里的。沿着一条不宽的道路进去，顺着路标来到大厅，服务人员立马奉上香茶和用鲜花编织成的项链，比香茶和花香更让人舒心的是他们热情的笑容。大厅里面有一个小花园，内有清澈的流水，还有许多水缸，缸里的水面上有用鲜花摆成的美丽图案，一个不大的水面可能就用了近百朵鲜花。

　　站在大堂后的露台上四望，近处有一棵大树，远方是青山，此时，夕阳正在西下，渐渐地从树梢滑到树干，再消失在山后面，最后一丝余晖显得那么美好。

　　目光从远处收回，近处是一片田野，仔细看才发现这居然是一块块稻田，几个游客正行走在田间的小道上。在夕阳的余晖里，田间的小池塘呈现出金黄色，"金色的池塘"应该就是这个样子！更让人惊诧的是稻田旁边坐落着一个游泳池，池水是那么蓝，第一次意识到泳池与庄稼地也能如此亲密接触。远方的树林里，一栋栋洋房或隐或现，不少楼房里已经亮起了灯。

　　酒店的摆渡车沿着一条幽静的小道送我们去房间，小道两边植物茂盛，有许多高大的树木，还有用管道引流的山涧溪流，在低处汇聚成一汪清澈见底的水面。一栋楼被分成4个区域，可供四家同时入住，借着门口的灯光，我们看到墙壁上趴着几只守门的壁虎"将军"。房间里的装修风格和饰品是典型的东南亚特色，有许多落地玻璃，玻璃外面就是绿色的植物，感觉与外界没有了分隔。

　　沿着森林里的小道走向餐厅，路旁除了一些光线柔和的路灯外，还间隔点着油灯。餐厅是开放式的，没有墙也没有玻璃与外界隔开，栏杆外就是田园，可以闻到植物淡淡的芬芳。此时，天色已晚，餐厅周边点着几盏油灯。不知道是不是这些油灯的缘故，这里并没有蚊虫。夜晚的灯光会吸引昆虫，而这里却没有这样的现象，这颠覆了我们传统的认知。借着远处的灯光，我们可以依稀辨清田野里的小道。隐藏在树木后的一座座小楼，从窗户里透出柔和的光。餐厅里有几桌客人在用餐，没有喧哗，只有喃喃细语。我们一行人也开始享受美食和佳酿，倾听天籁之音，沉浸在自然的氛围里。

　　饭后，我们在酒店里逛了逛，才发现这里蛮大的。整个酒店既像一座森林公园，又像一座农庄，更像陶渊明笔下的"桃花源"。酒店居然可以是这样的：一流的现代化设施、一流的服务、一流的森林、一流的田园风光，一下子把城市和田园的美好给兼容了。

　　早晨，我们在鸟儿的鸣叫声中醒来。走出门感觉到一丝寒意，树叶上还有晨露，使其更显青翠。早餐地点就在大堂下边的一个餐厅，餐桌大多是露天放置的。食物种类很多，服务员的脸上总是挂着微笑。我们边吃边欣赏田园风光，晨曦中的田园更显得宁静安逸，原来生活可以和自然如此亲近。

　　用完早餐，在酒店里转了一圈。酒店处于一片树林里，环境很安静，空气很清新。我们走进森林，仰视那些参天大树，听鸟儿嘤嘤；走进花园，吸纳百花的芬芳，赏蜂飞蝶舞；走在田间的小埂上，触摸绿色田野里的庄稼，看蜻蜓低飞。树林、稻田、池塘、田埂、沟渠，一切都搭配得刚刚好。房屋的风格和整体背景很协调，没有生硬嵌入的感觉。

　　我们从资料上介绍获知，清迈是一座很有魅力的城市，于是心中对其充满了期待。

　　酒店有班车去清迈县城，大约一小时左右，班车便进入了清迈县城，但我们并未发现有令人眼睛为之一亮的景象。街上略显拥挤，弥漫着机动车燃油尾气的味道。街道两边都是商铺，其中花店和水果店居多。下车后，我们按照酒店提供的地图确定了行程。清迈的寺庙很多，地图上标注出来的就有好多个。我们乘坐着独具清迈特色的"双条车"，先后参观了2座寺庙，都是典型的东南亚风格。由于我们对泰国历史和佛教文化了解不多，只能是略微感受一下。

　　清迈的魅力在哪里？我们决定步行去寻找。

　　清迈的街道并不宽，也没有绿树成荫，甚至有阳光的时候还有点晒人。专卖日化用品的小商铺里有各种形状和香型的肥皂，应该和印度的精油香皂差不多，我们采购了一些。

继续前行时，已经略感饥饿和疲倦。路边有许多饭店，遮阳伞下的桌椅沿街放置，与街道只隔着一道护栏。我们稍作比较，选择了一家西餐厅，点了意大利风味的面条和披萨，在等待的过程中，随意看看沿街的风景，车辆、行人不紧不慢地行进着，感觉整个节奏很慢。不时有暖风吹过，让人感觉到一丝热浪。

餐厅后面有个小广场，有些树，树下有些桌椅。椅子上坐着的人们在闲聊，广场周边是各式商铺。

我们决定去后街后巷走走。随便选择了一条小巷，便进入其中，立刻感觉周边安静了许多。巷子两边住着的家家户户，都栽植着各种花木，好多花儿从护栏或墙头上钻了出来，大有"满园春色关不住"的架式儿。这里有许多小院落，一些院落被改造成了酒吧、餐厅、小旅馆。院落里绿化很好，缕缕阳光从绿茵里透过，然后照射在地上，形成斑驳的光影。酒吧和餐厅里的桌椅以木制为主，粗线条、深色调。三五个人散坐着，一个人可以自由搭配一份餐、一台电脑、一本书、一杯饮料，也可以啥都不配，只是坐在那里静静地发呆，以自己喜欢的方式休闲。清迈的魅力可能正在于这些后街后巷所营造出的怀旧情怀，又与现代生活保持着若即若离的感觉。

这种氛围也影响了我们的情绪，我们一路放慢脚步，轻轻地踩着时间的节奏。

走出这条巷子后，我们决定租辆"双条车"，在这个城市好好转上一圈。清迈并不大，一水绕城，寺庙遍地。虽然城市不算精致，也不太干净，但生活气息浓郁。一切未加过度雕琢，保持着城市化初期的家园特色，营造了一个修身养性的大环境。

逛完之后，我们乘酒店巴士返回。依旧在昨晚的用餐地点用了晚餐，菜肴是意式和泰式混搭。奔波了一天，在这样的环境里小酌了几杯啤酒，放松一下身心。

2015年2月24日（大年初六）度依山、湄赛

早饭后，我们告别了酒店和清迈，开始返回金三角。来时错过的皇太后花园，这次已被准确定位了。

沿途一路说说笑笑，谈谈身边的趣闻，不大的空间里充满了轻松，时间过得挺快。一路狂奔，看到了一个颇有特色的地方，只见路两旁有喷泉，喷出的水柱有10多米高。下车来一问才知道这是天然温泉。温泉汩汩冒泡，水温最高可达六七十摄氏度。较有特色的是用来煮鹌鹑蛋和鸡蛋，这里有许多卖蛋的妇女，20铢可以买一小筐鹌鹑蛋，将蛋放在一个小竹篓里，然后用小木棍挑着篓子上的绳索放在温泉里煮，几分钟就熟了。剥去蛋壳，

热腾腾、香喷喷，孩子们一连吃了好几个，还连说好吃。这么好的温泉资源居然用来煮鸡蛋、洗脚，要是放在其他地方，或许早就被开发做浴场了。

这里有一个很大的市场，商品非常丰富。

逛完市场，继续前进。道路两旁有一些饭店，但没有显眼的标志牌，车子倏忽之间就错过了。好不容易瞄准了一家，急忙拐了进去。

饭店坐落在一个小山坳里，门口停了几辆车，木结构房屋沿河而建。点了餐，坐在木制的餐桌边观望，栏杆外便是一条大河，河水有点浑，哗哗地流淌着。河的那一边是山谷，草和树木长得很好。这样的用餐环境让人感觉很轻松。国内很多国道边也有很好的景色，但餐饮业的整体环境只能算是差强人意，服务水准不高，抑或心境原因旅客的身心未能得到很好休憩。我想除了人多、车多的缘故，理念上的差别也是主要原因。

吃完饭，继续上路，穿过清莱县城，来到了皇太后花园景区。

花园坐落在泰国北部的一座山上，本为皇家避暑之用。当时的皇太后为了解决金三角的鸦片问题，多次来泰北视察工作，就居住于此。景区分为三个部分：纪念馆、太后宫殿和太后花园。我们首先参观了纪念馆，该纪念馆讲述了皇太后的身世，其命运充满了神奇色彩，其间还穿插讲述了金三角鸦片史，介绍了为了清除鸦片祸害，皇太后和她的儿子所做的贡献。太后宫殿是皇太后起居、生活和办公的场所，整个建筑是三层结构，周边用各种花草点缀着。这里保持着当年的布置，陈列了一些遗物。在太后宫殿的后露台上可以看到不远处有一个花园，那就是太后花园。

太后花园坐落在一个山谷里，这里有一池碧水和满山坡的植物，并且培育着众多热带花卉。园艺师把这里变成了花海，多个种类、多种颜色、多种造型，让人眼花缭乱，各种花香沁人心脾，特别是一些从未见过的热带花卉，让我们大开眼界。

整个景区，植被茂盛，繁花似锦，空气清新。别说留连戏蝶时时舞了，就是人类，也舍不得离开这样的美好景致。我们在此徜徉、静坐了好久，直到暮色降临。

离开太后花园，我们来到了泰北较为美丽的小镇——湄赛。

停好车，步行到泰缅边境，这里与缅甸的大其力镇仅有一河之隔。河上有一座70米长的石桥联系着两个国家，小商贩就是通过这座桥往来于两个国家之间的。在一个刻有"泰国最北部"字样的石碑前，我们留了一张影。由于天色已晚，无法细细领略湄赛的美景和风情。可能是地域的原因，感觉这个小镇的商业氛围很浓郁，经济基础也很不错，到了夜晚，灯红酒绿，煞是热闹。

乘着夜色开车回金三角，起初的路走得还比较顺利，但是在快到的时候，因路牌看得有点模糊，只能凭着感觉选择了一条路，实际上并非我们想走的路线。不过还好，我们从相反的方向到达了我们几天前住过的那家酒店，歪打正着，大家都很意外。

皖鄂游

出发前一天准备去的本来是呼伦贝尔大草原，但是由于伙伴突然变卦，不得不临时改变计划。打开地图册，规划着线路，最终决定西行，去武当山和神农架。本次旅行，历时7天，分别从不同的线路两次横穿皖、鄂两省，行程2800公里。踏足4座高山，连续5天徒步10公里以上的山路，"放空身心，强健体魄"已经成为我们旅行的宗旨。

2015年8月17—18日　金寨 天堂寨

一早，我们从扬州出发，途经南京、合肥，行进了600公里，下午4点左右抵达皖鄂交界、身处大别山腹地的金寨县。金寨县曾是鄂豫皖革命根据地，是全国第二大将军县，走出上百名共和国将军，沿途有好多将军故里的标志牌，让人立刻有了崇敬之情。

天堂寨虽是一个5A级景点，但或许是我们选择的落脚点不对，周边的餐饮住宿条件很一般，其中多以农家小旅馆为主。

临街的空地上有许多露天餐饮，一家家小饭店已经陆续上客。吊锅是当地的饮食特色，有吊锅鸡、吊锅鸭、吊锅黄牛肉等，一个吊锅配上几个小菜，就是一顿地道的皖西饭菜。一个支架吊着一口小铁锅，锅下面是燃烧的木炭，锅里冒着热气，肉香混着蒜香，让人立刻有了食欲。

饭后，我们在小镇上转了一圈，原本地处偏远山区的小镇因为旅游业的发展而变得热闹起来了，与旅游相关的餐饮、住宿等场所遍地皆是，而且还在建规模较大的接待中心。虽身处深山，仍然吸引了不少游客，想来必有其独到之处。

第二天，吃完早饭，开车直达天堂寨景区。下了摆渡车，沿着一条林荫小道往景区深处走去，路边有一条淙淙小河，河水碰到河道里突兀的岩石，激起白色的浪花。

瀑布是天堂寨的主要景观，沿途共有3条瀑布，各有各的姿态：第一条窄，飞流直下；第二条宽，由于地貌的缘故，中间缓冲后形成很宽的泄流；第三条则比前两条落差更大，更有气势，名曰泻玉瀑。3条瀑布的下方都有一潭清水，呈碧绿色，清澈而冰凉。整个瀑布景区给人以"飞瀑九天降，清泉石上流"的感觉。

看完瀑布，乘坐缆车到达山顶。当时天气不太好，视野不开阔，只能模糊看到群山绵延，难见大别山壮观的景象。少许裸露的山石与葱绿的植被形成鲜明的反差。山顶有几处观景点，但是由于视线受限，并未见到美景。

景区里也卖一些果蔬，乒乓球大小的西红柿、指头长短的黄瓜卖到2~3元一个，梨子5元钱一个。

下山是步行下来的，道路基本是利用原有地貌，以山石和土路为主。有山石的地方，利用石头本身的形状作为台阶，更有多处天然石头台阶的高度达1米左右，让行人很是费力，需手脚并用。土路上，好多地方有裸露着的树根形成了天然的台阶。很难想象这是景区的路，感觉更像是搞拓展训练用的，小朋友们倒是玩得很开心。平时我们运动量不大，走几公里这样的山路，天气虽不热，但早已满身大汗了。驻足小歇，山风吹来，顿感凉爽。一路上，两个小朋友走在前面，互相配合、互相鼓励，顺利完成了整个行程，令走在后面的大人们称赞不已。

下山来，在第二条瀑布处，我们用清泉洗了把脸，凉爽至极。坐在巨石上，看飞流直下，碧水荡漾，让山风吹干湿透的衣衫。放松一下腿部的肌肉，惬意地休息了一会儿。看了一下计步器，居然走了近10公里山路，虽然腿脚有点酸痛，但拉练的第一天就把运动量给搞了上来，还是有点成就感的。

在坐车出景区的过程中，发现远处的绝壁上有很长的一段栈道，走在上面势必惊险无比，这应该是景区一景。

在景区外，我们买了点小栗子、饼，驱车继续西行，晚上8点多至湖北随州，在投宿的宾馆里轻松地享用了晚餐，其中盐焗鸡的味道不错！

2015年8月19日　十堰 武当山

一早，我们冒雨向武当山进发。与随州偶然的一次邂逅就此结束，感觉随州这座城市比较干净，城市建设也不错。随州历史悠久，是炎帝的故里、隋文帝的发迹之处，隋朝的国号也与之有关。

到达武当山景区，已经快1点钟了，天空飘着小雨。

武当山作为世界遗产，景区售票大厅显得与众不同，看来是依照标准而建。坐上景区摆渡车，行了近20分钟后到达一个中转站，换乘一辆车，又行驶了15分钟到达金顶景区。一路都是盘山公路，透过车窗可以看到远处的青山。山顶被白色的云雾所遮掩，山谷中也有白色的云雾在飘荡。在雨天，总是很难看到美丽的山景，有点担心会和去年的三清山之行一样，因雨而有遗憾。

　　到达金顶景区，抬头可看到缆车在云雾中穿梭，如同行走尘世与仙境间的列车一般。在缆车乘坐点，我们备足了上山的物资，有桃和黄瓜，还有现做的芡实糕。坐上缆车，一路高升，可以模模糊糊地看到不远处的青山，一会儿被云雾所包围，一会儿又钻出云雾，眼前的景色不断变化。既然视线不好，看不到美丽的景色，那我们就借机吃点东西。刚才买的桃子酸甜可口，肉与核分离得很干净。

　　到达山顶，拾级而上，有一个道观。雨渐大，道观里还在施工，上金顶的路有点拥挤，于是我们就放弃了登顶的打算。站在道观前的一个大平台上举目远望，却看不到任何景象。于是，我们又乘坐缆车、摆渡车原路返回到中转站，换乘至南岩景区。

　　到达南岩景区，天色突然放晴了，眼前的景象为之一变。青山翠谷变得清晰起来，山顶上和山谷中飘荡着白云。此时才领略到武当山的景色：群山绵延，万丈沟壑；雾气缭绕，气象万千。一座座褐红色外墙的道观散落在葱茏的绿树之间、悬崖绝壁之上，特别显眼。

　　昨天陡增的运动量导致大腿和小腿肚酸痛不已，现在，看到眼前望不到头的台阶，有点犹豫了。可听路人说南岩宫很值得一看，于是我们便鼓起勇气，迈步向前。

　　南岩宫的建筑群散落分布，以道观、殿和亭台为主。建筑物巧借山势，依山傍岩，错落有致，是武当山的人文景观和自然景观结合得较完美的地方。

途中遇见类似南京无梁殿的建筑两处，内有巨大的赑屃驮碑造型，赑屃和石碑好像分别用整块巨石雕刻而成。赑屃昂首凝视着远方的山和空谷，神情凝重，让人感觉到一份力量和几分庄重。

南岩宫地点选择得非常特别，简直有点匪夷所思。从前殿经过一扇小门到达后殿，后殿处于悬崖之上，巧用天然山体洞穴而建成大小不一的系列小殿。尤为特别的是龙首石，俗称龙头香，一根融多种雕刻技艺于一体的横梁悬空伸出1米多，下面便是万丈深渊。横梁为两条龙的造型，龙头顶有一香炉，该香炉正对金顶，使人看着就有点头晕。

一路上遇到诸多和我们一样举步艰难的人，想必也是昨天爬过山了。现代人平时疏于运动，假期旅游对于身体健康大有裨益。我们努力坚持着，一步又一步，一个台阶又一个台阶，又走完了10多公里的山路，大人和孩子的潜能得到了激发。

下山来已下午5点多钟，为了节约时间，我们决定赶路到房县。导航了一下，也就百十公里，一两个小时可以搞定。谁知在高速上行走不久，就因前方修路而上到G209，夜色中，道路两旁是玉米地和为数不多的村庄。原本是双向两车道的山路，有很长一段是单向修路。一路堵车不断，一直到了晚上10点钟才到房县。在一家正要打烊的面店匆匆吃了拉面，便在如家住下休息了。

2015年8月20日　神农架 天燕景区

从房县出发，继续沿G209前进，路况比昨晚经过的那一段好多了。路两边都是高耸的大山，满眼都是绿色。每拐过一个弯，眼前的景色就有所变化，如同大幕缓缓地拉开。路边有一条小溪激起了串串白色的浪花，欢快地与我们同行。

没多久，我们便进入盘山公路，180度急转弯随时可以遇到。驾驶切换到"一脚刹车，一脚油门"模式，就这样驶过了危险的"十回首"路段。每个弯道除了反光镜，还有一个标牌，牌上有一句话描述了这个弯道的险况，用以提醒安全开车。聚精会神于前方的路，也就无暇顾及牌上的内容了。

两个小时后，我们抵达了天燕景区。在进景区之前，在路边的一个观景台上驻足了一会儿，瞭望了一下远方。晴空万里，一眼可以看很远，眼前的青山、蓝天和白云让我们对今天的行程充满了期待。

天燕景区由天门垭和燕子洞两个景区组成，可以开车进去。景区里的道路不是太好，有些坑洼，好在路上的车子不多，倒也显得很清净。在盘山公路上转了一会儿，来到了一个观景台，偌大的停车场只有一辆小轿车。阳光明媚，空气清新，凉风习习，面对着青山幽谷、白云蓝天，使人身心放松。四处瞭望，群山连绵起伏，沟壑蜿蜒纵横。有一座高耸入云的拱桥出现在我们的视线里，如同绿色海洋里的一道彩虹，桥上有模糊的人影在走动。我们在此流连了许久，只为让心多静一会儿，让美景多养一养眼，如此美景使我们颇有一些感叹：此处景色甚美而无其他景区之人头攒动。

驱车沿路而行，来到燕子洞景点。沿着依山而建的栈道缓缓前行，一边是山，一边是青翠的山谷，有阳光照射的植物，颜色显得明丽一些，其他的则相对较暗。秋虫在鸣叫，鸟儿在私语，更显山谷的幽静。一路看到好多珍稀的植物，黄杨木随处可见，但都比较细小，一则这种树难以长大，二则扎根破岩，生存环境确实不太好，难以获得足够的养分。神农架独特的气候条件使得这里成了植物的天堂、物种的基因库。好多植物仅凭一抔土、一缕阳光、一丝雨露，扎根岩石、置身绝壁，让人怎能不被生命的力量所震撼？路边有几处垂直的山涧，有细细、闪闪的水流滴下，如同珍珠帘一般，水帘附近的山石上长满了绿色的青苔，旁边的石头上刻着"山乳"二字，可见当地人民对水的感情。

为了新栈道的修建，废弃了原先凿石建成的老路和一些石拱桥，这些都成了一道风景和一段记忆。

燕子洞是金丝楠燕的栖息地，上万只燕子在此安家。洞里黑暗一片，不时有燕子飞进飞出。我们有点纳闷：这么黑暗的场所，燕子是怎么定位的呢？假如万燕齐飞，那将是怎样的风景？

前两天登山导致的腿的酸痛还没缓解，也正因为脚步不能轻盈，也就有机会享受漫步此间的乐趣。

突然，一座飞架2个山头的"彩虹桥"出现在眼前，正是我们在观景台所见的那座桥。站在桥面上，整个人置身万丈幽谷之上，呼呼的山风扑面而来，感受到桥身有些晃动，心里不免有些害怕。桥两边的风景则一览无余，可以看得很远很远，有云中漫步、凌空飞渡的梦幻感觉。在高山之巅架的一座桥，不仅成为观景道路的一部分，同时也为游客增加了一个特殊的观景台。这座桥更像一个类似张家界玻璃栈道的体验场所，不是每个人都能在这种环境下悠然地欣赏风景的，赏景也得有胆！

继续前行，沿途虽还有好几个观景台，但我们已没有时间一一驻足欣赏。在天门垭的一个山货点购买了一些特产后，便开车往景区外走了。一路上，和孩子们聊了些关于神农架野人和其他自然之谜的话题。

出了天燕景区，驱车直奔木鱼镇。虽然这是个小镇，但已发展为规模很大的游客接待中心，小镇上南来北往的游客很多。沿街大大小小的饭馆、酒店鳞次栉比，还有好多在建的。办完酒店入住手续，已到饭点。

离酒店不远有一个小山坡，是一个很大的茶园。半山坡的茶园中有一个饭店，红色的灯笼从一条小河边一直挂到这个小饭店，煞是引人注目。一眼相中！感觉在这样颇具田园感觉的环境里用餐总比挤在一个小空间里要自在得多。

饭店由一个二层楼的住家改造而成，除了门前一块平整的空地，其他都是菜地，种有韭菜、茄子、西红柿、辣椒等。饭店生意很好，屋内屋外都有饭桌，座无虚席。由于当时正值饭点，需要等位，我们只好选择在屋外排队等候。

太阳正在西沉，天空还是那么蓝。这里是俯瞰小镇的一个绝佳地点。小镇坐落在一个小山谷里，四面青山环绕，一条小河穿镇而过。各家饭店已到上客时间，只见人影晃动，生意很是红火。不经意间，太阳已经落山，饭店敞篷里也打开了灯。

半个小时后，终于有了一张空桌，我们总算坐了下来。饭桌就放在蔬菜架下，架子上长满了藤蔓，有黄瓜、豆角、南瓜之类的蔬菜挂在架子顶部。又等了近半个小时，菜肴才陆续上桌。虽然这家饭店上菜有点慢，但每道菜都是单独做的，味道很不错。

蔬菜架下用餐，也是平生第一次。边吃边聊，谈人间万事，叹人生万象。满天星斗，把人的思绪带向很远很远的地方；清风明月，把世俗的烦恼稀释得越来越淡；自己仿佛成了隐居山林的人。是啊，江山本无主，闲者是主人，这样的心境何其难得？

2015年8月21日　神农架 神农顶

去神农顶的路是昨天走过的，途中有一个小盆地，盆地底部立着一座小山，从山脚到山顶是一层层梯田，很是壮观，不由得多瞟了几眼。

到达神农顶景区已近11点，神农顶的最高峰号称华中屋脊。登顶要爬2999级台阶，听此便心生恐惧，加之腿酸痛感未消，想想这上上下下几近6000级台阶，便有点萌生退意。但其他游客都说，神农顶是神农架景区的精华所在，不上神农顶就枉来神农架了。在众人的极力撺掇下，我们还是下定决心上山，哪怕只上到半山腰。

开始的时候，没有连续的台阶。走了一会儿，便看到一个台阶上刻着"0099"，想来是用来计数的。渐渐地，平路被连续的台阶替代。我和宝宝两个人走在后面，一边行进，一边关注着下一个计数的台阶。登山的人很多，迎面下山的游客总会给正在上山的人以鼓励。遇到平坡的休息地，我们会稍事休整，喝点水，吃点东西。就这样走走停停，来到了"2099"，这里有一片宽阔的平地。阳光明媚，山风凉爽，在树荫下休息甚至有些许凉意。此处的景色与山脚下已有了区别，山的轮廓更加清晰鲜明了，也看到更多重的山了。

比之天燕景区，这里的天更蓝，云彩更壮观，天空、青山、白云的组合更为美丽。

补充能量后，我们继续前进。这是一段很长的平路，路边有一眼泉水，水清澈而甘甜，好多游客用瓶子接了饮用。

路边有许多松树，松树的枝叶相对稀疏，树冠不大，应该是为对抗风力而不断进化的结果。这里的土壤层并不厚，那些扎根不牢、被风力所摧倾斜或倒下来的松树，有的已经枯萎，有的正在腐烂。我们在为倒下的大树叹息的同时，也欣慰地看到很多松树小苗在成长。生命的延续就在于不向恶劣的环境屈服！个体、团队、民族、国家，皆如此。

上到"2199"时，看到前面只有连续的上坡，宝宝担心向上走得越多，下山会越艰难。我也担心她会受不了，于是，我们退回到"2099"。恰在这时，她妈妈打来电话，鼓励一番，她犹豫了一下，还是答应再往上爬爬看。就这样，我们从"2099"又开始了最后的攀登，每前进100级台阶，就要休息一下，相互鼓励一下。"2799""2899""2999"，终于，我们到达了最高峰，海拔3061米。此时，再想想那些刻在台阶上的数字，感觉它们的作用还是挺大的。一方面，给人以目标，对于达到终点的可知性，让人更有坚持的动力；另一方面，不断给人以阶段性成果，让人有成就感，更能坚定信心。

此时，所有的疲劳都被眼前的风景驱走了。空气质量非常好，可以望到很远很远，一层层青山轮廓清晰，连绵不绝，像波澜壮阔的大海；一片片蓝天湛蓝湛蓝的，蓝得那么纯粹，让人有融入那份蓝的冲动；一朵朵白云在蓝天上飘荡，不断变化着形状；一阵阵清风扑面而来，送来大自然最热烈的拥抱，我们为神农顶特有的白云、蓝天和青山所迷倒，更有"一览众山小"的快意在心中荡漾。

看着美景，呼吸着清新的空气，回想着登顶的过程，感慨颇多。2999级台阶，不仅挑战了体力，也磨炼了意志。如果中途不再坚持一下，便很可能与好多美好的东西擦肩而过。人生也是一样，最美好的东西往往就出现在"再坚持一下"以后。

　　山顶有一个巨大的鼎，鼎是我国古代的重要器具，有着特殊的意义。我想山顶这个鼎也许是为了纪念神农，他是中华始祖之一，是给中华文明带来农业和医学的圣人，在后人的心目中，其地位如鼎；也许是为了象征太平盛世，表明中华民族经过百年奋斗，迎来了人人站起来富起来到强起来的伟大飞跃。

　　下山的过程没有我们想象的那么难，可能是筋骨活动开了的原因，下山时，小腿肚子并不像第一天那样突突乱跳。一路说说笑笑，谈谈上山的感受，回忆过往的旅游经历。途中没有过多地休息，只是偶尔驻足回望一下美好的景色。再回首看看那些数字，一会儿工夫就经过了2099、0999、0099，顺利到达了山脚。

此时已近下午3点，我们简单地休整了一下，便向大九湖赶去。依然是山路，几十公里花了1个半小时。

2015年8月21—22日　神农架 大九湖

到达大九湖快接近下午5点了。在徐徐行驶的车上，呈现在眼前的景色没有让我们感到惊艳。难道这就是所谓的"巴蜀呼伦贝尔"？我们带着些许的失落和疑问，开车继续往前走。

当我们来到第三个湖时，见路边停了许多车，我们便也下了车。走近湖泊，慢慢地有了新的感觉。这里的风光集山、湖、草原和湿地的景色于一体，更有散落着的小村庄所表现出的田园气息。湖水如同一面镜子，倒映出了周边的景象，给整体的景色增添了一份奇幻。这里较为宁静，虽有不少游人，但一点也不嘈杂。在湖边走了走，渐渐地喜欢上这片自然无雕琢的景色。

安顿完住宿，订好了晚饭后，我们步行来到第一个湖边。

这里除了塑木做的小道外，其他都是天然的。夕阳正在西下，越来越靠近远方的山峰；草原上的草已经开始枯黄，一群群牛羊在草地上恬然地进食，不时听到老牛的一声低吼和羊儿咩咩的叫声；湖面一会儿平静如镜，倒映出蓝天、白云和青山，一会儿又被一阵微风吹皱，水中的倒影一下子全都打碎了。

眺望远方，暮色苍茫，余晖洒在远方的山、湖面和草地上；远处农家升起的袅袅炊烟，在山谷里飘荡；游人徜徉在乡间的小道上，像是傍着夕阳归家的农人。整个画面只缺骑牛的牧童和悠扬的笛声。大人们忙着欣赏自然美景，孩子们则近距离接触了小羊羔和大懒猪。如此美丽的田园景色，伴以落日，足以让人勾起那份久远的家园记忆，这种记忆是深深烙印在人类灵魂深处的，无论你在城市里生活了多久。"夕阳无限好，只是近黄昏。"李商隐千年前的一声叹息引发多少后代华夏子孙的共鸣！

渐渐地，太阳被山遮住了，晚风已经让人感到凉意。村里面的灯光亮了起来，流动的车灯南来北往。因为地处草原的缘故，烤全羊是这边的特色菜，几乎每家饭店都有，还有烤猪、烤鸡、烤鱼，有一家店的招牌居然打出了"炭烤二师兄"的招牌，煞是有趣。就着啤酒，吃着烤羊腿和烤鸡。有酒有肉，有家人朋友陪伴，生活不亦快哉！

这个小村落的住宿，基本是家庭旅馆，一楼、二楼搞餐饮，三楼、四楼住宿，房间里也能闻到浓郁的蒜香味。最贵的房间要400多元一间，进去一看，让人感觉回到了二十年前，好吧，就当是带小孩体验生活了！好在还算干净，设施但简单，但也一应俱全——独立卫生间、24小时热水供应，Wi-Fi成了唯一与现代社会同步的元素。床上盖的和垫的全是棉花内胆，松软异常。房间里没有空调，事实证明，这里的夜晚真的无须空调，盖被还觉得有点冷。

第二天上午，我们来到了第四个湖，这是9个湖中最大的一个，湖面比较开阔，周边的草地也显得宽广。一副秋水长、秋草黄的景象。秋景让人有了一丝惆怅，也多了一份诗意，不禁想吟咏几首古诗来应应景。早晨，没有什么风，湖面如镜面，把水面以上的景象清晰地呈现在水里，形成了巨大的对称画面。远处的天、云、山，近处的亭、树、草，水中的小岛和驻足浅滩的白鹭，岸边行走的人，都有了自己的镜像，让人觉得太过神奇。随着脚步的移动，水中的画面也在变换，如同一面魔镜。

走进一片小树林，树叶上的露水不时落下，滴在水面上形成涟漪，带来了一丝动感。大九湖的美真实！

此情此景，竟让我有了白居易"最爱湖东行不足"的那份不舍，也有五柳居士"田园将芜胡不归"的发问。眼前这个真实的田园给人以世外桃源般的感受，让人怎能释怀？每个人都曾有一个心中的田园，只是时间久了，渐渐就荒芜了。生活的本质意义是什么？这是一个大问题。

中午时分，我们恋恋不舍地离开了大九湖，结束了一次兴犹未尽的旅行。大九湖之行，居住条件虽差，但景色无敌，印象尤为深刻。大九湖还处于开发初期，希望不要过度开发了，从而为人们留下一份家园的记忆。

神农架之行让我们知道了森林的广袤、山川的秀丽、田园的亲切。那片山、那片水、那片森林、那

片草地被定格在记忆中，蓝、白、绿三色深深地印在脑海里。只是短短二三天时间，难以领略一二，有待下次再来慢慢品味这片位于北纬30度的神奇土地。

2015年8月22-23日　回程

离开大九湖后，一路向东，第一天从鄂西赶到了鄂东黄石市，晚上在黄石过夜。次日从黄石出发，取消了去牯牛降的计划，直接横穿安徽。途中由于堵车，在肥西堵了近3个小时，6点钟才回到扬州，结束了此次旅程。

（2015年10月23日初稿，2017年4月26日二稿，2018年12月8日三稿）

广西行

去广西是临时决定的，机票已经没有选择余地了。2月3日晚上公司年会，第二天一早，从高邮赶到扬州，拿好行李，直奔禄口机场。

到达南宁机场，拿到事先约好的车，直接开到了北海，入住酒店。餐后，考察了一下去涠洲岛的码头。码头离酒店很近，步行只需七八分钟。

2016年2月5日　涠洲岛 鳄鱼山和滴水丹屏

第二天一早，退了房，一路快行，到达了码头，乘坐8点半的船去涠洲岛。涠洲岛也是旅行前做功课刚知道的，它坐落在北部湾里，是中国最大和地质最年轻的火山岛，小岛离陆地大概2个小时的航程。可能是前一天赶路太累的原因，我们仨都在轮船上睡了一觉。

到达涠洲岛码头，风挺大，有点凉意。这里很奇怪，岛上的景点套票在码头买，不买票都出不了码头。这么多人一下子拥挤在售票窗口前，导致现场较为混乱。

出了码头，兜揽生意的三轮车和观光车很多，但我们选择背包步行。公路不好走，坑坑洼洼的，车辆一过，灰尘四起，一条新的柏油马路正在修建。按照票后面的地图选择了靠得较近的景点——圣母教堂。沿着乡村公路行走，路边的三角梅已经开败了，随处可见香蕉林，一串串香蕉挂在树上，只是香蕉个头儿较小。村口有一条小河，水面上有许多水葫芦。进村后，好多人家的房前屋后都种着香蕉树，村民用香蕉来喂牛、猪和鸡，这些动物很幸福。

沿着摆渡车出没的路线行进，来到了圣母教堂，透过院墙看到教堂不大，占地不大，就孤零零的一栋建筑。门卫挡住了我们的去路，原因是没有乘摆渡车进来。

离开这个村庄，向预订好的酒店进发。第一次发现导航居然对乡村公路也全覆盖了。走在乡村公路上，我们有了背包客的感觉。阳光很好，路两边还是香蕉林，行人很少，偶尔有一辆摩托车或三轮车驶过。一个半小时后，我们终于走出了香蕉林，来到了公路上，原本想找个地方吃顿饭，可是没找到。

经过一个叫湾背的地方，又走了好大一会儿，总算到达了我们入住的酒店。大厅和走廊是开放式的，风刮得嗖嗖的，很冷，服务生说今年天气有些异常，往年是很暖和的。透过落地窗，可以看到大海，这里是一个海湾，海水很蓝，远处有青山。

在酒店的餐厅用了午餐后，已经下午2点多了。尽管上午的长途跋涉让脚底板和腰已经有点酸胀，但我们还是决定徒步去鳄鱼山景区。这里的路况好多了，导航的直线距离是2公里，结果步行了近5公里。

沿着一个摆满鲜花的台阶进入景区，景区门口矗立着一个白色的高大灯塔。顺着栈道而下，透过树木，看到了大海，但显得有些朦胧。半山腰有一座汤显祖塑像，他曾经游历到此，留下"日射涠洲郭，风斜别岛洋"的诗句，也是对涠洲岛较早的文字宣传。

到了海边，这里没有沙滩，只有焦黑的岩石，与印象中的海滩完全不同。涠洲岛火山最后一次喷发是一万年前的事。走在这些火山岩上，脚下踩的是地球的发展历史。海蚀让岩石形成了一条条深深浅浅的沟，也形成了一些洞穴。海水有规律地拍打着礁石，听久了，耳朵都有点醉了。在一片广阔的礁石滩上，礁石高高矮矮，可以从一块走到另一块上去，宝宝总算找到了自己的乐趣。

面对大海，身心完全放松了下来，思想一下子空荡了，平时脑子里的那些东西荡然无存了，有点飘的感觉。看着岸边礁石上顽强生长的仙人掌，感叹着生命的不易和生命力的强大。

滴水丹屏是我们去的第二个景区。

沿着一条小路进入一个小村庄。曾经的小渔村目前已经成为一个旅游接待地，家家户户都介入旅游业，小旅馆、小饭店遍地都是，和日照海边上的渔村很相似。小旅馆的装修风格随意、休闲，让游客体会到海边渔村风情的同时，兼顾城市的闲情情调。

穿过村庄来到海边，这里有一大片沙滩，沙滩的边上有一片褐色的岩石，常年滴水不断，岩石顶部生长着茂密的植物，滴水丹屏由此得名。只有为数不多的人在沙滩上闲逛，拿着手机面对着大海拍照，旁边一个小烧烤摊散发出烤鱼的阵阵香味，很是诱人，我们买了些，吃着现烤的海鲜，欣赏着落日下的大海和沙滩，味觉和视觉都得到了满足。

海风有点大，几艘小渔船在海面上随波荡漾，余晖透过云层的间隙洒在海面上，整个画面很安逸。

天色渐晚，我们离开沙滩，穿过小村庄，回到了来时的路上，然后用了1个小时左右到达宾馆。

在宾馆的餐厅吃完晚饭，洗完澡，躺在床上，依旧感觉到脚底的酸胀。

今天，上岛后就彻底告别了交通工具，将徒步进行到底，30151步，创造了徒步出行的新纪录，要为宝宝点个赞。旅行就是在行走中贴近自然，捕捉美景，享受自然。高山和大海让思绪得到了调节，使身心放松了下来。旅行也是难得的健身机会，可以尽情迈开腿，以旅行的名义实现拉练的目的。

2016年2月6日　涠洲岛 五彩滩

早饭后，我们各自背上包，开启今天的行程，计划去五彩滩景区。

穿过一个小村庄，来到了景区入口。入口处是一条狭长通道，两边都是摊位，卖食品和饰品。我们来到海边，只能看到一片小沙滩和好多烧烤摊点，好多游客正在用餐。看到此景，未免有点失望，这哪是什么神奇而美丽的五彩滩呀？

继续往海边走，才发现海滩很大。与鳄鱼山的海边一样，这里没有沙滩，只有各种各样的礁石。礁石的颜色丰富了许多，有黑色的，也有褐色的，青苔覆盖的则呈现出绿色，还有一汪汪留在岩石坑洼处的海水，在蓝天的映射下呈现出蓝色。巨大的火山岩石一层一层叠着，在太阳的照射下，很是壮观。海滩由成片的岩石组成，单块岩石虽较为平整，但块与块之间则高低不同。岩石之间由于海蚀而形成了一条条或大或小的沟。退潮后，在岩石的坑洼处形成了一个小水塘，里面有一些来不及撤退的海洋生物，成为赶海人的渔获。

海风很大，阳光不错，倒也不觉得冷。行走在礁石上，可以尽可能地靠近海水，有一种踏浪的感觉。海水很清澈，直见水底五彩的岩石，心灵也变得通透了。海浪一次次拍打着岩石，激起了雪白的浪花，形成一条美丽的曲线。有一处像半岛一样的地形深入海洋里去，我们向里走了很远，就像要把自己融入大海一样。我们在海边伫立了很久，眼睛没有定位任何物体，脑子里是空的，只是感觉到耳边的海风呼呼作响，脚底的海浪哗哗拍击，偶有人语，把思绪拉回到现实。

我们来到烧烤摊，各种海鲜在火力的烘烤下滋滋冒泡，葱和蒜散发出扑鼻的香味。选择一个位置坐下，石蚝、扇贝、带子、鱿鱼、海胆、海参等各种海鲜点上，就着饮品犒劳一下已经有点饥饿的胃，使胃也感受到大海的美好。

在沙滩上，面朝大海、晒着太阳、吹着海风，如此享受海鲜烧烤大餐，在别的景点恐怕已经难以想象。这种粗放、生态化的海鲜大餐给我们留下了难以忘怀的印象。这里尚处于开发初期，当地的村民还属于自主经营，所以才有了这番景象。再过几年，可能就不会这样了。

2016年2月7日　北海 老街、银滩

前两天太累了，今天早上美美地睡了个懒觉。出发前在酒店租了自行车，要骑车游北海。我和宝宝骑一辆双人车，这也是我俩第一次配合。

今天是除夕，路上的行人和车辆不算多，骑行的感觉不错。城市的路面很少有柏油路面，混凝土路面有点起毛，坑坑洼洼的。路边的绿化带以热带植物为主，不茂密。

一路感受着上坡的艰辛和下坡的轻松，经过大名鼎鼎的北部湾广场，来到了老街。

在一个住户家寄存好自行车，便走进了老街。和其他地方的老街一样，这条街曾经是这座城市繁华的商业街，当地人和外地游客可以在此追忆这座城市的似水年华。两边的建筑以骑楼风格为主，墙面颜色大多为珍珠白，门和窗户多有拱券，有点异域格调。老街较长，依稀可见百年前的繁华，建筑物所使用的材料则彰显了这座海边城市的特点。老街通过一条条狭长而深邃的巷道与其他街道相连，这些巷道很有历史的厚重感。目前的老街除了几处纪念馆，基本全是商铺，店面一个挨着一个，经营着当地的土特产、工艺品和各种餐饮，现代化的灯箱与老建筑形成了穿越百年的混搭风格。

街道上挂了好多红彤彤的小灯笼，增添了节日的喜庆气氛。好多住户摆好了祭祖的桌子，桌子上焚着香，摆着鱼、虾、肉、鸡、水果，还有几杯清酒。祭祖本是后代对祖先的一种追思，是对前辈在不易生活环境下建设家园、养育后人的一种感恩行为。

走在老街上，仿佛走进了历史深处。

骑车原路返回，直奔银滩，银滩是北海的象征。一路上看到许多烂尾楼，各种山寨造型都有。这个城市曾经经历过房地产开发狂潮，靠海的地方批了不少项目，因楼市泡沫的破灭，便留下了许多挥之不去的痕迹。

来到银滩，人很少，太阳还很毒辣，好多人在树荫下休息；此时，海水的温度很低，没有人下海。水面上有些人在玩水上摩托，沙滩上有沙滩车来来往往。

这里的沙很白、很细，沙滩的面积很大，在阳光的照射下，如同银色。我们坐在沙滩上，把脚埋进沙子里，然后突发奇想，抹平了一片沙滩，我和宝宝分别手写了"新年快乐"四个字，拍了照并微信发给了好友，算是一种特殊的新年问候方式。

宝宝还是按捺不住，卷起裤腿，与海水亲密接触去了。我则晒着太阳，吹着海风，听着音乐，坐在椰子树下等太阳下山。远处有一群人围成一圈游戏着，他们唱呀，跳呀，欢乐的气氛感染了异乡的游客。渐渐地，暮色越来越重了，余晖照射在海面上形成一条金色大道，伸向远方。

此时天已经很黑了，在回宾馆的路上，我们看到许多排档和酒楼都正常营业，关门谢客的很少。可能是随着社会的发展，春节的过法也不一样了，不耽误旅游城市对旺季的渴望。

除夕，在陌生的城市街头骑行，在海边坐着，这确实是一种闲情。

在酒店的自助餐厅享用了年夜饭，饭菜丰盛，气氛祥和，这也是我们一家3口第一次单独过除夕。

饭后，我们走到酒店附近的马路上，街上冷冷清清，远处不时传来爆竹声，使我们不禁有了点思乡的情绪。然后我们通过电话问候了远方的家人。

网络的迅速发展让手机成了人们重要的联络工具，除夕夜的电子红包把不同圈子的人的热情给点燃了。大家在乎的不是红包的大小，而是发红包和抢红包的过程，以及自己的手气。在叮叮咚咚的手机提示音中，在噼噼啪啪的鞭炮声中，我们在北海度过了2016年的除夕夜。

2016年2月8日　北海—阳朔 转场

大年初一，我们离开了北海。果真如当地人所说，从初一开始，北海的游客一下子增加了许多，路过银滩时，道路已经有点堵了。

高速路上车辆很少，好多时候一眼看不到车，这不正是理想中的路况吗？春光明媚，一路狂奔，从无数青山绿水间掠过。这里的景色和贵州有点像，只是山势没有贵州的雄伟。

途经玉林，计划去梧州看看骑楼。但是下了高速，进入梧州城就有点后悔了，因为骑楼街附近太拥堵，根本无法停车。我们只得随着车流慢慢驶出拥挤路段，绕道离开了。看来节日的景点还真的有点恐怖！

继续向阳朔前进，一路的景色很美，如同行走在画里一样，喀斯特地形造就的一座座小山线条柔美，山色空蒙，如同水墨画，很是秀美。途经黄姚古镇，但时间不允许我们去探访它了，不由得对去梧州的行程设计有点后悔。

暮色降临时分，飞奔700公里后，我们到了阳朔，入住唐人街大酒店。

西街是阳朔重点打造的步行街，历经多年打造，规模较大，旅店酒吧格调休闲。夜市人气很旺，节日气氛很浓，行人摩肩接踵，我们也有幸看到了阳朔第一景——人山人海。较吸引游客的还是美食，地方传统小吃和各种各样的洋小吃同台竞技，各展其能。我们在网评较好的一家饭店品尝了两大特色菜——啤酒鱼和豆腐酿，但有点失望。

全天赶路，既因为途中的景点没有太大的吸引力，更是为了有充足的时间享受阳朔的美景。看到这么多的人，不由得对阳朔之行产生了一丝担忧——明天会不会也这么挤？

2016年2月9日　阳朔 遇龙河和十里画廊

我们从宾馆租了自行车，准备骑游遇龙河和十里画廊。我们骑行在阳朔街头，不时看到一座座小山头突兀地分布在城市里，真是一幅"山在城里，城在山中"的写意画。上路不久，就感觉到自行车的优势，去十里画廊的汽车排成了长龙，自行车则轻松超越无数宝马、奔驰。

天气晴朗，气温宜人，一会儿工夫就进入十里画廊景区，两边矗立着形态各异的山，其间分布着几个景点。人行其中，移步换景，既可以欣赏一座青山的秀美，更可以享受不同景色的组合效果。在这里，游人可以根据自己的喜好，随意定格中意的画面，不时驻足用手机拍照。

我们顺着十里画廊骑行了一段路，拐上了去遇龙河的路。奇怪的是，这条路上没有了车水马龙的壮观景象。不一会儿，我们看到左手边不远处有一条河流，估计这就是大名鼎鼎的遇龙河了。离开主路，来到河边的步行道上，一下子就被清澈见底的河水给吸引住了，在两岸青山和绿竹的映衬下，河水更显碧绿。河水缓缓地流淌着，人的心情也一下子舒缓了下来。没有任何准备，就被眼前的美丽征服了，大有一种"眼前有景道不得"的遗憾。河面上不时有竹筏经过，激发了我们漂流的想法。

　　沿着河畔的小路骑行，有春光、青山、碧水和风相伴，有植物的芬芳相随。回归到自然，人的心情一下子开朗了许多。沿途看到了成片的沙糖橘，黄澄澄的小橘子挂满了枝头，很是诱人。买了几斤，尝了几个，真甜！

　　漂流的站点有好几个，我们选择了"朝阳码头—水岩底"这段行程。买好了漂流的票，却在码头等了近2个小时，好在有沙糖橘可食。上了筏子，眼前的景象立马把长时间等待的烦躁荡涤干净。两岸一片田园风光，青山秀丽逶迤，翠竹葱郁，绿草成茵，一切显得那么自然、纯净。平静的水面如同镜子，天空、远处的山、近处的翠竹、农舍都有了自己的水中影像。微风拂过，吹皱了如同翡翠的春水，河面上泛起阵阵涟漪，水中的影像有了一丝虚幻，人仿佛融入这片美景之中去了，成了整幅画面的一个点，渐渐地，有了微醺的感觉。竹筏缓缓移动，如同镜头推移，不断切入新的画面，让视觉有了新的震撼，丝毫感觉不到时间的流逝。

最终，筏子到达了码头。在码头吃了米粉，很香。之后继续沿河骑行，在有水坝的地方会停留一下，仔细端详一下眼前的景象。

到了朝阳码头时已近黄昏，无奈只能返程。依旧是沿着河边走，河边田地里的油菜已经开花，苗圃里种植的花木有的已经含苞欲放。可以想见，待到鲜花盛开的季节，这里的景色更会美不胜收。路过一个沙糖橘林，可以自己采摘，于是我们就采摘了一袋供以后几天享用。

遇龙河是漓江在阳朔境内的支流，这里的美景被发现的时间不算久，名头上远没有漓江和桂林大。遇龙河如同小家碧玉，不加雕琢，丽质天成。

返回到十里画廊的线路，工农桥上依旧排着长队，加之路边摊点多，导致自行车道也拥挤不堪了。在路边喝了现榨甘蔗汁，吃了当地特产——香豆腐，味道不错。

骑行完了十里画廊整个路程，和遇龙河相比，十里画廊的感觉就有点一般了。想想拥堵的场面，已经没有勇气再原路返回。于是我们选择了昨天开车进城的那条道路回宾馆，虽然远一些，但心情相对轻松一些。

一路骑行，一段漂流，阳朔的风景精华领略了一二，也算不枉此行了。

晚上，再进西街，在昨晚那家酒店吃了另一道当地名菜——斑鱼。

2016年2月10日　龙胜 龙脊梯田

我早就看过有关龙脊梯田的介绍，虽然离阳朔的距离较远，但还是决定去看一看。阳朔到龙胜没有高速，在县道、乡道上走了很久，在中庸乡堵了半个多小时。到达金坑梯田时已经下午2点多了。

我们匆忙上了缆车，随着缆车爬升，梯田呈现在我们眼前。这个季节，春耕还没开始，梯田里还没注水，没有一块块镜面，没有一层层绿，也没有一道道金黄。没有看到宣传画面中那色彩斑斓美，不免有些许失落。

上到顶端，站在观景台上四处张望，眼前是纵横捭阖、酣畅淋漓的梯田群体，规模超出了以前看到过的梯田，目力所及的每一个山头都被开发成了梯田，蔚为壮观。一座座壮寨坐落在梯田之间，人既与自然抗争，又与自然相生相伴，使人不由得感慨：第一代先民来到这里，面对横亘在眼前的大山，是怎样的一种决心选择在此扎根？从第一块梯田开始，到万亩梯田形成，其中渗透了多少代人的辛苦血汗？

在山顶的梯田里，我们感受了农耕文化，宝宝也在上下梯田过程中体验了攀爬的乐趣。在这里逗留了半个多小时，乘缆车下行。

经过半个多小时的山路后，到了平安寨梯田的路口，我们犹豫了一下，还是决定去看看。一路盘旋而上，快到景区的时候，车辆排起了长队。在工作人员的协调下，我们停了车，进了景区。

景区入口依然是各种小店和旅馆，过了风雨桥才算真正进了寨子。过了桥不久，看到一块牌子——始祖田，想来这是第一代先民开辟耕种的，面积不大。但寨子里的旅游气息很浓，盖了好多楼房，餐饮住宿的招牌琳琅满目。

沿着寨子里的指示牌继续前行，突然发现了梯田里有水，一块块水汪汪的梯田呈现眼前，心里不由得激动起来。下来的人告诉我们，从上面看才漂亮呢，不要耽误时间，太阳下山就看不到了。

我们加快脚步，向更高的地方走去。地势越来越高，眼前的梯田越来越美，一块块注满清水、造型各异、大小不同的梯田像一面面镜子，线条十分优美。可能是光线反射的缘故，水面呈现出五彩斑斓的景象。成千上万块"镜子"构成了一个梦幻的世界，震撼着游人的心灵。人们除了贪婪的眼神，还有按快门的节奏。每上到一个新的高度，都会回首俯瞰脚下变幻的世界，余晖渲染了神秘的氛围。到了顶端的观景台，四望可见不同的景象，一座座瑶寨散落在水晶世界里，一缕缕炊烟提醒着人们这里是凡间。

　　渐渐地，寨子里灯光亮了起来，尽管看不够眼前的景象，但我们也只得下山了。寨子里的旅游已经颇具规模，梯田美景、地方美食、田园风光和少数民族风情让许多城市里的人选择做一回寨中人，让自己融入田园，回到梦里家园。

　　造田的祖先们并未想到，他们与自然抗争的过程造就了一件伟大的艺术品。梯田变成了一个妩媚潇洒的曲线世界，以及一个奇幻的光影世界，已经成为一种宝贵的旅游资源，正在改变后辈的命运，后辈们种田已不是出于生存的需要，而是对旅游资源的维护。

　　此时天色已晚，天空飘起了零星小雨。我们在景区出口附近的一个小饭店里点了竹筒饭和米粉，饭后向桂林赶去。

　　漆黑的山路比白天更加难行。上到县道后，开足马力一路狂奔。到了市区，修路的地方很多，坑坑洼洼，暴土扬尘，导航导的路偏僻得让人有点害怕。

8点半左右才赶到桂林宾馆，住下后，来到美食街，点几个小菜犒劳了一下自己。这里盛行"酸嘢"，类似四川泡菜，水果、蔬菜皆可制作，品种繁多，味道特别，当地人酷爱，也吸引了外地游客纷纷尝试。

2016年2月11日　桂林 漓江；兴安 灵渠

我们来到漓江边，沿江边的路行走。漓江两岸，一边是城市，绿化很好，打造成了滨江休闲区；另一边则略显荒凉，只有一些不规整的建筑物突兀地立在江边的荒地上。有一种机动竹筏在江面上突突而行，与遇龙河的竹筏相比，感觉差了许多。走了好久，也没有看到让人惊艳的景色，脑海里不免有了一丝疑问：难道漓江风光就是如此？

江边有几个公园，名气较大的是象山公园，标志性的画面早已深入人心。实地看来，江水处于枯水期，水域面积不大，感觉一般化。游人很多，竹筏主在兜售生意，也有不少游人和鸬鹚有偿合影。我们草草逛了一圈，索然无味，倒是公园内人造的十二生肖柱有点意思，演绎了生肖与天干地支及五行的关系。"桂林山水甲天下，阳朔山水甲桂林"，去过阳朔再来桂林，味同嚼蜡。

我们离开了象山公园，来到了伏波公园，这里只有一个传说以及几件牵强附会的物件。桂林之旅实在是难以为继，坐在伏波公园的石凳上，打开寻找的周边景点，最终锁定兴安县的灵渠，一则路途较近，二则它历史悠久，至少可以给宝宝上堂水利知识课。

主意已定，立马行动，一个多小时后到达景区门口。

进入景区，一条不太宽的河横在眼前，这就是灵渠，秦始皇下令开凿的人工运河，这是世界上较早的人工运河，公元前214年通航。眼前这条不起眼的河流在水利史上具有举足轻重的地位，与都江堰齐名。它也联通了两大著名的河流——湘江和漓江，二者分属于长江水系和珠江水系。

过了一座小拱桥，来到四贤祠，这里供奉着与灵渠有关的4位古人：秦代史禄、汉代马援、唐代李渤和鱼孟威，他们开凿或修缮了灵渠。祠内还有一个奇观，一棵千年重阳树正在以每年1厘米的速度吞食着一块乾隆年间的石碑，如今，碑体已经消失大半。

沿河而行，来到了灵渠的精彩部分。在这里，我们大致了解了古代水利工程的原理，知道了铧嘴、天平、陡门、水涵、渠系等构造。铧嘴把海洋河一分为二，一由南渠合于漓，一由北渠归于湘；大小天平则分配着入漓入湘的流量比例；陡门则是较早的船闸，通过陡门的作用，灵渠能浮舟过岭，是古代一大奇观；南北渠则联系着无数河流，起到航运和灌溉的作用。

站在铧嘴上，我对于这项距今2230多年前的水利工程充满了崇敬之异，要知道当时没有勘测仪器，完全凭简单的工具和目力来完成设计和施工；没有机械，完全靠人力来完成这项浩大的工程，难怪当地有句话："北有长城、南有灵渠。"

秦堤依南渠而建，走在2千多年前始建的大堤上，有一种历史的厚重感。堤上绿化非常好，有许多参天大树，见证着百年乃至千年的历史沧桑。夕阳西下的景色给人一种"咸阳古道"的沧桑感。这里环境很好，是徒步的理想场所，灵渠水清见底，让人不由得想起名句"问渠那得清如许？为有源头活水来"当然，此渠扉彼渠；渠上有许多单孔的石桥，倒映在水面上形成了美丽的水乡景观。单孔桥的桥身和倒影形成了一轮圆月，桥边有桂花树，圆月和桂花树倒是暗合了天上的月宫传说。

秦堤的另一边是湘江故道，在田野里逶迤前行。故道边上就是成片的农田，绿油油一片，其间夹杂着一些油菜花；对面的河堤上稀稀拉拉地分布着一些大树，叶子不多，露出刚健的身躯，倒映在河面上。总觉得水中的影子比真实的物体要美许多，可能是水给影像增添了一种清澈、灵动之感。

半个多小时后，我们来到了水街，街道沿河两岸而建，河边做成了绿化带，种有修竹和花卉。小桥、流水、人家，这不正是南方水乡的典型特征吗？与乌镇、西塘的美有得一搏，而这里的水还要清澈得多，这里的历史感要强烈许多，这里的商业化痕迹少得多。同时，这里没有拥挤的人群，没有污浊的空气，真乃世外桃源！

沿来时的路返程，天色已经擦黑，对面的街道已经亮起了灯，我们也加快了步伐。

2016年2月12日　三江 程阳八寨

桂林实在是没啥好玩的，便临时决定去程阳八寨看看颇具盛名的侗寨风雨桥和钟鼓楼。看了地图才发现，有好长一段路是和那天去龙脊梯田相同的，不由得为把桂林作为中转站的决定而后悔。虽然路途有点远，但还是下决心准备去看看。

出了桂林，路上车辆不算多，没遭遇堵车。好多地方国道两边就是店铺，如同城市里的巷道。过了一个小县城，公路沿江而建，有一条碧绿的大河相伴，心情很是愉悦。

下午2点多钟，我们到达程阳八寨，景区入口不远处就是大名鼎鼎的程阳风雨桥。风雨桥是进寨子的一座桥，是侗族人迎来送往的重要场所，其集亭、阁、廊于一体，造型优美。风雨桥经历了千年的风雨，也见证了寨子的风风雨雨。程阳风雨桥由侗族大木构工艺建造而成，在桥梁界具有非常高的地位，与赵州桥齐名。其建造工艺，好多桥梁专家至今未参透，当年为了重建，难住了众多桥梁专家，而得了祖上真传的工匠不用图纸，完全靠脑海里无形的图纸就完成了重建工作，不能不说是咄咄怪事。

过了桥，路边有村民设的摊点，点了糯米饭和熏香肠解决了午饭，在这里也第一次品尝了油茶。

第一个寨子就是程阳寨，寨子里的建筑物是典型的侗族风格，建筑群以黑色为主色调，坐落在青山之中显得很庄重。除了进出寨子的风雨桥，钟鼓楼是每个寨子的重要建筑，有议政厅的功能，钟鼓楼前通常会有个广场，是会议、活动的场所。和其他旅游地一样，寨子也被打造成具有少数民族风情的旅游休闲地。传统的侗族建筑基本是全木结构的，柱、栋、梁、椽……看得人眼花缭乱，与现代钢筋混凝土建筑相比，简直就像件艺术品。

这8个寨子由一条小河连成一片，符合傍河而居的古老习俗。寨与寨之间有乡间小道相连，现在也被改造成步道供人行走。每个寨子，风雨桥和钟鼓楼的风格和故事都不一样，各个寨子展示的侗族文化也不尽相同：有千人织布、印染、特色小吃，较吸引人的当数侗族大歌。寨子里还有不少山泉的取水口供游人饮用解渴。

穿行于寨子之间，跨过一座座风雨桥，或走在河边的小路上，或走在乡间的田埂上，或走在不规则的巷道里，感受着久远以前的生活。农家散落在田野里，田野里几头老牛在悠闲地吃草，不时发出低鸣；走在寨子里，鸡犬声相闻；房前屋后有果树和菜地；妇女在河边洗菜、洗衣服，不时有一群鸭子游过；小孩子们三五成群结伴玩耍；老人们集中在一起晒太阳、拉家常，对来往的行人并不是太在意。现代人到这里来旅游或小住，更多是想看看先辈们曾经的生活环境和生活状态，充分感受一下贴近自然、融入自然的那种生活方式。

离开八寨，夜宿于三江国宾馆，靠近三江风雨桥——一座用现代技术建筑而成的规模宏伟的公路桥，但外形继承了传统风雨桥的特点，夜幕下，亮化后的三江风雨桥非常美丽、壮观。这个城市里还有高耸的三江钟鼓楼，一桥一楼，成为这个县城的两个地标。

2016年2月13日　丹洲古镇

丹洲古镇，宣传语说这是中国唯一的水上城市。国道上路况不错，中午时分到达景区停车场，景区是融江中的一座小岛，需要摆渡过去。江水极好，碧绿清澈，小岛就在眼前。在以水为路的年代里，这里曾经是重要的门户，作为三江县衙所在地长达300年。

上了码头，踏着青石台阶而上，路边的石刻上介绍说这里曾经是收税和换取关牒的场所。沿着路线图来到有300年树龄的古榕树下，古榕树根深叶茂，伞盖面积足有几亩地。

古榕靠近一个码头，不知道曾有多少南来北往的过客在树下歇脚乘凉，喝上一杯清茶，聊几句天南海北。

继续往前走，进入了一片柚子林。这个小岛盛产沙田柚，每到柚子成熟的时候，树上便挂满了黄澄澄的柚子，景象也挺壮观。穿梭在柚子林里，看着各种形状的柚子树，棵棵枝繁叶茂。好多树干用木棍支撑着，可以想象硕果累累的画面。柚子林里有一座建筑物与众不同，走近一看，原来是闽赣会馆旧址，如今会馆已经破败不堪，从残存的基础来看，此地也曾风光一时，遥想当年，多少商贾在此高谈阔论、把酒言欢、听书看戏。

会馆外有一条路直通江边，这里曾经是一个码头，由乡里贤达修建，两边的翠竹在顶部合拢形成一个天然走廊。这个小城东南西北四个方向有好多码头，可见商贸之发达。南来北往的货物由这些码头进入小城进行交易，或者直接在码头、驳船进行交易。

从柚子林出来，离开了小城，行走在江边的步行道上。这里真是徒步的好地方，阳光明媚，江风凉爽，绿得发青的江水缓缓流淌。对着江那边的青山大喊几声，感受回声的乐趣。陪宝宝在水面上打几个水漂，追忆一下童年的时光。掬一捧江水洗把脸，真是清爽！

　　3个人行走在空荡荡的道路上，向后看，是来时路；向前看，是要走的路，不由得想起了徒步涠洲岛的情形。徒步如同人生，只有不停地往前走，还有多少路要走完才能到达目的地并不可知。但是只要坚持，就总会有终点。

　　走了一个大弧线，从北门进入小城。这座小城还保留了几座城楼，站在城楼上往下看，小街就像《清明上河图》中的景象，若不是有些突兀的现代元素，就仿佛置身于古代的某个小城市里。

全民旅游业的模式使得一个农家变成了一个客栈，好多小客栈结合农家特点设计得很有味道。一个小院、一块菜地、一个鸡笼，院墙内外都是柚子树。与丽江那些过度商业化的地方相比，这里淳朴了许多，而且夜不闭户。不少游客或无目的地在小街小巷里闲逛，看民俗风情；或休憩于农家小院里，听鸡鸣狗吠。独特的地理位置，久远的历史元素，加之良好的田园氛围，让这里成了人们休闲的乐土。

在一户农家，我们点了一只鸡和一些蔬菜。坐在院子里，主妇边做菜边和我们聊天，现在她也通过网络做生意，对院子也有了一个改造计划。还让我们夏季再过来玩，说能到江里去游泳。不一会儿工夫，菜就上桌了，黄焖鸡肉、内脏、鸡血和蔬菜烧汤，农家朴素的烹调技法更显菜肴的美味。一阵风卷残云之后，所有的劳累消失殆尽。

古榕树、码头、城楼、会馆和书院是这座城市的历史标记。千百年来，江水从这座小城四周流过，在历史的长河中，它也曾经风光过。现在，它正在默默地转型，希望它能永远保留一种世外桃源的氛围。

我们到达柳州，天色已晚，夜宿万达酒店。

2016年2月14日　柳州 工业博物馆和龙潭公园

因柳州正好在去南宁的必经之路上，故选作一个停靠点。

从酒店开车不到10分钟就来到了工业博物馆，停车场很冷清，较为醒目的是广场上停着2辆老式的火车，车头上显示：柳钢58壹号，是柳钢用于装运铁水的专用火车。广场上一字排开许多冰冷的机器，有的显得奇形怪状，如果不看介绍，根本不知道它的用途，更不知道它们曾经在工业史上风骚一时。

进入展馆，开始了对中国工业历史的学习。中国人从洋务运动开始就为改变中国工业命运而努力。许多在那个时代引进的先进设备就说明了中国人迫切改变现状的决心，几台德国制造、美国制造甚至苏联制造的机床静静地躺在那里，它们曾经为中国工业的发展作出过重要贡献。

中国工业的真正起步始于中华人民共和国成立后，从私有化改造到公私合营，中国人民以空前的热情开始了工业赶超。在那段激情燃烧的岁月里，涌现出一批批优秀的企业和典型人物。基于前几个五年计划的实施，中国的国防工业才有了腾飞的基础。

看着一张张半个世纪前的照片，每个人脸上展示出的神采是那么积极向上、那么自信，非常感谢先辈们在那样的空白基础上奠定了中国工业的基石。

改革开放后，中国工业更是迎来了发展的春天。依靠着之前积累的工业基础，愣是快速打出了"中国制造"的天地，而"中国制造"使得中国经济在短短40多年里得到了腾飞，工业改变了中国的地位和命运。

离开工业馆，进入柳州城市发展馆，这里以工业为线索讲述了这座城市的发展历程。这个发展历程具有代表性，中国众多城市都经历了同样的历程。工业与经济、工业与城市发展、工业与环境的关系都是深远的话题。城市因为工业而兴起，也因为工业而面临困局，最终也会因产业的升级而摆脱困局。在经济发展的基础上，随着城市规划的日趋合理，先发展的城市的未来会越来越美好，后发展的城市在发展过程中会借鉴经验、少走弯路。

龙潭公园是柳州比较有代表性的一个景点，不收门票。正对公园大门的街道煞是热闹，有好多卖小吃的摊点。

进入公园，眼前是一个湖面，远处有青山茂林，一座桥横卧在湖面上。沿桥前行，桥两边水的颜色却不一样，看介绍才知道一边是湖水，一边是潭水，其中潭水更绿。

　　桥头的山体上，摩崖石刻较多，不乏一些名人手迹，体现了柳州的文化底蕴。顺着湖边的林荫大道前行，路边有一种树很是奇特，树干笔直且光秃秃的，只有顶端有一个不大的树冠，树身的颜色如同水泥色，好几次把它们当作了水泥电线杆。

　　接着，我们来到一个花园，这里的柳树已经发芽，茶花、桃花、玉兰花已经开放，好多人在花丛中合影。来到湖边，湖面被群山环抱，山不高，但不乏奇峰异石。山形和阳朔的山类似，不失秀丽之美，倒映在湖面上，山水相宜。

　　湖面上有一座规模较大的风雨桥，桥面与湖面靠得很近，一副横卧碧波之势，嵌入喀斯特自然风光中，壮观秀丽，画面和谐。

在风雨桥上向两边张望，景象不同。可能是为了修建水上项目，湖面被人工分割成了几块，有点破坏整体感。走过了风雨桥，这里有几个少数民族的寨子，供游人领略少数民族风情。在公园里小转了一会儿，租了条小船，在湖面上泛舟。可惜天气不好，冷风吹走了春日泛舟的情趣。

我们离开柳州，一路赶往南宁，从今天开始，高速收费了，车辆也明显增多了。

2016年2月15日　　回程

一大早，我们匆匆用完早餐，打车来到机场，乘飞机直飞南京，十天的广西自驾游之行顺利结束。

从北部湾的涠洲岛到桂北的三江，我们欣赏了岛屿、海滩、山水、梯田、古镇和古寨等。涠洲岛，和煦春光中彻底地徒步旅行；遇龙河畔，如画的环境中骑行和漂流；龙脊梯田，夕阳下的美景，印象较为深刻。在旅行中将观光与健身相结合，平均每天徒步2万步，双腿已经习惯了行走的节奏。

涠洲岛的海鲜烧烤、桂北的侗族油茶、多种多样的水果，还有无处不在的米线和酸嘢，给我们留下了特殊的味觉记忆。

每天晚上，回顾一下当天的行程、欣赏一下拍的美图、设计一下明天的线路，是快乐的事。只要有一双善于发现美的眼睛、有一种欣赏美的心情，旅行便可以放松身心、增长见识，20公里的徒步也可以磨炼意志。

总觉得假期短暂，工作时日漫长，漫长的过程只为短暂的愉悦，短暂的愉悦也是为了更好地应对漫长的过程。

（2016年5月13日初稿，2017年6月25日二稿）

青海行

　　这次青海之行完全是即兴而定。两天前，去朋友家闲聊，言及去青海，当即决定结伴而行，当天确定机票。连续的阴雨天，也有换一片天空的想法，故能一拍即合。

2016年7月3—4日　青海湖

　　早饭在一家牛肉面店搞定，店面不大，但人挺多，站在街边，手捧热腾腾的大碗拉面让人立马精神焕发。

　　饭后，我们开始了为期两天的环青海湖之旅。

　　汽车行驶在青藏公路上，青藏公路，又称天路，这条路的平均海拔近3000米，是许多筑路工人用鲜血、生命铸就而成的。据说当年公路每延伸1公里就要牺牲2名筑路工人，故又称血路。

　　渐渐地，路边就出现了广袤的草原，由于气候的原因，草并不茂密，草色也不那么绿。草地上，不时看到成群的牛羊。一片片金色的油菜花会让人眼前一亮，金地毯与绿地毯形成了鲜明的对比。远处的山覆盖着脆弱的植被，山的轮廓清晰可见，山脊上就是那片令人心醉的蓝天，蓝天上飘着朵朵白云。

路边，间或有十几个蒙古包群落，是草原农家乐，有缕缕炊烟从蒙古包里升起。这里有骑马项目，大人、孩子都有了草原上策马飞奔的想法。在骑手的陪伴下，宝宝飞速地骑了一大圈，感觉与低速时完全不一样。接着，我们在一个蒙古包里吃了午饭，奶茶和手抓羊肉是草原的特色，体验了马背民族豪放的饮食文化。饭后，兴犹未尽的孩子们再一次骑马。

车子行到一个湖泊边，下车走到湖边，湖边上有一个石碑，上刻"海晏河清"四个字，这是一代又一代人们对太平盛世的渴望。湖泊不算很大，水很清。湖对面是草原，上面散落着一些蒙古包。据说那里就是王洛宾创作《在那遥远的地方》的采风之地。这首歌以轻缓、优美的曲调，以及朴实的语言描绘了草原青年的爱情，被传唱了许多年。

经过金银滩时，草原上散落有许多已经废弃的老旧建筑，很不显眼，那就是211工厂遗址——两弹一星研制基地，一个创造出国防神剑的地方。面对这样的环境，不难想象几十年前这边荒漠戈壁的情景；面对这样的厂房，很难想象国之重器在这里诞生。那是一个怎样的年代？那是一个不断创造奇迹的年代！所有的困难都不是问题，心中只有励精图治、战天斗地。那是什么样的一群人？那是一群伟大的人！一切为了国家，为了子孙后代，不计个人之得失。在航天城，我们全面了解了中国两弹一星的发展历程。唏嘘、感叹不断，民族自豪感油然而生。这是任何时候都不应该被遗忘的角落，这是任何时候都不能忘记的一段历史，这是任何时候都不能忘记的一群人。

沙岛，湖边的一个沙漠，是青海湖的一个景点。在这里，沙漠、绿洲和湖泊天然地融为一体。沙漠里有许多游乐项目，骑马、沙滩车、滑沙，让游人感受沙趣。沙漠在风的作用下所形成的曲线优美而迷人，湛蓝而平静的湖水清澈异常，青海湖的魅力有大半是因为这片蓝色。坐在湖边的凉亭里，坐看瑶池仙境般的景色，享受习习凉风，久久不愿离去。

一路上，不时会看到全副武装的骑行者。他们来此骑行，可能不仅仅是因为这里独特的美景，更因为这里的海拔、烈日和干旱的气候，他们在挑战自我、感悟人生。虽然道路艰辛，但努力前行的脚步不曾停歇，我们收获了美丽的风景，更提升了人生的境界，也有幸看到了溯流而上的鳇鱼——被当地人视为图腾的一种鱼，它们逆流而上，除了会精力耗尽而亡，浅滩也会带来生命威胁！如此的行为，只为到上游产卵，而产卵完毕，它们的生命也将终止，这种牺牲为的是完成生命延续的使命。

这里，日落迟，晚上8点多钟依然如同白天。我们在鸟岛附近的一个小镇上吃完晚饭后，天刚擦黑，赶往40公里外刚察县的一个小镇住宿。行走在公路上，车很少，影影绰绰看到蒙古包透出的柔弱灯光。草原的夜空，星光灿烂，和蒙古包里的点点灯火难分彼此，草原夜色美！此情此景，更能理解那些以草原为主题的歌曲，更能体会蒙古长调的魅力，不知不觉间耳边响起了那些低沉的旋律。

第二天一早，就着酸爽的泡菜喝了一大碗稀饭后，奔向下一个目的地——茶卡盐湖。

一路上，依旧是烈日当空，抬头就能看到日晕。透过车窗，天上的白云如同悬挂着的布景，它们好像被太阳晒得不想动弹、变化。一路上，大山相伴，山的线条平缓柔和。依稀看到远方的湖面呈现出那份让人心仪的蓝色，离湖近的地方，可以看到无边无际的湖面。悄然间，眼前呈现出高原草甸的景象，山体绵延如同起伏的绿地毯，阳光直射的区域和背阴的区域形成了一定的色差，更显层次感。

经过黑马河时，路两边是漫山散布的白色蒙古包，这里是看日出的好地方，天南海北的游客可以在此享受草原露营的乐趣，看湖光山色、日出日落。

站在海拔3817米的橡皮山垭口，感觉到离天更近了。极目远眺高原风光，没有了高楼大厦的阻碍，没有了喧嚣的背景。感官没有了往日般的刺激，周围的世界基本是静态的，思绪自然就慢下来、淡下来了。

　　过了垭口，路边又变成了不毛之地，画面里只有枯干的草和几匹嚼食枯草的牛马，让人感叹生命的不易。

　　渐渐地，远方出现了一片白花花的世界，那就是茶卡盐湖。这里曾经是重要的产盐区，而盐湖独特的自然风光使得这里的旅游业方兴未艾。在这里，盐营造出了一个不一样的世界。如同沙漠里的沙子一样，盐被用来铺路、做雕塑。走在盐铺就的路面上，咔嚓作响，但松软得如同沙地。湖面洁白，反射的阳光有点刺眼。行走在湖面上，踩出的脚印还能渗出卤水；走进湖心腹地，四周白茫茫一片，仿佛置身一个巨大的冰雪世界。茶卡盐湖号称"天空之镜"，周围的山、蓝天和白云都会在湖面上倒映成像。这里的云彩姿态优美、变化丰富，盐湖宛如一面巨大的魔法铜镜，演绎着奇妙的镜像。

　　在历史上，盐是关系国家命脉的重要物资，盐的生产和买卖被国家严格控制着。不管是海盐、井盐还是湖盐，制盐的过程都不容易，这个盐场盛产大青盐，是国内首家绿色食用盐生产基地，为西部地区盐的供应和经济发展作出了很大贡献。目前，它在产盐的同时，还在以另外一种方式造福着当地百姓！

离开了茶卡盐湖，沿着南线返回西宁。一路上，依旧是刺眼的阳光、高悬的白云和干枯的草原。

2016年7月5日　贵德 地质公园和黄河

临时决定去贵德看看。一行4人包了辆出租车，从宾馆出发赶往贵德。司机是一个藏族小伙子，样貌憨厚，态度也很随和。一路上，小伙子对贵德的丹霞地貌和黄河水颇有赞誉，让我们对此行充满了憧憬。

路两边的风光截然不同，一边郁郁葱葱，一边则近乎不毛，形成了鲜明的对比。即使是同一边，相隔十几里，情况也不尽相同，有翠绿的草甸，也有五彩丹霞地貌。车停在路边休息的时候，买了些当地人卖的李子，非常甜，甜里透点酸，口感极佳。

地质公园是国家级的，想来必有其独特之处。在导游的引导下，我们进入景区后，先参观了博物馆，对贵德的丹霞特色、自然风光和历史文化有了个初步的了解。导游的解说词比较有文采，也很有思想性，强调土地对于人类的重要性，以及生命与自然的和谐。解说词从女娲补天用的五色土联系到公园里五彩缤纷的山色；从女娲抟土造人阐释土对于生命的重要；从贵德的汉语拼音"guì de"联想到英语单词"guide"。

　　跨过一座桥，进入"生命之门"，电瓶车送了一程，就开始了步行观光过程，这里的地名颇具意义，诸如女娲峡、千佛峡、通天峡，把自然奇观和远古神话关联起来，更显得神奇，也反映了人类对远古时代的憧憬。

　　七彩峰不仅色彩丰富，规模也很壮观，山的本色由所含矿物质的种类所决定，与其他地方比较单一的颜色相比，这里是绚丽缤纷的，这种绚丽随着光线强度和角度而动态变化着。更让人震撼的是风蚀地貌所展现出的匪夷所思的画面，有的如同神话传说的浮雕，有的如同一栋巍峨的建筑，一层层窗棂状的结构。这样的景象让人疑似进入一个荒废了几百年的古堡，不知为何，大白天也感觉到一丝阴森，不能不让人感叹大自然超强的艺术想象力和鬼斧神工的技艺。

　　从地质公园出来，经过贵德古城，尚有古城墙遗迹存在，城墙由夯土而成，多年未坍塌说明了这里降雨量之小。

　　来到黄河边，站在铁索桥上，眼前的河水出奇碧绿，与云贵那些地方的好水相比毫不逊色，让人难以和黄河相关联。河两岸和河中的岛上，树木郁郁葱葱，与远方光秃的丹霞地貌形成了鲜明对比。这里不缺水，为何山体的水土流失却如此严重？令人不解！

这里不收门票，提供免费摆渡车服务，这种做法让人称赞！

黄河岸边矗立着硕大无朋的水力驱动转经轮，那场面宏伟壮观，让人不由得祈祷民族好运长久、国家繁荣富强。河边有树林，里面建有步行通道和休憩的场所，好多人在那里纳凉休闲。

接着，我们来到了黄河边，游客们拿着手机不停地拍照，想必是被这片水给迷倒了。有人脱了鞋，卷起裤腿，走进了清澈的水里。宝宝们也效仿了，他们光着小脚，踩在黄河石上，寻找着自己中意的石头，寻觅着水中的小鱼小虾。坐在黄河边的石头上，吹着清凉而柔和的风，沐浴着明媚的阳光，仿佛置身江南水乡。

这里的黄河水清澈而碧绿，缓缓流淌，与壶口瀑布浊浪滔天的景象实在联系不起来！"天下黄河贵德清"，诚不虚言。不身临其境，便难以想象其清澈的程度。对黄河的印象也彻底颠覆掉了！静静地坐了很长时间，脑海里在一遍遍地确认这就是黄河！

黄河水成千上万年的冲刷，造就了许多造型神奇的石头。这些石头算是吸收了日月的精华，黄河石继雨花石之后，成了收藏爱好者的新宠，沿河一些地方也形成了一个以"石"为核心的产业。黄河哺育了中华民族，还在以这样的方式造福沿岸人民。

掬一捧黄河水喝下，带一块黄河石回家。

贵德，一个人口10万的小县城，却有着耐人寻味的名字和丹山碧水的自然风光。

2016年7月7日　返程

短暂的青海之行结束之际，仍忘不了烈日下的草原和丹霞，忘不了碧绿的黄河水和湛蓝的青海湖，忘不了茶卡盐湖的天空之镜，忘不了草原夜色里的点点灯光……

回到南京，和来时一样，依然是雨水天气，在离开的这段时间里，暴雨一直未停，江河的水位已经达到了警戒水位。对比青海的干燥，真希望老天能将东雨西送，风调雨顺遍神州。

豫鄂游

  大学期间和刚毕业的那几年，我曾经去过几次河南，都是探访朋友之行，并没有真正在那里旅游过。河南，地处中原大地，历史悠久，两大古都开封、洛阳更因其厚重的历史而闻名遐迩；河南，自然景观众多，太行、王屋、云台等名山不胜枚举；河南，文化灿烂，南阳的甲骨文和洛阳的龙门石窟，被誉为中华文化的瑰宝。于是，我就把旅游资源极其丰富的河南作为本次出行的首选目的地，来一趟自然风景和历史文化并重的旅行。

2016年8月13日　永城 芒砀山；开封 清明上河园

  芒砀山是这次行程的第一站，从扬州出发，历经4个多小时的车程即可到达。

  "山不在高，有仙则名"，芒砀山正应了此语。本是一座小山，却与秦末两位重要历史人物相关联：率先举起反秦大旗，为项羽、刘邦开启雄伟大业的陈胜葬身于此；汉高祖刘邦在此斩白蛇起义，成就大汉400多年的功业。西汉建立后，永城属于梁王的封地，七任梁王的墓地皆在芒砀山。汉文化自然是这里的主题。

  芒砀山是大汉王朝的龙兴之地，2千年后，汉文化又给这座小山带来了丰厚的旅游资源。景区里巨大的刘邦石像，典型的大汉风格，好似把酒临风，彰显了汉帝国的泱泱气概。

  在导游的引导下，我们拾级而上，365个台阶代表了一年365天，4个大平台代表了一年四季。台阶旁有阙的造型，这是汉朝的标志性建筑物。

  首先，游览的是梁王刘武皇后的地宫。地宫深入山体内部，是凿山石而建的，在那个年代，工程量之大可想而知。古人事死如事生，于是对墓室及陪葬品就特别重视，王室成员因财力丰厚，就更加讲究了。这个地宫仿生前的居住环境而设计，除了主厅，还有各室，功能结构一应俱全，还有巨大的回形走廊代表后花园。这个地宫规模是目前发现较大的石室王陵之一，比明十三陵的定陵地宫还要大。地宫正室屋顶曾发现过精美的壁画，比敦煌壁画还要早几百年，在壁画领域具有极为重要的地位，真品是河南省博物馆的镇馆之宝。

梁王刘武的地宫规模要比王后地宫小许多，工程质量也差了许多。原因是梁王暴病而亡，草草结束了原本规模要大得多的工程计划，工程质量也就相应地大打折扣。这里有古代冰箱和抽水马桶的原型，可见古人对于生活质量的追求之高。

有一项未完成的工程倒是值得一提。王后地宫原本设计有一条通往梁王地宫的通道，是夫妻俩黄泉相见的通道。由于梁王的暴死，难以双向施工（古人就有这种隧道双向定位的技术，让人赞叹），只能从王后地宫向梁王地宫开挖。直到王后死的时候，也只完成了几百米的工程量而已。这一创意极佳、难度极大的工程未能完工是一件憾事。

他们的儿子——第二代梁王的地宫规模较小，是最后一个被发现的，考古挖掘时，出土了大量的铜钱。

想到一家3口在同一个山头上开挖3个石室王陵，这本身就是一个长相厮守的感人故事。地宫里18摄氏度的自然恒温与室外38摄氏度的酷热形成了极强的反差。

传说曹操曾经派兵挖走了梁王地宫里的所有财物，而获得了3年的军饷，可见陪葬物数量之巨大。而事实上，曹操用掘汉王陵的财富发展壮大了自己，最终成了汉王朝的掘墓人。曹孟德是不是有点不厚道？

离开芒砀山，行驶2个多小时后到达了开封，入住中州国际大酒店，顺便让酒店人员代购了清明上河园的门票。

清明上河园以张择端的《清明上河图》为蓝本，旨在实景再现东京汴梁繁华的盛世景象。城楼、拱桥、码头、酒肆、船只等力求与图画中的形似，所有的工作人员及商贩一律身着古装，从氛围上力图营造一种穿越的感觉。

历史被"还原"成了现实，现实也将成为历史。能在漫长的历史画卷里留下一个定格的画面，张择端对于这座城的贡献很大，对于那个时代的贡献同样很大。

开封作为九朝古都，自然有其深厚的历史文化底蕴，而北宋无疑就是这座城市较为辉煌的时期，当时的开封可谓是是世界上较繁华的都市之一。几百年后的今天，在这样的场景下，苏轼、柳永、欧阳修、周邦彦的名作再次回荡在这座城市的上空。

演出自然少不了杨家将、包公、李师师等历史人物的出场，这些人物仿佛穿越到了现代，更加鲜活；市井生活的再现让观众领略了当时的民风民俗；而战争场面的再现则把观众又带入到金戈铁马的北宋末年。那是一段将这座城市彻底毁灭的历史，也是大宋王朝的历史转折点，更是中国历史的转折点。中国历史上有过3次"衣冠南渡"，这是第二次！岳飞的《满江红》和辛弃疾的《破阵子》则渲染了南宋有志之士恢复中原故土的万丈豪情以及壮志难酬的悲愤。

开封历史悠久，经历过多次的黄河水患，经历过五代十国王旗变幻，经历过北宋的辉煌，更经历过北方铁骑的践踏，水患和战火是这座城市挥之不去的惨痛记忆！

曾作为北宋都城的开封，以宋文化为主题的旅游业方兴未艾，定会给这座古城带来新的生机。

今天，飞奔了700多公里，穿越了西汉和北宋。

云台山位于焦作市修武县，2004年被评为全球首批世界地质公园，因其常年云锁雾罩而得名。

景区门楼宽大，与后面绵延的大山相称。

红石峡景区是云台山景区的重要景点之一。这里的山是典型的南太行风格，岩石都是红色的，属于丹霞地貌，红石峡大概由此而得名。

峡谷深藏于地下近70米，顺着台阶下到谷底，沿栈道前行即可欣赏沿途风景。千百万年前的地质运动和水蚀作用造就了造型奇特的峡谷和奇石，可以看到好多地质现象。峡谷里瀑、泉、溪、潭众多，通过以此为特征的"云台地貌"，可以让人一窥曾经的演化过程。

天然的石拱桥卧于碧水之上，桥体显得小巧玲珑，像一个小工艺品，很是惹人喜爱，吸引了许多游客从上面走过。桥下碧水悠悠，桥上人流涌动。水流和人流交叉而过，人便成了这里的过客。

有阳光照射的岩石显得鲜红，而潮湿的岩石则略显暗红；与水接触的部分被水常年冲刷，更显圆润。潭水碧绿而清澈，可以清晰看到小鱼儿的身影，平静的潭水也倒映出了山的丽影；不时可以看到有飞瀑从天而降，为山谷带来了一丝灵动；谷里有许多蜻蜓和彩蝶在丽日里共舞。

红色的山、绿色的潭水和山顶绿色的植物形成了一个红绿争艳的世界。

　　好多游览的道路都是从崖壁上凿出来的，有点像挂壁公路。路上人头攒动，不难看出随着人民生活水平的提高，旅游已经成为许多人休闲、健身、放松身心的一种生活方式。

　　潭瀑峡是泉、潭、瀑的世界，三步一泉，五步一瀑，十步一潭。泉瀑峡则拥有亚洲落差最大的瀑布——云台天瀑，落差高达314米。

　　这两个峡谷，山是背景，水是主角，共同演绎了一幅美丽的山水图。白色的瀑布、碧绿的潭水在红色岩石、青色草木的背景下，视觉效果更为明丽。

　　去茱萸峰的路上，隧道很多，一条接一条，有的隧道很长，却并不宽敞。在黑暗的隧道里双向会车，车与车几乎是擦身而过，令人有点惊心。

　　茱萸峰是云台山的顶峰，也是景区的另一个重要景点，据说王维的《九月九日忆山东兄弟》就是游历此地时有感而发的诗作。这是我本次旅行的第一次登山，不久腿脚就有些酸痛，登顶无疑是对体力和意志的一种考验。一路上，看到许多咬牙坚持的人，不难发现人都具有挑战自我的本性。

　　经过药王洞，相传它是孙思邈采药炼丹之所，洞口有一棵千年的红豆杉，树干粗，要3人才能合抱，枝繁叶茂。最后来到玄天观，这是建在山巅的一个道观，规模不小，香火很盛。有些雾气，虽身处山巅，但极目远眺，也只能看到不远处山峰的模糊轮廓。

　　修武，古称山阳，竹林七贤曾在此隐居，也给这个地方带来了一丝风雅和士气。

　　从修武赶到济源已近8点，入住阳光建国。

　　附近有小吃一条街，地方传统特色和现代流行小吃各展其能。逛一圈，食欲顿开。煎炒烹炸，五味混杂，更显热火朝天，尽享幸福生活。

2016年8月16日　济源　王屋山　黄河三峡

　　从济源出发，在乡道、县道上行走，到王屋山时已近中午。王屋山因形似王者之屋而得名，因《愚公移山》的故事而闻名天下，是中国古代九大名山之一，道教第一洞天所在。

　　进入景区，就看到了愚公移山的大型雕塑，这是中华民族宝贵的精神财富。得知索道在升级改造，只好试着徒步登山。当时天气较热，林深叶茂，不一会儿就大汗淋漓了。一路上，苍蝇和蚊子在耳边嗡嗡乱叫，让人心烦。路边的树林里有不少猴子，或三五成群在树枝上休息，或盘踞大山石相互打虱。它们也不怕人，好多就待在路边，等人给其食物。猴子的存在给登山人带来了乐趣。

一路上，没看到优美的景色，问了下山的人，说离登顶还有很远很远的路。在近三分之一路程处，我们选择返回。

去黄河三峡的路基本是乡道和县道，好多时候，导航都不能识别。路上看到了修建于20世纪的架空水渠。豫北特殊的地形使得灌溉和交通成了大问题，蔚县郭亮村的挂壁公路和林县的红旗渠就是人类改造自然的经典之作。我想大山深处的这条架空水渠也是人类改造自然、发展生产的产物吧。

下午3点多，到达黄河三峡景区，当天的游轮已经没有了，不能水上游很是遗憾。

乘坐能容纳10多人的厢式缆车到达桃花岛上，山势较高，有几处观景台，可以从不同角度欣赏景色。居高环顾，奇峰林立，群峰竞秀；俯首则见高峡平湖，水面如同镜子；一水绕山，群山抱水，山与水融为一体。眼前呈现出一幅典型的中国国画，整体画面还有一股北方山水风貌的苍劲感。

黄河三峡的名气不大，与长江三峡相比显得默默无闻，甚至让人感觉有效仿长江三峡炒作之嫌。但景色确实不错，是国家级水利风景名胜、小浪底风景的精华所在。由于天气原因，看不太远，但视力所及，景色让人陶醉。

山上有一些关于风水的介绍，天下龙脉出昆仑，龙脉南延至黄河三峡景区结穴，传说这里是大宋王朝的祖茔之地。

"百家同源"用一棵大树演绎了从伏羲女娲到如今百家姓的演变过程，我和宝宝饶有兴致地研究了瞿姓的起源，属于颛顼这一支。

然后我们离开黄河三峡，赶到了洛阳，住到龙门石窟附近的东山宾馆。

2016年8月17日　洛阳 龙门石窟

早饭后，从宾馆途经龙门大桥，一路行走到景区门口，桥洞上方有陈毅元帅手书的"龙门"两个大字。此地两岸青山夹一条伊水，天然的龙门形状，因此得名。伊水上横卧几座大拱桥，如长虹卧波。伊水河边，杨柳依依，在风中摇曳，宛如江南秀丽之色。

这里的石窟依山而建，南北长达1公里。西山的峭壁上立体分布着大大小小的洞窟2000多个，供奉着佛像10多万个。佛像有大有小，大到几层楼高，小到方寸之间。出资建佛像的人执着于自己的信仰，寄托着自己的期盼。而佛像真正的设计者和施工者是在用生命创作，在王权时代，这项工作容不得半点懈怠。这才产生了精美绝伦的石刻艺术品，其中尤以奉先寺卢舍那大佛群雕为最，反映了盛唐的伟大气象。

不同朝代的佛像反映了不同朝代的时代特征。穿行于这些佛像之间，仿佛在历史深处游荡。

这里是艺术的宝库：佛像体现了石刻艺术，代表了中国石刻艺术的高峰；碑刻体现了书法艺术，"龙门十二品"和"龙门双璧"是中国书法艺术的杰作。这里的彩绘和壁画也曾绚烂夺目，由于风雨的侵蚀，容颜不在，但绘画艺术的痕迹仍无处不在。

龙门石窟作为中国四大石窟之首，从北魏开始建设，盛于唐，终于清末，持续了1400余年。不难想象，静静流淌的伊水河畔，没日没夜地响彻着锤子敲击的声音，一声声在山谷里回荡。

从佛像的保存情况也不难看出历史的沧桑，有自然的风化侵蚀，更有天灾和人祸。

石窟对面的东山上，唐时建有香山寺。晨钟伴着早晨的薄雾，暮鼓伴着余晖，在空谷中更显悠远。

结束了龙门石窟之旅，在市区看了两个具有代表性的景点。

"天子驾六"是东周的礼制。历来有"驾六"和"驾四"的争论。"驾六遗址"的出现揭示了答案。"驾六遗址"是重大的考古发现，原址修建的博物馆以大型车马陪葬坑为核心，"天子驾六"车马坑是名副其实的东周瑰宝，举世无双。

众多的出土文物证明，东周王城的遗址竟然就处在洛阳闹市区的地下，久远的历史和现实居然如此接近，近3000多年的时间差，在空间上仅隔了几米厚的土层。

丽景门，是洛阳古城的标志性建筑，巍峨的城楼在余晖中显得蔚为壮观，不难想象这座城市昔日的辉煌。丽景门内的老街没有太多的特色，满街尽是"不翻汤"。到了晚上，老街附近的小吃一条街非常热闹！

三彩艺术博物馆里，三彩工艺品令人眼花缭乱，洛阳的历史被这些物件烘托得绚丽多彩！

2016年8月18日　洛阳—信阳

连续几天赶路，今天放缓了节奏，在酒店里美美地睡了一觉，不慌不忙地用完早餐，来到位于邙山脚下的古墓博物馆。

作为十三朝古都，洛阳周边古墓遍布，其中尤以邙山为最，"生在洛阳，葬在北邙"曾经是多少王侯将相的人生追求。洛阳古代艺术博物馆（原名洛阳古墓博物馆，名称虽真实，但让好多游客望而却步）坐落在北邙山下，洛阳地区考古发现的墓葬整体移到这里，收集了从两汉、魏晋、唐到宋金不同朝代的墓葬25座，是中国较大的古墓博物馆之一，也是世界上第一座古墓博物馆。

博物馆分为地下和地上两部分。地下部分从墓室建筑、出土文物、砖雕艺术等方面向游客展示了墓葬风格的演化过程，以及不同年代、不同民族的墓葬文化差异。从中可以看出，不同年代的人们有不同的生命观和宇宙观。地上部分是仿汉建筑群和仿北魏建筑群，壁画博物馆藏物从西汉到金元，历史跨度久远。壁画既有出土于帝王将相墓，也有出土于市井小民墓，题材宽广，风格迥异，艺术形象清晰细腻。壁画的种类繁多，一些壁画体现了所处年代的高超绘画技艺。由此得知，壁画与墓葬有紧密的关系。

在这里，我们见识了"龙洗"，这是中国古人的一种智慧之作。一个铜盆，用手搓两边的手柄，在一定的频率和力量下，形成共振作用，水面会产生波纹，恰到好处之时，水珠可以跃出水面十几厘米。在老师的指导下，宝宝饶有兴致地尝试了几次，成功让水珠跃起。

东都洛阳拥有4000年的建城史，曾经是十三朝古都，其历史之厚重无可置疑。这些历史体现在地上遗迹、博物馆里的文物和人们口口相传的故事里。一位普通的哥也能从夏商周到元明清信手拈来聊一通，对于这座城市的历史充满了自豪感。朝代的更迭给这座城市带来了创伤，好几次从废墟上重建彰显了强大的生命力。

20年前，我曾来过洛阳，今昔对比，变化很大。社会的发展、城市的保护和旅游业的兴起，让这座古城焕发了新生。在发展的同时，人们不忘这座城市的辉煌历史，不断挖掘这座城市古老而不乏生命力的元素。

从博物馆出来，已过中午。一路向南，天黑的时候，到达信阳，入住锦江饭店。

2016年8月19日　信阳 鸡公山

鸡公山自古有"青分豫楚，襟分三江"的美誉，是中国四大避暑胜地之一，与庐山、莫干山和北戴河齐名，有"云中公园"之雅称。

许多已经闲置的别墅正在荒废中衰败，实属可惜，应该以更灵活的方式盘活，让这些建筑得到应有的维护。

山下的村庄的民房早已从泥墙草顶变成了三四层的楼房，小饭店、小旅馆应运而生，成了旅客集散地。

穿小路来到鸡公山的标志性景点，一个外形酷似雄鸡的巨石堆。巨石堆昂首向天，一副引吭高歌的样子，立于高山之巅，以苍穹为背景，气势自是不凡，李贺名句"雄鸡一声天下白"的意境跃然于眼前。

远处青山绵延，宛如绿色的海洋，没有边际。青山下面有一处防空洞，凿山而建，四壁都是坚硬的岩石，工作量自是不小。

鸡公山绿化很好，漫步在林荫道上，倍感凉爽，空气也很清新，避暑胜地确实不假！

长生谷是一个幽谷，树木茂密，光线有些暗，只有少数阳光穿透进来，照射在青苔或树木上，显得青翠异常。山涧里有溪水流淌，水势不大，但一汪汪清澈见底的潭水给周围景物带来了一份灵动的感觉。为数不多的游客悠闲地坐在大石头上，他们脱去鞋袜，用清凉的溪水带走行路的疲乏。

　　这个景区没做大开发，甚至有点像烂尾工程，几乎没有道路。路以溪里的岩石、稍微平整的山崖为主，人工建的部分以衔接功能为主。行走在这样的道路上，倒是增加了一份自然的野趣，林深谷幽、清泉潺潺、花香阵阵、蝉鸣蜂舞，漫步在这样的环境里，呼吸着清新、湿润的空气，享受着山谷中的习习凉风，使人倍感放松。在以绿色为主的大环境里，点缀着有点像野百合，黄色的野花，显得非常夺目。偶尔也会看到悬挂着的瀑布，只是水流不大。

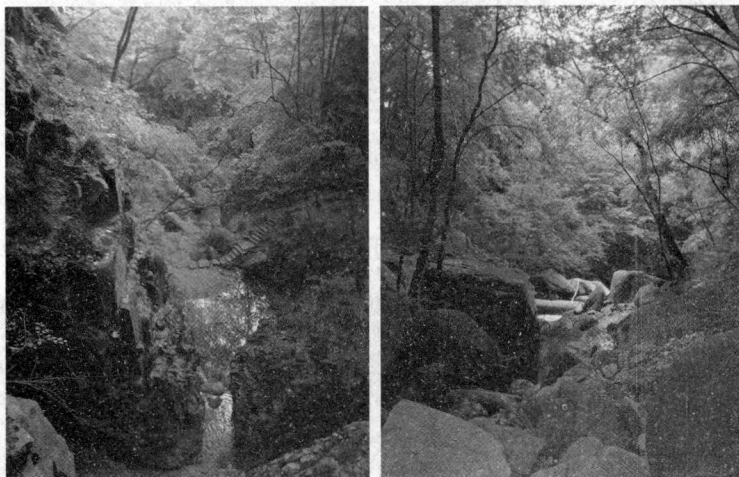

　　走走歇歇，2个多小时后我们就到了出口。峡谷高处流下的水汇集于此，形成一潭清水，好多小孩在潭里戏水。

　　尚处于开发初期的景区多了一分自然情趣，为数不多的游人更能让人体会幽谷的氛围。宝宝说很喜欢这个谷，和天堂寨那份自然接近！

　　晚上8点多我们到达荆州，夜宿万达。安顿好住宿，打车到了荆州古城内，在一家当地有名的特色宵夜店品尝了酱牛骨和纸上烤鱼。

2016年8月20日　荆州-巴东-宣恩

　　昨晚，听当地的司机师傅讲荆州古城没啥好玩的，就此作别古城荆州。计划去神农溪，因为对神农架的印象特别好，想来神农溪也不错。

　　过了武汉，山逐渐多了起来，高速公路的限速越来越低，从100公里/小时到80公里/小时，隧道限速60公里/小时。下了高速，行进的速度就更慢了，在国道上缓慢推进，到达巴东县城已经快下午3点了。

　　小县城坐落在山坡上，道路不宽，很难有地方停车。我们在一家景点售票处咨询了一下，游览神农溪的游轮已经没有班次了。附近几个景点虽只有几十公里的距离，但导航显示的时间却要2~3个小时，想想往返耗时，便有点望而却步了。这样的时间有点尴尬，待在这个小县城又觉得无聊，便下定决心往恩施赶。神农溪及巴东其他美丽的景点，只有等下次再来了，希望那时鄂西的交通能够有所改善。

　　在坑洼、曲折的国道上，我们以尽可能快的速度向目的地前进着，心里急切盼望出现高速入口标识，然而眼前只有走不完的山路。远方的山和山谷越来越美了，但我们没有心情停车去看看这些大山，去欣赏悠闲的白云。

　　好不容易上了高速，但已经无法订到恩施的客房，计划又得改变，我们选择了离恩施最近的县城——宣恩。好在全程高速，只是增加了一个小时的车程。下了高速，盘山路直达谷底，这是位于山谷底部的一座小城。我们入住当地酒店时已经晚上8点多钟了。

　　办理好入住手续，我们凭着感觉去寻找吃饭的地方。沿着河边行走，这里有大型的音乐喷泉。河上有一座壮观的风雨桥——文澜桥，璀璨的灯光让这座桥显得如同水晶做的一般。头顶上，一轮明月悬挂在黑色的夜空中。

　　桥头附近有一家饭店，我们就在这一家点了几个菜，吃到了可口的烤猪脑和烤鱼，这

里的烤鱼和荆州相比，味道和口感又有所不同了。

2016年8月21日　宣恩　恩施土司城

宣恩到恩施土司城全程高速，一个小时到达。

景区门口就是一个典型的土家族建筑风格的城楼——墨衡楼，纯木结构，高大威武，有王城的气势，是土司威严和功德的象征。城楼屋顶上有许多蝙蝠托着铜钱的装饰，取义"福在眼前"。

土司王城建在一个山谷茂林里，是国内规模最大的土司文化工程。沿山势建有城墙，上设烽火台。内城还有护城河，易守难攻。九进堂是土司皇城，总建筑面积大约4000平方米，亭台楼阁，错落有致；雕梁画栋，壮丽非凡。作为一方的土皇帝，土司尽享人间的繁华。整个建筑群以砖木结构为主，建筑设计风格体现了土家人的自然观。建筑群呈对称设计，主建筑沿中轴线分布，边上是辅助建筑和回廊。

王城集中展示了土家文化和土司文化，戏台上以滚动演出的形式展示着土家历史、文化和风俗，游人可以在此停留了解一二。土家人以白虎为图腾，与虎相关的元素到处皆是。土司文化是中国少数民族地区特有的一种文化，这里曾经出现过十几位世代相袭的土司。

奈何当时天气很热，没有心情去城墙和后花园看看了。

　　恩施女儿城是一个人造小镇，以土家文化为主题，集民族风情展示、休闲、美食、住宿、娱乐于一体。城区面积较大，有各种风格的茶吧、酒屋、客栈。商业街门面摊点一个挨一个，有各种情调的客栈供外地游客选择。小吃街一边是店面（只卖东西，不提供座位），一边是坐落在绿化带里的休闲场所，有桌椅供游客饮食、休息。店里有小吃，品种很多，也有挑担子沿街叫卖的小吃。找个座位坐下来，喝杯冰镇绿豆沙，吃一碗豆腐脑，外带几个烤串，享受一下悠闲的下午时光。

　　恩施有一种特产李子，它青皮红肉，核小肉多，酸甜可口。

　　回到宣恩，时间尚早。站在窗口，仔细观察了一下这个小县城，青山环绕，一条河穿城而过，建筑物很新，密度不大。街上人不多，感觉很安静。忽然，响起了广场舞的音乐，人们纷沓而至，像接龙一样分别插入到广场上的几个队伍之中，队伍越来越长。不知何时，广场舞风靡了全中国。我觉得广场舞是一种有益的活动，健身的同时，让一部分人有了组织的归属感，在这一过程中增进了友谊。

　　音乐喷泉建在河里，这比池子里的喷泉无疑要有气魄。喷泉区足有四五百米长，随着音乐节奏，喷泉变幻着造型，或高或低，或急或缓。音乐柔和时，水柱前后左右摇摆，袅娜多姿；音乐激昂时，水柱有冲天的气势，不同的造型组合形成了立体的交响乐章。如此动感的音乐，让人们对音乐的理解更加深刻。这个小县城居然有这种规模的音乐喷泉，让人有点意外，是一张不错的城市名片！人们享受的是音乐的美，是太平生活的甜蜜。

意外来到宣恩这座小县城，它给我们留下了较深的印象：优美的自然环境、安逸的生活、特色的饮食，还有漂亮的音乐喷泉。

2016年8月22日　恩施大峡谷

离开宣恩，我们从恩施北下了高速。导航将我们带上一条破旧的盘山公路，行走了半个多小时，后来道路就越来越差了，坑洼姑且不说，走着走着居然没路了。掉头后，进入了一条乡道，一路颠簸着前进。心里一直在纳闷：去这么一个有名的5A级景点，就这样的道路？长时间时速三四十公里/小时，偶尔路况好一些，时速60公里/小时也有了飙车的快意。对鄂西的道路再一次感到无奈！好不容易看到了平整的柏油马路，长长地松了口气，然而走了半个小时不到，又发现了长长的堵车队伍，心立马就凉了下来。下车和等待的人们聊了聊，得知前方施工，何时放行不知道，再次无语！唯一的道路出问题，也只有唯一的办法——等待。就这样，又等待了近1个小时，在这一过程中，只能看看眼前的山略微放松一下心情。

总算来到预定的酒店。酒店坐落在一个山谷里，远方就是巍峨而不失秀丽的大山，石灰岩山体和绿色的植被形成了清新的搭配。入住后，时间已经过了12点，我们没做停留，立即进入了景区。

摆渡车直接将我们带到了"云龙地缝"，地理学名词"地缝"是指非常狭窄且具有一定深度和长度的流水沟谷，云龙地缝深75米，宽15米，上下垂直基本一致，断面呈"U"形，实属罕见。

沿着台阶一路下行，来到"地缝"的底部，立马感觉凉爽了许多。与其他峡谷类似，这里也有众多飞瀑从天而降，气势不凡。山体渗出的山泉和瀑布飞扬形成的水汽使得整个谷底空气潮湿，植物也很滋润，显得青翠异常。山涧里水位不高，没有了湍流飞奔的景象，人行栈道高出水面好几米，两边是裸露的岩石，已被磨圆了棱角，分了好多水平层次。水柔，石硬，但是水能刻石。

我们慢慢在谷底徜徉，多角度细细品味这个峡谷的与众不同之处。

拾级而上，与下行的感受完全两样了，越来越热、越来越累。近38℃的高温，加之烈日的暴晒，上到谷顶，人略感疲乏。我们喝了冰镇矿泉水，吃了水果，一番休息后，才缓过劲来。

　　我们换乘缆车前往七星寨，近半程的时候，天上下起了小雨，随着缆车的升高，雨势越来越大。透过玻璃窗看到逶迤的盘山公路，其中一段就建在绝壁悬崖上，让人看了心惊肉跳。

　　我们下了缆车，雨还没停，但感觉到凉爽了许多。我们来到第一个观景台，远方山势起伏，绵延不绝，如同绿色的海洋。远方的天空是晴朗的，阳光照亮了一些山头。工作人员告诉我们，山区阵雨一会儿就会停的。果然，雨势渐弱，天放晴了，远方的山变得美丽起来。一场雨让原本酷热的天气一下子凉爽了许多，真是一场及时雨！

　　七星寨是此行的重点，全程徒步，好多路口都有小石林，这是恩施大峡谷一种特殊的地貌。有一段路是绝壁栈道，站在此处回头看来时的路，才发现刚才是行走于万丈深渊之上。人生道路也是如此，可能当时没感觉到，抑或当时没有别的选择。走过来，回头看，才觉得自己曾经那么勇敢。

我们一路走来，不时会看到造型奇特的巨石，像鳄鱼、大象、风琴、火炬等，众多的观景台可以让人尽情欣赏远方千姿百态的山峰。有的山峰如同一个巨大的屏风，横亘眼前，呈现出巨幅的画面。同样一座山峰，不同的角度展现出的景象不同，随着背景云彩的变化，景象也在幻化。大门楼峰丛和小门楼峰丛是众多山峰的组合，更显峰峦叠嶂。双子塔是两个形似芦笙的对称山体，外形如同孪生，彼此独立，相互凝望。"一炷香"是恩施大峡谷的标志性景点之一，冲天一柱高达150米，但直径只有6米，最细处仅4米，千百万年的风吹雨打，岿然不动，匪夷所思，也只有天地才能造就出这样的建筑奇迹。"母子情深"如同石化后的母亲轻吻孩子的画面，仿佛是大自然为母爱所创作的巨型雕塑。

这里也有生长在绝壁上的迎客松，既要为它立根岩石的顽强生命力赞叹，又要为它弯腰迎接远方客人的态度点赞。

走在蜿蜒起伏的山路上，如同走在画卷里，雨后的天空很给力，蓝天、白云和晚霞让眼前的山色更显空蒙清奇。宣传资料上说恩施大峡谷堪比美国科罗拉多大峡谷，果然是名不虚传。

下山的最后一程是人造天梯，有上千个台阶，顺阶而下尚且感觉吃力。下了天梯，来到了依山势而建的大电梯，长数百米，此等规模也是第一次见，远看如同建在山坡上的走廊，既可为游客遮风挡雨，又可为游客节省最后一点体力，真是暖心设计。

下得山来，夕阳已下，一切美景都变得模糊，只剩下轮廓。

晚上，我们开车去了沐抚古镇，在农家小饭店吃了烤鱼和其他一些烧烤。露天而坐，夜色下，吹着晚风，享受着大山里的轻松时光。

2016年8月23-24日　返程

今天，我们开始返程。

昨天堵车的地方，依旧排起了长龙。前几次的经历让我们有了一份从容，在等待的过程中，我和当地的一位司机师傅聊了一下路程，虽然不太能听得懂对方的话，但也明白昨天我们是被导航给误导了，这里是有一条新路可以避开昨天那段路的。大约等了40分钟，车开始动了，随着大部队一路疾驰，比昨天要快了许多。

依旧是乡道、县道、国道、高速，限速从80公里/小时开始，90公里/小时、100公里/小时、110公里/小时，过了武汉才可以开到120公里/小时。

今天我们横穿了大半个湖北省，晚上7点到达黄石，夜宿磁湖附近的一家酒店，号称"国际"，略显山寨。

次日，我们从黄石到扬州花了8个小时。

这是我们自驾走得最远、路程最长的一次，横跨了豫、鄂、皖3省，穿越了汉宋文化长廊，既游览了历史名城开封、洛阳，也涉足了偏远小县城宣恩。

登高山，钻地缝；攀高峰，入峡谷；有坦途，也有囧途，一路走来，心情随着路况的变化而时好时坏，人生的路正是如此！既然上了这条路，再苦再累，也得坚持走下去。

（2016年10月22日初稿，2017年5月21日二稿）

苏梅岛游记

一两个月的寒冷天气，加之长时间的雾霾，我们一直希望能找个热带小岛好好休息几天，去看看蓝色的天空，去感受温暖潮湿的海风。于是，苏梅岛就成了不错的选择，一则离得不远，无需在路上花太多的时间；二则去过一次泰国，泰国的旅游业口碑很不错。

第二天午饭前，和李总一家开车出发去杭州萧山机场。一路上，倒是没有感觉到春运的拥挤，还算比较通畅。只是，暖和的阳光晒得人犯困。在此起彼伏的呼噜声中，我强打精神驱车前进，一路来到靠近机场的"浙旅大酒店"。

入住后，李总沏了壶茶，四个大人边喝茶边聊天，聊聊身边的人和事，聊聊2016年的一些记忆片段，孩子们在干他们的事，宝宝专注地听着她的小说。如同这渐晚的天色，农历2016年即将结束，整个人逐渐从工作状态中走了出来，脑子里逐渐变得空了。

晚上，驱车到瓜沥镇用餐，"木桶鱼"的生意不错，虽近农历年底，但人气仍很旺。

第二天早晨，我们开车到了机场，把厚重的衣服直接丢在了车上，一身轻装出发。

飞机飞到了高空，天空一下子明媚起来，人的心情也好了许多。翻开一本用现代经济和政治现状结合历史发展过程，重新阐述马克思主义的书，很有新意，让人耳目一新。看了几十页，困意来袭，迷迷糊糊地睡了一觉。4个多小时的飞行转瞬即过，当地时间1点多钟到达曼谷机场。没想到在此转机去苏梅岛却遭遇了3个多小时的延误，一直到6点多才起飞，到达苏梅岛已经是晚上8点多了。

岛上刚下过雨，天气有些闷热。我们入住酒店后，到附近的小街上逛了一下，道路不宽，坑坑洼洼，好多地方是沙土路面，还哗哗地流淌着水。路的一边是各式小店，另一边是大大小小的酒店。酒店是花园式的风格，借着灯光依稀可见一栋栋客房隐藏在高大的树木后面，一条小道两边全是茂盛的热带植物。

2017年1月27日（大年三十）苏梅岛

早上起床后，走出门，听到了海浪的声音。顺着声音一瞥，发现了一片蓝，原来大海就近在咫尺。我按捺不住激动的心情，和宝宝快步来到海边。一片沙滩、一片海、一个个绿岛呈现在眼前。蓝天、大海、白云、棕榈叶映入眼帘，画面让人心旷神怡，柔柔的海风扑面而来，不由得深深地呼吸了几口新鲜的空气。沙滩边有一个泳池，蓝色的瓷砖让一池子水蓝得让人心醉。沙滩上有人在奔跑，泳池里有人在劈波，度假就是开启一种健康的生活方式。

早饭后，在导游的带领下，我们开始了一天的环岛之行。

　　大佛寺位于苏梅岛的最北部，佛高15米，位于一个小高坡上，俯瞰整个小岛。佛像全身金光闪闪，在蓝天和周边海洋的衬映下，显得格外夺目。高处远眺，这里是一个平静的港湾，水面上有船只点点，远处是起伏的青山和气势雄伟的白云。

　　附近还有一处寺庙，有几座装饰得富丽堂皇的建筑，这里供奉着一座18只手的观音像，泰国的观音像风格与中国的不太一样。四周是一个池塘，里面有许多鱼，其中以鲇鱼为主，还有一些不怕人的乌龟，应该是一个放生池。宝宝们喂食的时候，鱼和龟一起争食。偶然发现，有几只大公鸡在悠闲地觅食，鸡冠鲜红硕大，羽毛艳丽，步伐优雅从容，引吭啼鸣的神态充满了霸气。

　　游览完这个景点，我们又来到一个海边观景台。这里既可以远眺，也可以近观。站在巨大的礁石上，感受着大海的澎湃和无穷尽的能量。海浪一次次猛烈地拍打着礁石，形成一大片白色的泡沫，正是东坡先生"惊涛拍岸，卷起千堆雪"词句所表述的景象。这里的海水呈碧绿色，如同流动的绿宝石。巨大的白色云团压在海面上，留下巨大的投影。

　　途经一家餐馆，我们进去考察了一下。这是一家开放式的餐厅，真正的面朝大海。在如此美的环境里用餐，必是一种享受。这里以海鲜为主，大家商量了一下，决定将年夜大餐提前到中午。饭店老板也会说一些简单的中文，于是乎，大龙虾、石斑鱼、螃蟹就成了盘中之餐。吹着海风、喝着酒、吃着海鲜，不时看一眼美丽的海景，这样一场让人大快朵颐的饕餮大餐也是难得！电视里，正在播放有关春节的节目，仿佛在提醒出游的人：今天是大年三十。

　　饭后，有点昏昏欲睡的我们来到了阿公阿母石景区。这里的海景很不错，白色的云层

低压着海面；海浪拍打着岸边的礁石，激起的几米高的浪，在空中散落成一颗颗水珠，晶莹剔透。蓝色的天，白色的云，碧绿色的海水，白色的浪花，褐色的礁石，色彩丰富，整体让人感觉到清新。

海水冲击和海蚀的作用使得礁石形成了多种形状，阿公石、阿母石就是其中出名的两块，被人们誉为大自然的杰作。也有好多巨石如同被刀切了一般分成几块，可见海水和时间的力量让人不敢小觑。

之后，我们来到了纳芒瀑布景区。孩子们首先选择了大象骑行，在象夫的陪同下，在一个峡谷里进行了30分钟的骑行。地面情况较为复杂，地面的石头高低不平，好多地方有溪流，大象每迈出一步都很谨慎。

景区里有许多高大的望天树。我们穿过一个小广场来到了瀑布前。这个瀑布是岛上较大的瀑布，落差30米，宽近20米，水从高处的紫色岩石上奔腾而下，激起阵阵水雾。瀑布下形成了一个天然游泳池，有些游客浸泡在里面，让清凉的水消除旅行的困乏。

离开纳芒瀑布，我们来到了一个港口，港口的景色真是不错。在此停留了好久，只是站在栈桥上静静地看海景。

结束环岛游，顺着一条盘山小道来到了酒店，办理入住。这个酒店大堂的位置较高，正对着大海，居高临下看着大海，视野很是开阔。大堂里有许多座位，也有一个较大的露台，好多人悠闲地坐着，或聊天，或手机上网，或凝视着大海，在想着什么，抑或什么都不想。

我们入住了一间朝向大海的房间，在阳台上就可以观赏大海。孩子们早已按捺不住，吵着要去海边玩儿。酒店依山而建，从房间出来，经过拉索桥和栈道来到大海边。

孩子们一到海边就奔向沙滩，扑向大海。我赤足行走在沙滩上，感觉到脚底的沙子被冲上来的海水带走。沿着沙滩与海水的边界线行走，观赏水、天、云组成的美景，用手机拍下心仪的画面。走上一座栈桥，向海的深处走去，离开海岸越远，海水越清澈，水面上无一杂物。站在栈桥的尽头，极目远眺，既是看这个世界，也是在看未来。生活的意义、生命的意义，只有在这个时候才会更有感触，有限和无限的对比猛烈地冲击着人的心灵。

　　回头看，这座栈桥正对着酒店的大堂，处于酒店的中轴线上。一座座建筑物被高大的植物掩映着，只露出顶部。大堂的观景台上，也有许多人正在观看海景。

　　天色渐晚，暮色下的海面和天空是一种别样的风景，逆光效果给人以一种安静的感觉，也会给人一丝忧愁。

　　沙滩上，有人在布置餐桌，我们问了一下，这里7点以后营业，那我们的年夜饭便有了着落。音乐、星空、烛光、海浪、海鲜烧烤和啤酒，有这么多浪漫元素的年夜饭，可是难得的机会。大海边，听着海浪轻柔地拍打沙滩的声音，看着满天星斗，餐桌上的烛光映照着大人和孩子开心的笑容，享受着佳肴和美酒。对于这种年夜饭，2小时之前都没想过，有时候人生就是与一场场意外邂逅，也正是这种美好的意外让生活更有乐趣。

　　环岛一周，美景不断，海、天、云、岛总能搭配出让人心醉的美景，热带风情也让我们极大程度地放松了下来。行走在沙滩上、静坐在礁石上，享受着慢生活的乐趣。移动网络一直处于服务中，祝福的信息和喜庆的红包齐飞，连接起了身处各地的朋友们。

2017年1月28日（大年初一）苏梅岛

　　美美地睡到自然醒，一打开手机，满屏的新年问候，躺在床上给单位的同事们发红包成了新年的第一件事。

　　在酒店用完早餐后，来到了海边。阳光明媚，躺在椰子树下的椅子上晒太阳、看书、吹吹海风、倾听海浪是难得的享受。海水还没退潮，沙滩变得很小，但孩子们的兴致一点未减少，沙滩上玩沙，大海里击水，酒店提供橡皮艇，两人合作，随意地在海里划来划去。

午饭就在沙滩边的餐厅里解决，炒饭、炒面和披萨味道不错。饭后，到房间里休息。

到了下午4点钟的时候，宝宝就提出要去海边，看着外面刺眼的阳光，还是觉得太晒了。到了5点钟，我们来到了海边，立马感觉到太阳光的火辣，皮肤有灼烧的感觉。奇怪的是，众多外国游客毫无遮掩地进行着日光浴，就算皮肤被晒得通红也无所谓。关于晒太阳，不由得想起百万富翁与渔夫的那段精彩对话。有时候，确实会很煎熬，努力去争取的某些事物，而在你真正放手后，就会轻易得到。人世间有不少南辕北辙的故事！

今天能有机会花几个小时慢慢欣赏落日的过程，我长这么大是第一次。此时，潮水已经退去，我们来到栈桥上，走到了尽头，注视着太阳的变化。渐渐地，太阳越来越靠近海平面，海面上出现了"一道残阳铺水中"的景象，一条金光闪闪的大道由远及近；太阳的光晕也越来越柔和，不那么刺眼了；太阳周边的天空也显得越来越红，云彩渐渐地变成了黑色，只是被镶上了金边。此后的每一秒钟，太阳的大小和颜色都会发生变化。渐渐地，太阳沉到了海平面以下，直至完全消失。而在消失的瞬间，太阳的光晕显得火红异常，光艳无比，所谓"夕阳无限好"可能就是叹息这种稍纵即逝的美丽。而余晖仍然映照了大片天空，天空上的云朵如同墨染一般，很有中国画的神韵。

烈日火辣，夕阳柔美，人生也是如此！

今晚的晚餐地点与昨日相同，饭店特意为中国游客准备了富有中国特色的饮食。我们到达的时候，这里已经张灯结彩，挂上了灯笼；服务员也特意穿上了红色的旗袍；音箱里传来了熟悉的国语歌曲；菜肴品种明显比昨天丰富了许多。客人不算多，只有4~5桌，但服务员的服务依然那么热情。

晚餐快要结束的时候，服务员帮助我们放了几个孔明灯。孔明灯慢慢升向天空，越来越小，逐渐变成了"小星星"，我们对着它们许了愿。

身处遥远的他乡，仍能感受到春节的气氛，不能不说中国游客对于世界经济的拉动作用已经引起了好多地方的高度重视。

2017年1月29日（大年初二） 涛岛

我们6点20分到达餐厅的时候，餐厅还没有人。天色刚刚破晓，海面上一片模糊，远山只有一点轮廓。

快速用完早餐，结账后，专车送到码头。码头上有许多老外，看来涛岛是一个休闲度假的好地方。换票处和轮船码头间有一条长廊，两边有简易的凳子，于是这里就成了候船大厅。不一会儿，太阳高高升起，今天又是一个大晴天！

轮船启动后，本想看看书，但船速很快，有点颠簸，不适合。于是透过不太洁净的玻璃窗观看大海，海面上不时有反向的轮船驶过，可见游客运输还挺繁忙。海面广袤，只看到海天相接的那条线。海面显得平静，只有微微的海浪起伏。想想古代那些航海家在茫茫大海中航行，是怎样的一种情怀？一路上，有幸看到飞鱼，有蛙跳式的，也有一次飞行20米的。不知道它们是在玩耍，还是受到了惊吓而在本能地逃脱。

途经帕岸岛，岛上依山建了许多小别墅，想来是给度假的游客提供的。继续航行了2个多小时后，到达涛岛，涛岛的码头很小，略显混乱。接站的是一个双排条车，这是泰国一种特色交通工具。车子沿着一条狭窄且坑洼的小路行进，路边有各式小店铺，杂乱但保留了城市生活区的本色。进入山里，道路状况就更加差了，路两边有几家度假酒店，但交通状况如此，让人不解。酒店是私有的，道路是公有的，修路难免要征地，而土地的私有化让这项工作成了天大的难题。

我们到达一家度假型酒店，酒店坐落在一个小海湾里，海湾里停了一些船只，有一片小沙滩。前台是一个凉亭，茅草铺的顶；餐厅是一个环形的建筑，屋顶依然是茅草铺就。这样的情调，俨然就是要让人回归朴素的生活。露天的椰子树下也摆放着一些餐桌，两三个老外就着杯饮料在消磨时光；太阳伞下面的躺椅上，好多人在静静地晒着太阳。

涛岛是潜水的好地方，我们自然不能错过。为了节约时间，我们分头行动，一部分人在服务中心洽谈了潜水项目，我在餐厅点餐。餐刚上来，立马飞来了许多苍蝇，两只手同时驱赶也不能见效。泰国有许多开放式的餐厅，但像这种样子的，还没有遇到过。

匆忙间用完了午饭，乘坐游艇出海。随行的是一个20岁出头的小伙子，以前是个水兵，很耐心、很热情。行程设置了3个浮潜点。到达第一个点时，浪较大，随行的小伙子说不太合适，又奔向了第二个点。到达第二个浮潜点后，水面比较平静，大家穿戴好了装备，纷纷跃入水中。宝宝是第一次下海，难免有点紧张，但一会儿工夫就适应了，享受起浮潜的乐趣。我不会游泳，只能看着大家，做一些端茶递水的工作。水面下，清晰可见有许多珊瑚礁，也有多种热带鱼，五彩斑斓，人鱼共戏！玩了好大一会儿，每个人或多或少都尝了几口海水的味道。

到达第三个浮潜点的时候，几条载客的大船停靠在这里，有许多穿着救生衣的游客正在进行浮潜，给人一种海滨浴场的错觉。我们远远停靠下来，二次下水，这一次大家都放松了许多，玩耍的时间也就长了。

在浮潜地点及途中，总会发现一些塑料漂浮物。尽管这里强调环境保护，有些岛上严禁带塑料制品上岛，但人对自然的破坏痕迹还是比比皆是。这有待于进一步管理，更有赖于人们环保意识的提高。还有一点让人感到不舒服，那就是这里有好多简装的机动船只，燃烧柴油，尾气难闻不说，抛洒的油滴对水体的影响终究会累积。

浮潜点有2座岛，一片沙滩连接起了2座绿岛，也将一片碧水分成了2块，沙滩与海水相接处形成了两条优美的弧线。

这里的水很清澈，处于两个岛之间的区域，水面相对平静，是游泳和浮潜的良好场所。上岸后，孩子们直接奔向了沙滩。大人则决定观光，欣赏一下这里的景色。环岛有木头修建的栈道，光脚走在上面有点儿硌脚。栈道旁的海水里，许多鱼儿清晰可见，还有许多小螃蟹爬到了石头上，好像在开会一样。我们沿栈道走了一圈，这里的景色很美。夕阳西下，海面上波光粼粼，船帆点点。这里的人们都是悠闲的神情，早已脱离了工作的束缚和生活的困扰，享受度假的愉快时光。

泰国是一个很吸引各国游客的地方，我想大概有几个原因：良好的自然风光，海洋、绿岛、沙滩、热带雨林一应俱全；暖和的气候，让那些来的游客可以彻底放松身体；旅游业基础相对较好，宾馆、度假村遍布，还有质量一流的服务；发展中的小城镇，让一些来自发达地区的人们充满了怀旧感，充满了好奇心；相对开放的文化环境，如酒吧等。

回到酒店，进了房间，条件很简陋。鉴于午餐的印象，晚餐不打算在酒店里吃。

乘坐酒店到港口的班车，我们来到了港口小镇。在街上转了一会儿，找了一家饭店，奈何店员不懂中文和英文，费了好大劲儿，总算点了几个菜。孩子们发现了路边的小吃，摊主倒是能蹦出"香蕉、菠萝、鸡蛋"这类的中文词，中文俨然已经成为做生意的一种竞争力的体现。

2017年1月30—31日（大年初三至初四） 曼谷

一早，我们乘酒店双条排来到了港口，今天要赶到曼谷。在码头换好票后，依旧在长廊里候船。清澈的水面下发现成片的"水草"，再仔细看，居然是鱼群，生态环境真好！

上得轮船，我们没有和上次一样全程待在船舱里。站在甲板上吹海风、看海景是不错的选择。有绿岛的地方，可以清晰分辨出海平面的位置；而只有水和天的地方，很难分辨出水天相接处，是真正的水天一色。如果没有云彩，哪里是天，哪里是水，很难分辨，脑海里不由得想起伟人的词句："怅寥廓，问苍茫大地，谁主沉浮？"

　　到达涛岛后，接站的车把我们送到了凯文大街，这里邻海，规划相对比较现代化。美食中心有许多选择，烤鸭、饺子、炒饭、肘子等应有尽有，当然也少不了新鲜的椰子。用完午餐后，大人们逛商场买东西，我则陪两个孩子做了个足部鱼疗，玩了 VR。

　　下午3点多钟，乘车到达机场，这个机场是我见过最为特别的一种，由一个个开放式的建筑构成，登机大厅、到达大厅、安检、候机大厅及厕所都是独立的建筑，建筑物之间通过回廊连接。整个机场像一个度假村，两个候机大厅就像是大号的凉亭，"凉亭"里随意放了几张圆桌，每个圆桌配几个凳子或沙发。"度假村"绿化很好，建筑物被植物环绕，其中还有一条人工小河。

　　经过1个多小时的飞行，到达曼谷已经是下午6点多了。接机的是华裔老先生，他中文很流利，随着旅游业的发展，以及中国游客的暴增，使得原本已经退休的他再出江湖。第一站直奔巧克力山庄，这是一个欧派花园式露天餐饮集散地，面积很大，亭台楼阁、小桥流水一应俱全，其间还散落着一些欧式建筑，灯光效果让这里的建筑格外亮丽。到达的时候已经8点多，但这里仍然人声鼎沸，热闹异常，以中国旅游团为主。餐饮也很丰富，泰式、中式和西式的都有，我们的晚餐当然是三位一体的了。

晚餐后，入住酒店。

当晚，美美地睡了一觉，以缓解昨日奔波的疲劳。早餐后，在导游的带领下，前往大皇宫，途经一座3层楼的建筑，外架几门大炮，原来是泰国的国防部。大皇宫里有几座泰国风格的佛塔，但塔与塔风格迥异。供奉玉佛的大殿外墙很像印度建筑风格，墙面和柱子表面由数不清的小块玻璃镶嵌而成。这里是曼谷旅游必到之地，因此，不一会儿，就感觉摩肩接踵了。见势不妙，我们决定立马撤退，然而撤退已经不是容易的事了。进出口在一处，一扇宽1米多的门承担了巨大流量的进出，望着这扇门，很是无奈，走出这扇门花了近15分钟。曼谷第一个景点，在略显仓皇中草草结束。

湄南河是横穿曼谷的一条大河，河水有点儿混，水面被来往的机动船只搅得波涛汹涌。坐上一条类似刚朵拉的船，船老大很是生猛，小船开得飞快，在波浪中起伏，有冲浪的刺激感，激起的水珠溅了我们一身。来往飞驰的船只很多，可见游湄南河也是一个传统项目。河两岸的风光倒也一般，还有许多棚户区。棚户区有些居民划一种很小很小的船只，在河上做小生意，我担心一个浪就能把他们的小船掀翻。这样大浪滔天的河面上竟然有喂鱼这个项目，如此环境下长成的鱼比较大胆，食物投下去，好多大鱼在争食。

唐人街是华裔辛苦打拼的场所。街两边有各式小店，其中以饭店、金店为多，这也是华人发家的行当。唐人街满街都是鱼翅、燕窝的招牌，燕窝是泰国的特产之一。在一家知名的店铺，我们每人点了一碗燕窝。燕窝分为白燕和血燕两种，配以红枣、白果和蜜饯，口感有点类似银耳。沿街逛了一下，除了正规门店，路边尽是一些小摊贩。整个街道保持了几十年前的风光，充满了怀旧感。

这个区域的街道很窄，好多单行道，车辆一多，显得较为拥挤。于是回程想打的就成了一件难事，沿街走了半天也未能成功。后来，打了两辆"三蹦子"——这是印度很流行的一种交通工具，据说泰国开这种车的好多是印度后裔。三蹦子一路上高架、走大街、穿小巷，倒是有机会好好看看曼谷街头的景象。有时候，轮子少了反而是一种优势。

1000多万人口的城市还是显得拥挤，汽车、电动三轮车、摩托车形成了多元交通的格局，但比孟买街头要通畅。土地私有也给城市的整体规划带来一定的困难，有的街道城市面貌不整齐。

路过一条酒吧街，沿街坐着许多老外，灰暗的光线，轻柔的音乐，美女和啤酒，或聊天说笑，或凝视街头来来往往的人流，欧美人希望的慢生活可能就是这种内心静止、了无牵挂、无拘无束的生活方式。

酒店对面是一家购物商超，晚餐、购物都在那里完成。

夜里3点多的飞机，上了飞机就进入了梦乡。睡眼惺忪中看到了云海上的日出，朝阳映红了半边的天空，很是壮丽。

云、海、天所呈现的美丽景色摄人心魄，海水的那份清澈让人心静，海天一色的景象让人心醉。椰子树下吹海风，海边看落日，海水里嬉戏，沙滩上散步，让人能从容地享受慢生活的快乐。居住在大海边，朝看日出、夕看日落，白天看海、夜晚听涛，往常很奢望的生活，在这里就是日常，旅游的目的就是去体验一下别样的生活。海滩上的年夜饭、夜空里的孔明灯、异国他乡的中国风，给这个春节带来了惊喜。

一座美丽的小岛，一个难忘的春节。

山西游

自进入暑假以来，朋友圈里有关旅游的图片一波接一波，也撩拨着我这颗想远行的心。关于山西精华游的介绍，我们已经了然于胸，今日出发去山西，去看看那山、那水和那座城。平时总是有忙不完的事，做不完的沟通。但是，没有眼前的这些苟且，又哪有诗和远方？于是下定决心，短期"出世"，去追寻诗中的远方和远方的诗情画意。

几年来，多次自驾出游，有点儿喜欢上自驾游的感觉，车子成了移动的家，想睡可以睡一会儿，想吃东西可以随手拿，想快可以快一些，想慢也可以短暂停留，还可以一路上观察风景的变化。

说走就走，当日到达河南济源，入住去年住过的酒店，去了去年去过的夜市，吃了去年吃过的小吃，完美的昨日再现。明天开始环游山西，虽不能做到古人"行到水穷处，坐看云起时"的那份悠闲，但"一日看尽长安花"也是现代人的一种快意。

2017年8月18日　百里盐湖和壶口瀑布

新的一天，从一碗中原特色早点——胡辣汤开始。早餐后，从济源出发赶往运城。下了高速，在城市边缘穿城而过，道路不好走。运城下属的解州是关公的故乡，在交叉路口的环岛中央有巨大的关公塑像，看上去很是威武。

出了城，通往盐湖的一段路宽阔了许多，可见地方上也想打造这一景区。景区号称"中国死海"，重点打造养生、休闲项目，有盐水浴和黑泥浴，观景无需买票。

与茶卡盐湖遍地是盐的景象不一样，这里盐卤的浓度不高，析出的盐不多。盐湖由好多块水塘组成，更像湿地，只是植物极少。水域的边缘有白色的盐，似残雪，有冬日雪景的风韵。以前只知道山西盛产煤，没想到这里竟然还产盐。一黑一白形成了两个极端，只是黑色的风头比白色强了许多。

此时，天空飘起了小雨，弄得我们也无心在此逗留。

去吉县壶口瀑布的路上，淅淅沥沥的小雨相伴，眼前的山色似有似无。

在电视画面上看到过壶口瀑布的壮丽，一直也想面对面体会它的雄浑。

进入景区后，起初看不到河流，只看到干涸的河床，河床是被河水磨得没有棱角的石头，有一定的高低起伏，分布着沟槽坑塘，远方有一股水汽腾起。走近了，熟悉的壶口瀑布画面呈现在眼前，如阵阵战鼓催动下万马奔腾，黄河展示着它不竭的能量。

以黄河为界，一边是陕西延安市伊川县，一边是山西临汾市吉县，两岸有不少游客。上游水面宽广、水流平缓的黄河在此收窄，加之河床突然形成了几十米的落差，使此处的黄河水奔涌翻腾、倾泻而下，因形似茶壶注水而得名。"千里黄河一壶收"，讲的就是壶口瀑布的壮丽景象。

颇为神奇的是，瀑布下游有一个天然溶洞，像一个楼梯连接着下一个平台，而这个平台是观看壶口瀑布全景的较佳地点。

　　就这么静静地看着黄河，仿佛听到了李白在吟唱"君不见，黄河之水天上来"，听到了创作于民族危难之际的《黄河大合唱》，看到了黄河儿女尽情敲打安塞腰鼓的宏大阵势。黄河，中华民族的母亲河，抚育了中华儿女，孕育了中华文化，又赋予这个民族自强不息的精神力量。数千年的沧桑，既经历过盛世，也承受过苦难，但中华文化没有泯灭，自强不息的精神未曾消退，始终屹立于世界的东方！

　　在景区出口的摊点上，我们买了些地产酥梨，口感又甜又脆。

　　在国道G309、G209行驶了1个多小时，虽有限速，但车辆不多，开起来倒也通畅。可导航指引了一条县道，几乎没有车辆，显得很荒僻，偶尔看到塌方的痕迹。穿过村庄时，农民建房用材料时有占道摆放的情况，使得原本不宽的道路越发难走。一直担心哪个地方会断路，天色已晚，想想头有点大。终于，上了省道248，一路畅行到了石楼县城。

　　虽说是县城，但和苏北的一些乡镇差不多，主干道逼仄。入住县城最好的酒店，酒店的饭菜倒还可口实惠。饭后，在街道上走了一会儿，实在没有继续逛下去的心情。回到房间，洗了个澡，翻了翻酒店里几本关于地方旅游的书。

2017年8月19日　黄河第一湾和李家山

黄河第一湾在前山乡马家坝村，离石楼县城有40多公里。行驶不久，就进入了崎岖、狭窄的山路，大概也就比一辆车宽一点。我不禁有点儿纳闷：图片上那么漂亮的景点，为啥去的路是这样的呢？一路上很是担心对面有车过来，会车将是一件极难的事情，好在没有出现这样的情况，不时有陡坡和急弯，根本看不清前方的路况。穿过了几个小村庄，庄子里很安静，房前屋后种植了多种蔬菜，其中红通通的西红柿很是诱人。路边的山地里满是枣树，树上挂满了青黄色的枣，待到秋天，枣成了红色，一定很漂亮。

导航的终点是一个建设工地，几台推土机正轰鸣着，看来是要建售票处了。

我们顺着台阶下行来到了观景台。一个近乎"O"形的黄色圈圈呈现在眼前，匪夷所思的是，黄河在这个地方拐了一个近360°的弯，在大地上画了一个漂亮的弧线。与壶口瀑布截然不同，这里的河水缓缓流淌，甚至看不清流向。

黄河蜿蜒行走于青山之间，黄与绿形成了鲜明的视觉差。黄河能成其长、成其雄伟，盖因顺势而为，人生亦应如此！

去临县李家山的路不好走，有许多施工路段，坑洼不平，扬尘暴土；有常年欠缺维护的路段，整个路面都被轧掉了，大坑套小坑，卡车行走尚且小心翼翼，小轿车就非常受罪了。这样的路段竟然有1公里左右，幸好车子有底盘升高功能，总算一点点挪了过去。

李家山入口处于路边，新建的门楼、宽阔的水泥路面、自动浇水的绿化带、别墅一样的房子，与图片上古朴的村庄毫不相干。

李家山坐落在黄河边上的一个山坳里，地理环境相对封闭，呈献给今人一个真实的世外桃源。这里的建筑以明清风格为主，房屋是窑洞加院落的结构，一家家毗邻而居。窑洞+四合院，在中国大地上绝无仅有。窑洞有独门独窗的土窑洞，有3孔或5孔的联排窑洞，还有2~3层的联排窑洞所构成的楼房建筑，相当气派。多种形式的院落层层叠叠分布于山坡上，如同一个建筑博物馆。院落内外，枣树和槐树遍布，给黄土地带来了绿色，户与户之间的空地上种植着常见的蔬菜。

村庄对面的山坡上是梯田，村民通过门窗瞥一眼就能看到自家的农田。

每个人都有一个属于自己的梦里老家，而像李家山这样的古村落更能勾起人类发自心底的乡愁。随着自然村落的数量急剧下降，曾经的家园已经荒芜，人们内心的空虚感强烈。我相信，终有一天，这些幸存下来的古村落会成为后人心中的圣地，后人会来这里探访祖先的足迹，思考人类走过的路。著名画家吴冠中先生曾把这里和张家界、山陕蒙黄土高原一起定义为他一生中最重要的三个发现。

这里是怀旧者心灵栖息的较佳场所，是画家灵感激发的创作之地。这里是写生基地，许多农家提供写生专用客房，一路上看到许多对着画板专心创作的人，可见李家山魅力之大。

离开李家山后，路过碛口古镇，未做停留，一路到达平遥，入住离古城不远的酒店。晚上在酒店对面品尝了风味独特的大骨，就着小菜和小米粥，吃得有滋有味。

2017年8月20日　平遥古城和晋祠

近几年，得益于媒体的强力推介，位于山西省晋中市的平遥古城名声大震。

历史的眷顾使得这座古城未遭到大的伤害。规模之大，保存之好，使得其成为同类古城中的佼佼者；浓厚的金融风格使得其在众多古城里独树一帜。世界遗产实至名归。古城并不是纯粹的旅游景点，目前仍有4~5万居民生活其中，是一座活着的古城。

古城墙夯土而成，外用砖头砌墙加固，城墙结构完好，城市布局井然，大街小巷如同血管一样联络起城市的每个角落。与其他地方城墙不同，这里除了大的城楼外，每隔50米就有一个箭楼。

古城里众多的镖局和票号是这座城市的标志性元素，曾经这座小城名动一时，成为清帝国的金融中心，也形成了近代历史上赫赫有名的晋商和晋商文化。"汇通天下"是晋商的荣耀，平遥则是代表性的晋商发源地之一。

这里还有保存较好的县衙，对于了解古代县级行政机构的运行很有帮助，这里陈设着许多古代刑具。

明清风格的商业街上店铺林立，折射着昔日的繁华。小街小巷则是另一番味道，宁静古朴，古老的砖墙和磨得光滑的青石板显现着岁月的沧桑。

平遥古城没有走慢城、休闲之都的大众套路，而是走着自己的道路。这里没有遍地的酒吧、茶吧、乐吧，而是保持着一座城市本应有的状态，没有沦落，没有为了迎合旅游业而丧失了自己，居民还是这座城市的主体。

离开平遥，来到了位于太原市晋源区的历史更为久远的晋祠，上学的时候就从吴伯萧的散文作品《难老泉》里知道了它。这里是建筑博物馆，自建设开始，各朝各代都在这里添砖加瓦，留下了各自的代表作，集多个朝代的风格之大成。圣母殿是北宋时期的建筑精品，是中国现存宋代建筑较早的实例；宋代鱼沼飞梁是中国古代桥梁建筑的杰作，是国内现存古桥梁中的孤例；金代的献殿则以其独特的建筑风格，被誉为"中国古代建筑的瑰宝"。

　　这里是艺术的殿堂，其核心是建筑，书法、雕塑艺术与其相生相伴。晋祠里有历朝名士的墨宝，其中以三匾为最佳，分别为明末清初的"难老"、明代的"对越"和清朝的"水镜台"。圣母殿里的宋代彩塑是中国雕塑史上的精品，其中"阴阳脸"侍女雕塑为晋祠三绝之一。圣母殿外的八条盘龙展示了高超的木雕技艺，是中国现存较早的木雕盘龙。这里还有唐代的石碑、北宋铸造的金人，不胜枚举。

　　更让人赞叹的是晋祠的绿色，镜头里满满的绿色让人感到心旷神怡。以周柏唐槐为代表的众多古树环绕着各建筑，建筑物的古朴与树木的盎然生机形成了精妙的组合。那些千年古树历经千年风雨仍焕发勃勃生机，这与难老泉的滋润不可分割。难老泉是晋祠的一绝，泉水清澈，千百年来喷涌不断，润泽一方水土，以至于老百姓编织了美丽的传说来传颂它，历代文人也为它留下了众多墨宝。

夜宿太原。

2017年8月21日　雁门关和应县木塔

雁门关是大雁南归的主要通道，故而得名。这是一个儿时就熟悉的名字，是战国名将李牧和众多汉代名将据守或出关痛击匈奴的地方，是宋代杨六郎统领的三关之一。雁门古来多战事，好多边塞诗里都吟咏它，李贺的《雁门太守行》就是其中的代表作，一句"黑云压城城欲摧"把古战场描写得惊心动魄！戍边曾经是多少有志男儿的青春梦想，"宁为百夫长，胜作一书生"是何等豪迈，雁门关无疑是他们较为神往的地方。

在去的路上，由于提前下了一个高速出口，得以体验雁门天路十八弯，与当年在神农架"十回首"的开车感觉相似。山西曾经是抗日的主战场之一，八路军曾在此伏击日本侵略军。路边的一个山头上竖立着一位古代将军的塑像，手持长枪而立，威风凛凛；神情关切地凝望着雁门，拳拳爱国之心可见，感觉他应该是杨六郎。各个时期的人都有"得一猛士守四方"的美好愿望。

景区门口，一块碑石上刻着"雁门关"三个大字，刚劲有力，红色的大字让人感觉到"苍山如海，残阳如血"的悲壮。进入景区，听到了熟悉的声音，景区竟然以刘兰芳播讲的《杨家将》作为背景声音，别出心裁而又恰到好处。这部评书是许多人挥之不去的记忆，对于古代战争、边关的了解始于斯。这样的声音无疑勾起了好多游客的童年幻想，纵马驰骋，杀敌报国。

长城如巨龙般蜿蜒于崇山峻岭之间，城墙、城楼、箭楼、烽火台依旧屹立着，耳边仿佛能听到古战场传来的厮杀之声。秦始皇苦心修建的长城是中原农耕民族抵御北方游牧民族的屏障。而石敬瑭割让燕云十六州后，中原农耕民族失去了抵挡游牧铁骑的屏障，外患成为大宋王朝挥之不去的阴影，最终成为梦魇。为了夺回屏障，进行了多次战争，直到明初，名将徐达成功收复。

雁门关作为长城的重要关隘，素有"三边冲要无双地，九塞尊崇第一关"的美誉。在历史上，许多名将在此建功立业，青史留名。也有众多默默无名的将士在此戍边，只为国民和家人的平安。山海关虽号称"天下第一关"，可能只是因为从东往西地理位置上的意义。

凝望着远方，丽日下的青山很美，天空很蓝，与白云相映，昔日的雄关已经成为一道风景，曾经的金戈铁马只能从诗文里去感受了。

去应县完全是因为木塔，它与比萨斜塔、埃菲尔铁塔并称世界三大名塔。快到应县时，在高速上就能看到它的身影。这座塔始建于辽，据说是萧太后倡建的。全木构，无钉无卯，斗拱就有54种，被称为"中国古建筑斗拱博物馆"，是中国古典建筑技艺的典范之作。该塔高67米，底部直径30米，身姿雄伟，是世界上较高的木塔之一，也是中国现存较古老的木构塔。塔内有同时期的彩绘菩萨塑像，造型壮观，姿态优美，色彩美丽；泥墙上有精美的壁画。塔内塔外有历朝历代留下的众多匾额，其中就包括明成祖的"峻极神工"和明武宗的"天下奇观"，其中"释迦塔"匾额的笔力尤为浑厚。

经历天灾战乱无数，对抗虫蛀千年，屹立而不倒，是奇迹！民国时期，"中原大战"的炮火给木塔留下了永久的创伤，也更加增添了木塔的神奇色彩。当年梁思成先生历尽千辛万苦来到它的面前，兴奋加感动，深深折服古人这一"峻极神工"的作品，应县木塔也因为他的到来而为更多人知晓。

离开应县后继续北上，抵达大同。夜色中，高大的城楼和角楼气势不凡，可见北魏故都的底蕴还在。

2017年8月22日　云冈石窟、悬空寺和恒山

大同曾经是北魏都城——平城，北魏是中国历史上统一并统治中国北方长达百年的一个少数民族政权，是隋唐文化的起源。高度汉化的鲜卑族在中国的历史长河中具有"上承秦汉、下启隋唐"的作用，拓跋氏在中国历史上留下了厚重的一笔，云冈石窟、悬空寺就是其的代表之一。

从渊源上来说，洛阳龙门石窟是云冈石窟的延续，北魏从大同迁都到洛阳，石窟文化就随之带到了洛阳，龙门石窟由此开启，后来唐宋2朝接力了这项工作。

云冈石窟开凿于武州山南麓、武州川北岸，依山开凿，东西绵延1公里，距今约有1500年的历史。

顶着细雨，进入景区游览，不难看出当地政府对这个景点的重视，斥巨资以期再现"皇家园林和北魏佛国"的盛况。整体感觉云冈石窟比龙门石窟要保护得好许多，好多大窟令人感到震撼。昙曜五窟作为皇家工程，是云冈石窟的精华。面对这些巧夺天工、摄人魂魄的雕塑、彩绘，想想造窟过程的浩瀚工作量，不由得感动于古人非凡的想象力和高超的技艺。现代的修补显得很不协调，他们是否以一种尊重前人创作的态度在做这项工作呢？我想，除了超高的技艺以及工匠精神外，用生命创作的压力才成就了如此伟大的艺术品。

原计划去土林看看，奈何雨大便作罢，直接赶往浑源县，去看悬空寺。

悬空寺的风头盖过了北岳恒山，虽然风大雨急，但还是有好多游人。以大山为背景，悬空寺显得小巧玲珑，让人顿生爱惜之情。悬空寺在设计理念、选址和建造工艺等多方面都让人感觉到匪夷所思。脑海里一下子跳出了好多问题：是哪位高人的奇思妙想要把寺庙

建到离地面100多米的悬崖上？又是谁发现了这个既能遮风雨又能避烈日的好地方？没有钢筋混凝土的年代，如何建成了千年根基？

这样的"危楼"竟然经历了1500年的日月风霜，李白的"壮观"和徐霞客的"天下巨观"已经难以形容它和它的历史。

北岳位列五岳第二，是道教圣地，其历史久远，舜帝、汉武帝、唐玄宗、宋真宗都曾到过此山。历代文人也多有到此，留下了许多匾额和摩崖石刻。雨中的恒山，人很少，极为幽静。云雾缭绕，远方的山和道观若隐若现，很有道家的仙气。其建筑风格和建筑物色调与自然的融合度很高，如一幅巨大的水墨画呈现在眼前。

山上的植被很好，远看有许多松树要高出其他树木一截，很是显眼。

夜宿浑源县城。这个小县城拥有恒山和悬空寺2处旅游资源，且与代县、应县距离不远，旅游业不错，住宿条件比想象中要好！

夜宿阳泉。

2017年8月24日　太行山大峡谷

去长治市壶关县太行山大峡谷的路上领略了巍巍太行的壮丽景象，看到了许多与八路军抗战历史相关的地名，大好河山需要有志的中华儿女去捍卫。遥想当年，这里上演了"八千将士进涉县，三十万大军出太行"的壮举，这片土地是中国革命的福地，为中国革命作出过重要贡献！

车子大部分时间是在县道、乡道上行驶的，车辆不多，道路横贯一些村庄，也记不清一路上穿过了多少村庄。道路最窄的地方也就一辆车的宽度。

下午1点多才到达景区，虽是套票，但由于时间关系，我们选择了红豆峡。摆渡车送达山顶，山顶有座寺庙，看的寺庙多了，也就没有心思再看了。这里可以看看远方的山景，翠绿的山谷中有一个小湖面，只是这里的天空没有雁门关和五台山那么蓝。

顺着指示牌来到红线洞，只看到一个黑乎乎的洞口，问了几位刚出来的游客，说就是一个类似隧道的黑洞，近1公里的长度，穿过它可以到达山的那一边。抱着可以看看那边绮丽风景的想法，我们进入了洞口，刚走几步，眼前就一片漆黑了，只看到远方有一个酒杯口大小的亮光。打开手机电筒，照着地面往前走，阴暗潮湿，脚下还打滑，没有其他人，一直在迟疑要不要回头。想想这也是难得的一次经历，就当探险了。渐渐地，亮光有碗口大了，也就坚定地选择前进了。慢慢地，亮光有脸盆大了，随着亮光越来越大，悬着的心也就越来越放松了。终于，重见天日了，心情有点儿激动。人生何尝不是如此，就是因了心中的一点点亮光在坚持前行。终于到了山那边，却并没有期望中的景色，但有这番经历，已经足矣！

来到三叠潭景区，这里显示了太行山清幽秀丽的一面。一路徐行，时有清潭和飞瀑；

呼吸着富氧的空气，听溪水潺潺、鸟语声声。那些在岩石中立根、在峭壁上顽强生长的树木，很青翠。那其中可能就有太行崖柏，这几年，太行崖柏做成的工艺品很受追捧，它也已经成为一种精神的象征。

沿着峡谷走到顶峰，有个小店，一对小夫妻经营，我们在此休息了一会儿。吃了几个新鲜可口的西红柿、黄瓜，自然生长的果蔬味道比城市菜市场里的好了许多。这里的物价比南方一些同类景区要便宜许多，可能是商业化程度还不高的缘故吧！

这里有1300多米长的滑道，如此大的"滑梯"自然引起了我们的兴趣，于是我们一行3人就选择滑下山去。陡坡和拐弯比较难控制，但已无法终止，只有硬着头皮坚持，努力学会控制。终于，拐过了最后一道弯，到达了终点！

离开了红豆峡，我们向驻地赶去。再次走上狭窄的盘山路，一会儿到达山顶，下有绝壁悬崖；一会儿进入谷底，侧有溪流。乡道把深山中散落的村落串联了起来，穿过村落时，会看到荷锄而归的老农，他们徐徐而行，与身边的滚滚车轮形成了鲜明的对比。每个人的人生不一样，对待人生的态度也不一样，能做到从容面对就是一种境界。

进入晋城市陵川县时，下起了小雨，暗自庆幸没有在盘山路上遭雨。离目的地宾馆还有五六公里的时候，雨越来越大，和夏季的暴雨一样。缓慢行驶在乡间小路上，努力辨识前方的路，整条路上只有自己这一辆车，多希望有车一起同行！还有两三公里的时候，居然又到了山路上，头一下子就大了。陡坡、急弯、暴雨、团雾，这样的恶劣条件首次遇到，黑夜里行驶在陌生的山路上，有一丝心慌，但没有退路，只能向前。终于，看到了远方的灯光；终于，我们来到了宾馆，尽管是第一次来此，但看到服务员打着雨伞来迎接，感觉像到了家一样。

辛劳了一天，点了手抓羊肉和土鸡汤犒劳一下自己，同时也压压惊。

2017年8月25日　王莽岭

从宾馆出发，重走昨晚那段惊心动魄的路，这次轻松通过。穿过陵川县城，上到高速，王莽岭景区离高速出口不远。

王莽岭的名字与王莽和刘秀的传说有关，缘何叫王莽岭，而不叫刘秀岭呢？作为景区，它的名头虽不大，却是南太行风光的精华所在。下了摆渡车，巨幅的水墨山水就呈现在眼前：山顶和山谷间云雾蒸腾，云团、沟壑、远山近峰，色彩的层次感很强，近处写实，远方写意，中国画是师法自然的成功典范。

此时，天上下着小雨，山上的气温有点低，买了雨衣穿上，既挡雨，又保暖。

这里和张家界、恩施大峡谷的七星寨有点儿像，沿着旅游路线一路可以看到变幻的景色。可能是下雨的缘故，游人不多，可以缓慢而行，随意驻足，欣赏奇峰林立。看到一座非常像乌龟的山峰，这只小乌龟正在云海里遨游。由于天气的原因，看不到气象万千的云海，但水汽让秀美的山峰多了几分妩媚。细雨中，深谷更显青翠，探头往下看，万丈沟壑，让人有点儿头晕。山谷里有羊肠小道通往庄稼地和山里人家，庄稼地就是绝壁悬崖上的一块块平地。山里人对传统的生活方式还有一份坚持。

沿途有许多观景台，要么建在悬崖的边缘，要么建在一座座孤峰之上，在远处，你会发现刚才欣赏风景的场所是如此险恶。对于美景，人总是希望更为接近，甚至融进去，

有时候不会意识到危险。在观景台上观望，奇妙的景象尽收眼底，左观右望，总有点看不够的感觉。有人夸赞王莽岭："天下奇峰聚，何须登五岳"，不是过誉之词。观景台上观景，眼前开阔异常，人不由得豁然开朗起来，站一会儿或稍微坐一会儿，让人能够忘却所有的烦恼。

红岩峡谷是景区的另一特色，山体是石灰岩地质，峡谷两侧恰如壁立千仞，如刀削一般，充满刚劲之感，岩体呈红褐色，在阳光的照射下，煞是夺目。纪录片有过这样一个画面：太行深处的年轻农民，劳作一天后，在歇工前的那一刻，正是夕阳西下之时，他坐在悬崖边的一块大岩石上，凝望着远方。他的内心在想什么呢？是憧憬外面的世界而内心风起云涌呢，还是已经看淡了世事，只在乎眼前的云卷云舒、花开花落呢？

景区有一个中年人，正面对着大山和峡谷，边打拍子边唱着梆子戏（抑或晋剧），全情投入，字正腔圆，他沉浸在这出戏里应该有好多年了，一拨又一拨的游客是他的听众，也不知道他何时能出戏。

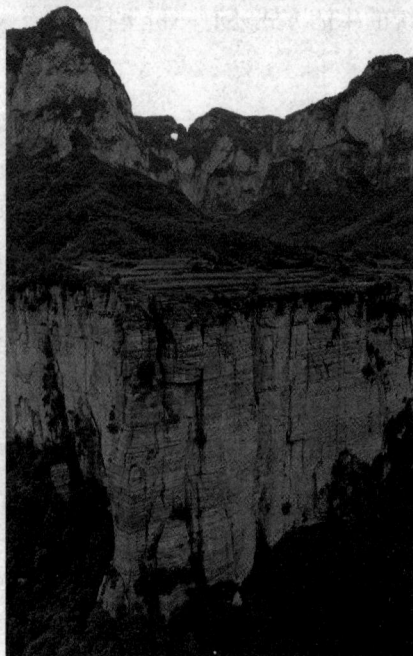

峡谷里有一个小村庄，这里有优美的景色。瀑布飞流而下，正对瀑布是一个低于正常地面约10米的天然平台，是欣赏瀑布的较佳场所。幽谷深深，溪流蜿蜒；民居散落在峡谷两侧，是真正的悬挂在瀑布上的村庄。山村的夜晚可以观星赏月，没准儿也会"月出惊山鸟"。听山风吹过丛林、观瀑布凌空而下，一代又一代山里人这样生活着。

现代人眼中的世外桃源曾经近乎与世隔绝，村民出一趟门要经历登天之难，更不要说将物资运进运出，多少代村民只有日复一日地困守着满目的美景和一世的贫穷。直到有一天，这里的人用较原始的方法和工具在山体上凿出了一条几公里的长路，这条挂壁公路成了人们进出的通途。山里人终于走出了大山，而外面的人也有机会走进深山来一睹令人惊艳的美景，甚至在这里小住几天，体验一下世外桃源的生活。再后来，这里有了隧道，挂壁公路成了历史的见证，是那个战天斗地年代的一个缩影，是当地人的骄傲，给今人留下了一道美丽风景。景区将其作为两个景点之间的连接线，游客们如同穿越了时空隧道一般。

王莽岭是个不错的地方，想来四季都有独特的风景，是一个值得再次光顾的地方。离开王莽岭去阳城的路上，天气转晴了，天空和云彩很美丽，想来此时王莽岭的景色应该更加漂亮，等以后有机会再来看看日出、看看云海。

2017年8月26日　阳城县皇城相府和登封市中岳庙

小雨中，我们到达晋城市阳城县皇城相府景区，很大的停车场上停满了车，看来这里的人气很旺。在导游的引领下，我们进入了景区。首先看到的就是牌坊，上面记载着家族的荣耀。该家族9人中进士，6人入翰林，因此，皇城相府号称"中国北方第一文化巨族之宅"。它是明清两代城堡式官宦住宅建筑群，是四部尚书、文渊阁大学士陈廷敬的府第。他曾经是帝师，康熙巡游途中，曾两次下榻此地，故在"相府"前加"皇城"，以示荣耀。

该建筑群依山而建，分为2部分，城墙外是陈廷敬修建的官宅，而城墙内是其他晋商和官员祖上所建，累7世之功而成如此宏大的规模。站在城墙上，可见城堡的全貌，府院连绵，占地50余亩。军事防御功能的城墙、城楼、角楼、炮楼、藏兵洞、粮仓等一应俱全。山河楼拔地而起几十米，巍峨雄伟，气势不凡。

青石铺成的街道被磨得很光亮，而台阶更显岁月的沧桑，很有历史的厚重感，砖雕、木雕展示了主人的情调和工匠的技艺。府里有许多柳树，枝叶繁茂，让冷色调的建筑群增加了一份生机。

这里的建筑是晋派建筑的代表，黄色的墙砖与其他地方有所不同，一排近20个窑洞，更显黄土地的特征。处于明末清初的乱世，为了保全家族，耗巨资也是迫不得已。我见过好多私家园林和宅院，但这样的私家城堡，在国内实属罕见。

如果不了解这个建筑群的历史，好多人会觉得这是一个新建的影视基地，它确实综合了许多影视剧需要的东西，如城墙、府第、庭院、花园、古街，等等，难怪好多电影在此取景拍摄。

这个建筑群能得到良好的保护，得益于陈姓子孙的爱护，而他们的保护行为也给后人带来了丰厚的回馈，这个5A级景点是村级经营，红利按人口分配，每年的收益有好几个亿。这个村子被评为"中国百强村"。

离开了皇城相府，我们结束了山西的行程，从晋城出山西向河南登封而去，去看看"天地之中"的古建筑群——中岳庙。

到达中岳庙，已经下午4点。

中岳庙有2000多年的历史，始建于秦，北魏定名为中岳庙。汉武帝、武则天、唐玄宗、乾隆皇帝都曾来此祭拜。这里既有五岳文化的介绍，也有道教文化的展示。

中岳庙的建筑呈狭长状纵深分布，中轴线上的建筑共有十一进，主殿两旁有一些偏殿。这里柏树森森，导游说：这里千年以上的柏树有近400棵，4000年以上的柏树有16棵。这些树苍劲古朴，显示着顽强的生命力。面对它们，我们感觉到一股永恒的力量，它们见证了历史，但对历史没有丝毫的评判，只是静静地看着。对这些古树，我们心里充满了崇敬和好奇，但对它们知之甚少，不知道它们经历了什么。有时候真想成为一棵树，看时间长河慢慢地流淌，看世间风云变幻。

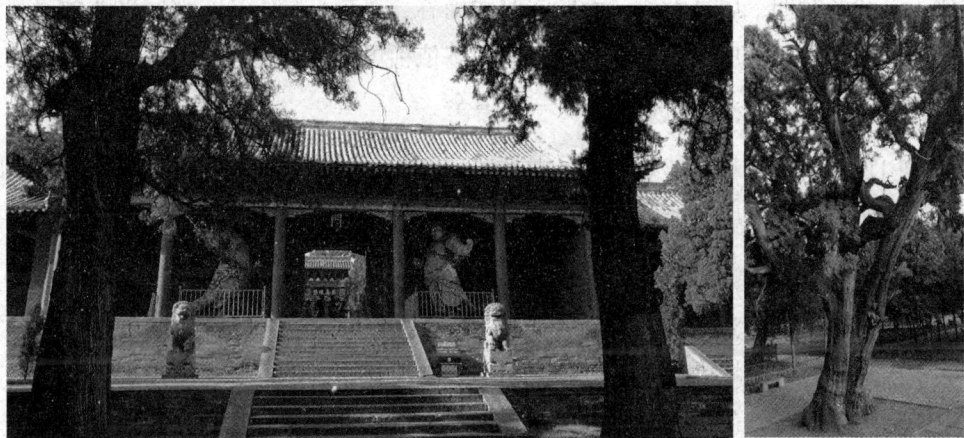

中岳庙还有4尊铸于北宋治平元年（1064）的镇库金人，其实就是铁人，体形健硕，神态威严。经历了近千年的岁月，未曾锈蚀，宋代的铸铁技术之高超可见一斑。登封人认为它们有天地之灵气，新出生的小孩会认其中之一为"干爹"，作为自己的庇护神。

中岳庙里有一个点，据说是周公所测定的"天地之中"，王者居中，由此可见，嵩山在五岳中的地位自是不凡。这里有四岳殿台，渗透着"五岳共存、五行俱全"的理念，泰山、华山、衡山、恒山则成了拱卫嵩山的青龙、白虎、朱雀和玄武。峻极殿是中岳庙中规模较大的建筑，供奉着中岳大帝的塑像。殿前的几块匾额很有气魄："护国佑民""威镇中天""福荫苍生"。

中岳庙的历史要比少林寺久远，内涵要比少林寺深远，但游客门可罗雀，保留了一份清修场所的特征。

入住的生态酒店地处嵩山脚下，房地产商和酒店联合开发，占地很大，环境清幽。酒店的广场上有一个餐饮中心，类似排档式的，海鲜、炒菜、烧烤、自酿啤酒一应俱全。坐在遮阳伞下，天色渐晚，暮色中的嵩山已经成为一个模糊的影子，初秋的晚风凉飕飕的，蛐蛐在身边的草丛中鸣叫，时不时会有一两只蹦到餐桌上。这样的环境，让人很享受美食和自然。

2017年8月27日　嵩山

嵩山是中国佛教禅宗的发源地，也是道教圣地，还有宋初四大书院之一——嵩阳书院，是一个释、道、儒文化共存的名山，嵩山还是世界级的地质公园。

太室山没有索道，也没有摆渡车送至半山腰，只得从山脚沿步道开始攀登。起初看不到什么风景，只有埋头赶路。沿途有许多道观，有的还香火旺盛，大多数则破败不堪。崇福宫建于汉武帝时期，居高而建，面向空旷的山谷，气势自是不凡。那些破败的道观，好多像遗址，几间破旧的房屋，只有从尚存的地基依稀可见昔日的规模，这些道观委托当地的居民看管，周边全是菜地，各种蔬菜一应俱全。

快到山顶时，景色越来越好了，虽对那些亿万年前的地质现象不了解，但呈现在眼前的岩体让人对自然、对历史产生惶恐：地球从哪里来，到哪里去？人类从哪里来，又要到哪里去？

经过连续的爬坡，感到有点累，走走歇歇，不知不觉间海拔已从352米到了1492米，到达太室山最高峰——峻极峰。峻极峰是当年武则天封禅的地方，目前仅剩遗址。登高而小天下，目力所及，景色尽收眼底，群山、沟壑、河流、城市甚至白云都在脚下了。坐在山石上，来时路上的辛苦已被清风带走。山巅的气象与仰视嵩山的截然不同，也与一路上看到的力量感十足的岩石不同，秀美了许多，层林尽绿，绵延不绝。

下山的路还不如上山的路，好多地方并没有路，有的地方只是修了一个护栏，有的地方就是菜地里的一条小路，还有的就是从破道观里穿过。这些道观可能还会继续破败下去。"一线天"在好多地方都有，这是大自然的力量展示，整个山体好像被掰成了两块。

卢崖瀑布因唐代隐士卢鸿一在此隐居、讲学而得名，此处也是我们嵩山游的终点站。我从图片上看到过它宏大的气势。但到了之后，却发现瀑布断流了。因为下游水坝施工，上游的水坝不放水了。从瀑布的背景来看，气势很大，一个扇形的山岩有几十米宽，雨季必然很壮观。徐霞客曾慕名到此，留下"飞泉随空而下，舞绡曳练，霏微散满一谷，可当武彝之水帘"的描述，我们只能从精彩文字里去想象了。

瀑布的下游是一条蜿蜒数百米的山涧，有好多巨石，巨石上有石刻。少了水，没有了一潭潭清水，也没有了流动的清泉。

嵩山游是这趟行程唯一的登山之旅，也是近年来首次从山底登山的经历，历时近7个小时。

本次自驾游历时12天，行程4200公里。现代人比古人要幸运许多，远方一日可达。旅行容易让人着迷，离开了固有的生活圈，放弃了固有的生活方式，每天都会面临不确定性，每天可以更换空间，可以遇见新奇的事物，填充新鲜的知识，可以"穿越"到久远的过去，和古人进行一番精神交流。

中华民族5000多年的悠久历史和灿烂文化，地下看陕西，地上看山西。中国历史在这两块土地上留下了太多印迹，以及数不清的故事。岁月带走了众多的东西，也为我们保留了些许，让我们有机会去窥一眼那个时代。怀揣景仰之心去面对历史，震撼于那些经历了数千年风雨、承载了众多历史信息的建筑物，感动于前人的智慧和艺术想象力。一代雄主如秦始皇、汉武帝、隋炀帝、北魏孝文帝……他们的个人想法可能会给后世万代留下中国历史难以抹去的印迹，如长城、兵马俑、京杭运河、云冈石窟，等等，而正是千千万万历史上不留名的普通人民让他们的想法得以实现。说不清雁门关上一块砖由谁造；也说不清是哪个人把它放在那里，一放就是2000年；搞不清是哪位工匠一凿子一凿子刻画出那么庄严的佛像；搞不清是哪位大师设计了应县木塔和佛光寺大殿……好多人面对自然美景、人类杰出的艺术创造，会怆然涕下，我想这是对自然和古人的景仰和感谢！

一趟旅行，难以尽赏山西美景，也难以看遍那些历史遗珠。匆匆一瞥，难以了解一座建筑、一个地方和一段历史，有待于我们从更多的途径去了解。中国地域之大、历史之丰富，我们了解得太少！

（2017年10月7日 初稿）

湘桂赣春节出行

　　长时间待在一个地方，日复一日重复着习惯的生活和工作，人已经成为一个机器，头脑仿佛成了一台信息处理器，每时每刻面对不同的信息做出反应，只有换个环境、换种方式才能做到休养身心。自驾游是很好的一种方式，只有一个大概的计划，没有严格的时间节点，只有大方向，没有明确的目的地。

2018年2月11日　出发

　　2月10日，公司举办了年会，很成功，一年的工作圆满收官。11日上午，送走了来宾，回到了扬州，午饭后，开始了本次行程。

　　原计划当晚赶到九江，但到了安徽境内就遭遇了堵车，我们遇到了从沿海返乡过年的车队，车流量越来越大，最终，高速成了停车场。几起小的车祸导致了交通瘫痪，就这样耗了几小时。好不容易冲出了拥堵路段，不久又遭遇了另一场拥堵。天色渐晚，不得不改变计划，从安庆出口下，住宿一晚。

　　踏上这条路的人组成了命运共同体，对于任何一个人的过失，所有的人都必须承受后果，团队何尝不是如此？

憧憬着：眼前的风景、远方的路和心中的目的地；面对着：不尽的车流、无奈的蜗行，以及不得不改变的旅途计划。

2018年2月12日　岳阳　张谷英村

一早，从安庆出发，上得高速，完全没有了昨日的拥挤。途经九江，看到天空中有雁阵，由大小不一的"人"字形队伍组成，看来鄱阳湖湿地还是鸟的天堂。印象中还是小时候，家乡的天空曾有大雁飞过。

400多公里的路程，脚踏了皖、赣、鄂、湘四省土地。到达岳阳，没有选择大名鼎鼎的岳阳楼，而是选择去一个古村镇。随着城市的扩张，好多名楼已经被现代建筑所包围，景象也早非古代名篇所描述，还是不见为好！走过小道，来到张谷英村，沿途穿过了几个小集镇，临近春节的街道有点拥挤。

张谷英村处于深山中，号称中国保存较好的江南古名居建筑群，有房屋近万间，几百户张姓人家在此聚族而居。村口的画面，让孩子脱口说出了马致远的名句："枯藤老树昏鸦，小桥流水人家。"

游览从"当大门"开始，这个霸气的名字足以说明这座宅子在村中的地位。站在村后的小山坡上俯瞰整个村庄，几万平方米黑色小瓦构成的高矮错落的坡顶屋面，蔚为壮观。天井是这片建筑群的特色，一方方风格迥异的天井呈现给人们不一样的天空，曾有多少人通过这一方天井看天空变幻的风云。沿天井四檐流下的雨水如同珍珠卷帘，也能随风而动，又有多少人曾"空床卧听南窗雨"？幽深狭窄的巷道纵横于整片建筑群之间，联系的不仅仅是一家一户，也联系起了亲情和乡情。

幸运的是，这个村庄没有被旅游经济所绑架，没有沦为旅游经济的附庸，还保存有村落的生命力，2000多人生活于其中。每家每户都保留土灶，几口大铁锅一字排开，或蒸或煮，冒着热腾腾的水汽。柴火还是主要的燃料，好多人家正在为春节备柴火。一直觉得"铁锅+土灶+柴火"是较好的烹调组合。炊烟和灶膛里的熊熊火焰曾是多少游子的思念！孩子们三五成群，四处撒野，不时扔出几个摔炮，噼啪作响。眼前的这一切显现出浓浓的家的味道。小村庄正以它较熟悉的味道和环境等待着游子的归来，回来过年的人和村子里的人彼此问候，关系很是融洽。

离开张谷英村，沿着一条狭窄的乡道，经过一些村庄，路边停了许多浙C、苏E牌照的车，都是赶回来过年的本地人。不知道他们奔波了多长时间，经历了怎样的堵车经历。过年是中国人内心的一个重要情结，"有钱没钱，回家过年"，这是一种亲情的召唤，对于在外地打拼的人而言，回家过年是一个神圣之旅。

在夜色里赶到了平江县城，曾经，这座依山傍水的小城爆发过一次意义重大的起义，横刀立马的彭大将军由此启动了波澜壮阔的军事生涯。我早就知道这座英雄之城，变化了的行程让我们有机会走进了这座城市。

2018年2月13日（腊月二十八） 衡阳 衡山

对于衡阳的了解并非由于衡山的原因，而是范仲淹《渔家傲》里面的名句："衡阳雁去无留意。"从平江到衡阳，一路高速，车辆不多，3个多小时就到达了。下了高速，路两边全是饭店和卖香火的店，每个店都有人在卖力地招呼过往行人。景区停车位很是紧张，在附近的一个临时停车场才安顿下来。原本以为已经腊月二十八了，周围会很清静，没想到游客会这么多，大多数是来烧香的人，手里拎着大大小小的香袋。

景区摆渡车沿着盘山路，把游客送到了缆车乘坐点。老式缆车，50个人一个车厢，两个车厢对着开，等待了1个多小时。

下了缆车，沿着盘山路往上走。沿途有几个观景台，天色雾蒙蒙的，能见度不高，依稀看到群山延绵，并未看到令人惊艳的美景。风越来越大，让人感觉到有点冷。幸亏在停车场询问了山上的气温情况，带足了衣服，否则只得在寒风中瑟瑟发抖了。

一路上，不时看见道观、寺庙和摩崖石刻，显示出衡山的文化底蕴。途经上封寺，建筑风格较为特别，香火很是旺盛。

到了祝融峰后，我们就折回了。盘山公路的坡度较大，下山明显感觉到膝盖不适。来到缆车点，广播里正在通知，要是排队等缆车还得一个半小时，只有继续走了20分钟到了摆渡车站点，坐车下了山。

衡山之行，有点失望。

夜宿衡阳市，身体不适，热气腾腾的羊肉火锅难压体内的寒气。

2018年2月14—16日（腊月二十九——初一） 阳朔

早上从衡阳出发，感冒加重，一路上迷迷糊糊睡了好几觉，下午两三点到达阳朔。入住一家位于十里画廊景区里的民宿酒店。它坐落于一个小村子里。进入大厅，服务员就热情地奉上了姜茶。厅里有供阅读、喝茶和下棋的地方。厅外有游泳池，不大。几个流水潺潺的水池，给人带来了清新灵动的感觉。水池边有长条椅和遮阳伞，供人休息和发呆。

进入房间，落地的玻璃窗让外面的景色一览无余，近处是一个开放的阳台，有几张小圆桌和凳子，供游客晒太阳或欣赏美景。不远处就是阳朔典型的山景，如同一幅画呈现在游客面前。由于体力不佳，躺在床上，看着风景，慢慢地就睡着了。

天色渐晚，在酒店吃了饭。沿着村里的路缓缓走到了工农桥，夜色下的十里画廊显得冷冷清清。夜里，不时传来鞭炮声。天快亮的时候，依稀能听到公鸡报晓的声音。

第二天，也就是大年三十，我们决定去遇龙河漂流。酒店安排车把我们送到了上游的骥马码头，码头上空空荡荡的，与前年大年初二排队一个多小时相比，简直判若两地。我们上了筏子，开始了人在画中行的游览。整个河面上也只两个筏子在行进，如同包场一般。

　　遇龙河还是那么清澈，和两年前一样，整个河道未经修饰，略显粗糙。不知是要保留一种粗放的原生态感觉，还是地方上舍不得投资？竹筏子在河面上缓缓前行，耳朵里只有啾啾的鸟叫，拂面的春风里夹带着油菜花的芳香。眼前的青山在变幻，从不同的角度看，大大小小的山峰在不同的角度看呈现了不同的景象，近山的青翠，远山的朦胧，像画面一样的感觉。凤尾竹在风中摇曳，倒影在被风吹皱了的水面上袅娜。三五成群的鹅鸭在水中游弋，潜水觅食。岸边的居民仍保持着前人的习惯，在河边淘米、洗菜、洗衣服，这种景象在好多地方已经消失。

　　就这样，在水面上漂了近两小时，缓缓流淌的水仿佛带走了繁杂的思绪，整个人融入春光里。

　　回到酒店，美美地睡了个午觉，大年三十还是头一回。睡醒，离晚餐时间尚远，于是散步到遇龙河畔，人不多，偶尔会遇到一两个骑行的游客。遇龙河自由地在田野里流淌，碧水无疑是整个田园风光里较美丽的元素。河对岸有好多人在洗菜，为年夜饭做准备，不远处的农户家里飘起了袅袅的炊烟。天色渐黑，折回。

在酒店预订的年夜饭，有鸡，有鱼，有蔬菜，餐厅里有好几桌，大多以家庭为单位，同桌的家人在推杯换盏，共度美好时刻。屋外传来阵阵的鞭炮声，电视里火红画面的春晚提醒着异乡的游客，这是除夕。

吃完年夜饭，回到房间，洗漱完毕，躺在床上看着春晚，迷迷糊糊就睡着了。阳朔的年夜，虽然鞭炮声不如老家热烈，但也是持续不断。

大年初一，吃完早饭已经快10点钟了。打算开车沿着遇龙河转转，一不小心开出了景区，被告知晚上7点前无法再次进入。只好临时决定找几个地方转转，离得不远的旧县是第一站，步行半小时就到达了，这里本是阳朔县府所在，现在看来也就是个小村庄。几座老房子被改造成民宿，大打情调牌，有不少年轻人在这里享受着乡村的环境、城市的情调。

逛完旧县，时间尚早，于是开车直奔相公山。离开省道，进入了山路，眼前漫山遍野的塑料薄膜缠裹着沙田橘树，从路边的山脚到高高的山顶全是如此，那阵势很是壮观，人类向土地要收获的想象力和战斗力真是让人叹服。

我们到达了相公山，一个不起眼的售票口，两个老汉在卖票检票。沿着窄窄的梯道，爬到了山顶，虽只有百十米的高度，但已出了一身汗。山顶有一个粗糙的观景台，漓江景色尽收眼底，雾气较大，看得不是太清晰。依稀可见，漓江在此拐了一个弯；碧绿的江面上，游船穿梭；江的两边是平坦的田野，黄绿相间；再远的地方又是青山。如若没有雾气，眼前的景色必然更为美丽，相公山作为俯瞰漓江秀色的较佳地点，果然有其独到之处。

　　山顶上，伴着歌曲的节奏，几个韩国人正在狂扭着腰肢，享受着"吾心安处是吾乡"的快乐。与之相比，一对老夫妻的表现则让人感觉到了温馨，老先生深情地演奏着萨克斯，在缓缓的乐声中，他的夫人用摄像机给他录像，阳光、美景、音乐、温情、心情，多么幸福的日子！

　　离开了相公山，顺着山路一路下行，计划前往九马画山景区。道路坑坑注注，下到山脚才平坦一点。漓江就在路的左边，河滩上有一些游客在玩耍。九马画山景区，原来是漂流观景的，且是那种电动的筏子，顿时没有了游玩的兴趣。

　　路边有一个农家饭店，点了一只鸡和一盆蔬菜。食材和吃法完全和前年在丹洲古镇的一样，只是地点换成了漓江岸边的一个路边小店。旅游总是能让人忽然感觉到似曾相识的画面！

　　在阳朔宅了3天，做了回村中人，第一次体验民宿。民宿更接近自然，无车马之喧，但闻鸡鸣狗吠，让人体验到了真正的安静。开窗见青山、看落日。民宿尽可能营造一种轻松的环境，阅读、晒太阳、喝茶、发呆，你总能找到合适的场所和时间。温馨的服务也能让人有一丝家的感觉。离开，尚有不舍。

2018年2月17日　黄姚古镇

　　2年前，我曾与黄姚古镇擦肩而过。后来在网络上看到了许多介绍它的文章，很是懊悔，真担心2年的开发可能会改变许多。这一次，黄姚古镇被列为行程的重点。

　　从阳朔到黄姚古镇也就1个多小时的车程。景区外的巨大停车场透露出两个信息：这里的人气很旺；当地旅游开发的决心很大，计划把这边搞得人气很旺。古镇已被圈了起来，乘坐摆渡车到达景点，一棵大树呈现在眼前，树盖很大，树下有一些摊点。大树后面有一个石头垒起来的寨门。进入寨门，沿着青石板街道逐渐进入了镇中心，青石板已经被磨得光滑而泛出光亮，显示着古镇的历史。

　　沿着一条"泯然众人矣"的小街走了一会儿，未见有与众不同的地方。突然，一棵郁郁葱葱的大树呈现在眼前，树形并不对称，向阳的一侧树干伸出很长，超出了河对岸许多，不得不赞叹枝干与躯干的连接力量。树下面有一座古老的石拱桥，虽不壮观，甚至有点残损，但韵味十足，桥下是一条河，河水碧绿，河面上做生意的竹筏往来着。

桥的一侧，也就是大树这一侧，是砖石结构的房屋，多为2~3层楼。多数老房子被叠加了新元素，被改造成了民宿。房屋之间有青石板铺成的台阶，台阶的顶头是一条伸向深处的巷道。我们从不同角度欣赏了这幅美丽的画面：绿树、石桥、碧水、民居。

沿着河边的路走了一会儿，对岸的两棵参天大树吸引了我们的眼球，2棵树相隔不远，树冠接了起来，撑起了一片广阔的绿色天空。不难想象，炎炎夏日，曾有多少代人在大树下纳凉，昼看碧水缓缓流淌，夜观明月繁星。端起一壶茶，摆开龙门阵，谈谈嫦娥奔月，说说牛郎织女。一直羡慕有大树的居所，大树如同一位老人，庇佑着一代又一代子孙，它经历了漫长的历史，看惯了世事变迁，它曾为子孙的智慧而欣慰，也曾为他们的愚蠢而叹息。

河的两岸有许多明清时期老建筑，好多民居用石头垒成了院落。巷道交错，临巷道的房屋基本被改造成了小资情调的酒吧、风情旅馆、风味饭店和土特产商铺。巷子里来来往往的人较多，有买东西的，有漫无目的观光的，也有欣赏巷子文化的。

走出巷子，来到一个池塘边上，这里有长长的回廊供游客休息。周边的建筑在河面上呈现出倒影，眼前没有了遮挡，才发现这个镇子为群山所环抱。

沿一条河信步而行，岸边有一些古建筑，更多的民居已被打造成民宿或正在成为民宿，也有许多新建的房屋将加入民宿行列。

黄姚古镇具有悠久的历史，古木、碧水、翠竹、青山、明清老房子构成了一个世外桃源。加上近几年快速推进的旅游休闲元素，使得黄姚古镇在众多古镇中脱颖而出、名声大噪。目前，黄姚古镇还算是中等开发，不知道未来会不会因为进一步开发而丧失古镇的灵魂。

离开黄姚，赶到了临贺故城，这座始建于西汉的古城是全国重点文物保护单位，却鲜有可圈可点的景点。

晚上，夜宿贺州。夜晚的贺州城显得很冷清。

2018年2月18日　贺州　姑婆山

贺州有着众多旅游资源，除了黄姚古镇，还有十八水和姑婆山。

出了贺州城，有一条路直通姑婆山景区。没过多久，就进入了山路模式，狭窄、多弯道，更为要命的是车辆多的如同长龙。到达景区，巨大的停车场已经停满了车，湖南、广东牌照的车辆很多，看来姑婆山在湘粤桂交界处的名声还是挺大的。

天色不太好，但满眼的绿色也让人心仪。摆渡车把我们送到了最远的一站，考虑到时间和天气原因，我们放弃了步行登顶的打算。

沿着森林里的步道来到了仙姑瀑布，瀑布高约30米、宽5米，如同一条白练，在阳光下银光闪闪，下有一潭碧绿的清水，水质洁净。瀑布两旁是参天古木和悬挂绝壁之上的藤萝，郁郁葱葱，更显瀑布洁白之美。

仙姑草坪是一个休闲活动区，好多游客在此休息。

继续往里走，进入了九天峡谷，一路高攀，感受到了幽谷的幽深。峡谷里的空气湿润、清新，肺部也不由得活跃了起来，尽情地张弛。和其他峡谷一样，一路上看到不少的瀑布，落差虽不大，但也给这个峡谷增添了些许灵动之气；长满青苔的山石间溪水潺潺流动，使洼地形成了潭，一汪汪水如同碧玉散落林间。峡谷的顶端有一个气势较大的瀑布。路上，偶遇一只精灵似的小獾，它并不介意我们三个不速之客对它的关注，我行我素地在树丛中觅食。

最后，我们来到瓦窑冲景区，这里有成群的猕猴，有的猕猴在林间穿梭打闹；有的彼此依偎，互相扪虱；有的在尽情享受游客们投递的食物，更有甚者向游客讨要。尽管场面很乱，但猴妈妈还是尽心尽力照顾好自己的幼崽。看着它们矫健灵活的身姿，以及吃东西时贪婪的神情，游客显得很兴奋。

姑婆山的森林覆盖率高达99.55%，负氧离子浓度极高。美丽的瀑布、幽静的峡谷、清澈的溪水、碧绿的潭水、与人近距离接触的猕猴群，这些解释了姑婆山高人气形成的原因。景点多而分散，人虽多，但不显得拥挤，整体环境比较整洁，值得花一整天的时间在此消磨。

离开了姑婆山，出去的路上依然很堵。去下一个目的地——宜章，没有高速，行驶在G323上，一条道路在崇山峻岭里蜿蜒。一会儿，左侧是山，右侧是河；一会儿，右侧是山，左侧是河。尽管有许多弯道，偶有车辆缓行也难以开快，但在景色美丽的大山中行走也是一种享受。好多年前，这条国道应该是江西—广西的重要通道，承载了重要的社会意义。

到达宜章，天色已晚，入住的饭店已没有晚餐供应。上街吃了顿驴肉火锅，味道不错！

2018年2月19日　赣州　郁孤台和八镜台

江西简称赣，可见赣州在江西历史上的地位。赣州有建于宋代的地下排水体系——福寿沟，800年未曾内涝过一次。几年前好多城市内涝，这座古城曾名噪一时。

许多历史名人也曾与赣州有过渊源，包括苏轼、文天祥、周敦颐、辛弃疾、王阳明、海瑞。这里也是中央苏区所在地、红军长征的起点城市。

沿着一条古巷进入郁孤台景区，郁孤台因坐落于山顶，郁然孤峙而得名。原本平常，辛弃疾的名篇《菩萨蛮·书江西造口壁》让其名扬天下，不少名人慕名而来。与《永遇乐·京口北古亭怀古》相比，这首词在气势上显得柔和了一些，但忧愤之心不减，而笔法更为老到！站在郁孤台上看着一江春水，岁月正如词中所说："青山遮不住，毕竟东流去。"感叹时光的同时，对于世事无常的感叹更让人忧伤。当然，我们也可以理解为流去的是坏的光阴，好的时代终将会到来！

下了郁孤台，沿着宋城墙往前走，左边是章江，临江而建的城墙虽不算雄伟，但在古代也是固若金汤了。

途经蒋经国故居，虽不宏大，但也算是设计独特。

天很热，假日里来享受春光的人们被晒得头昏。路边，好多花已经盛开，真是春色撩人。这里的春天要比扬州早很多！

八镜台建于城墙的拐角处，比一般的角楼要高大许多。它有近千年的历史，登上八镜台，赣州的八景一目了然，故得名。这里有宋代建的瓮城，保存较为完整。站在楼上可见一奇观：章江和贡江在这里汇合成赣江，2条江水有色差，可以清晰地看见分界线。站在八镜台上远眺，气象还算不错，想来，古时没有那么多的建筑，可见度也要高许多，景色应该更佳！

赣州之行纯属即兴而定，却感受到了这座城市深厚的历史底蕴，不由得想，如果有一篇媲美《滕王阁序》的《八镜台赋》，八镜台和赣州的名头会不会要响亮许多？好多时候，搞不清是一个地方成就了一位文人，还是一位文人成就了一个地方。

离开了赣州，我们又面临选择，是去龙虎山，还是去武功山，两个地方的未来天气都是雨天，最终我们选择了后者。从赣州到宜春，我们奔了近5小时。一路上，反方向南下的车排成了长龙，好多人已经匆匆结束了春节的假日，返程珠三角注定又是一趟煎熬的行程。

2018年2月19日　宜春　武功山

早上，天下着雨，没有急着赶往景点，9点多钟离开宾馆，希望雨能像预报的那样会停。穿行于蜿蜒的小路到达景区后，雨还在下着，只有带着雨具上山了。从售票厅的大屏幕上看到了武功山的招牌景象——高山草甸，看来这次是无缘得见了。

摆渡车从景区大门将我们送达石鼓寺。穿好雨披，在斜风细雨中来到了缆车点，坐缆车到达了中庵。下了缆车，站在平台上整理衣装，远方的山隐身了，但近处的山还是可以看到。忽然，一阵风起，从山谷里腾起一团巨大的云雾，一下子就把能看到的山给遮住了，感觉像《西游记》里妖怪出现的场景。又一会儿工夫，云雾散了，山又显露出来了。

沿着栈道往前走，起初感觉到凉风飕飕，拐过一块巨石，又感觉到了一股热浪。远景看不得，只能捕捉眼前的一些近景，没有叶子的树枝在云雾背景的衬托下，显现出清晰的脉络，好像铁艺制作的艺术品。偶尔也会有视线好的时候，可以看到远方的山头在云雾的包裹下露出一个局部，呈现出一种水墨画的意境，这是大晴天难以看到的效果。云雾是一位技艺高超的魔法师，让美丽的景色变得更美，当然了，也能瞬间把美景给变没了！

越往上走风越大，云雾也更加弥漫，眼前的景物基本消失了。到达上金顶的索道点时，由于风大，缆车暂时关闭了。等了一会儿，才又重新开放。进了缆车箱，没有感觉到高升，因为没有了参照物，倒是感觉到了强烈的晃动感，坐过好多次缆车，像今天这样风雨飘摇的还是头一次！云雾淡化了人的恐惧感，无论是身处于风雨飘摇的缆车里，还是行走于悬崖绝壁的栈道上。回首来时路，无惧！

下了缆车，向金顶进发了百十步，感觉到风势越来越大，从金顶下来的人都在描述着大风的恐怖，当然了，上面的情况是伸手不见五指。

在一个能避风雨的地方待了一会儿，风势未见减弱，便决定步行下山。

向下走了一会儿，风小了许多，雨基本也停了，山坡上尽是枯黄的草。一岁一枯荣，以后找个夏季时间再来看一坡绿色和万亩草原吧。

回到石鼓寺，见一拨人正准备步行上山，想想天色渐晚，山上雨大风急，这些人"胡为乎来哉"？可能这才是真正的玩家，适应各种气候条件下的攀登，适应各种环境下的生存，体验各种具有挑战性的生活。

上山的日子总是多雨的，记忆中，三清山、苍山、华山、梵净山、张家界、武当山都是在雨中游览的，这次武功山也未能例外。在游客服务中心的大屏幕上看到了云中草原的魅力，以及户外天堂的风采。期待下一次来云中草原漫步。

2018年2月20日　南昌　江西省博物馆

一早，雨还在下，我们离开宜春，开始了返乡的路程，将南昌和景德镇作为途中的两个停靠点。

一路上，车辆逐渐多了起来，我们汇入了返回长三角的车流中。随着时代的发展，开车回家过年成了许多人的选择，车站的拥挤有所缓解，而高速的拥挤就在所难免了。年前，车子成了移动的小家，向着更大的家归去；年后，车子又成了交通工具，载着人们回到小家。

在雨中行进了3个多小时，到达了南昌。江西省博物馆不大，主要展示了江西境内的出土文物，展现了这个区域的发展历史和独特的文化。让人感到惊奇的是，无论是黄河流域、长江流域，还是其他文明的发源地，新旧石器时代的一些文物具有惊人的相似性，一些陶器的造型甚至雷同，反映了各个地区先民在实用性认知上的高度一致。当然了，也有一些文物具有独特性，反映了各个地区先民对于自然、生命认知的差异性。

江西省博物馆的亮点是"海昏侯出土成果展",海昏侯本是历史上反面君王的典型教材,幸运地让他获得了皇位,但他在位不到一个月,就被霍光废黜,霍光也因此举给家族埋下了祸根。历史基本上已经忘了海昏侯的存在,而考古的发现让他重出江湖,再次登上历史舞台。当然,不是因为他自己,而是因为他的那些陪葬物。看着那些堆成小山似的黄金、钱币,以及数量众多的陶器、玉器,很难让人想象这是一个废帝所能拥有的。

走出博物馆,看了一下导航,高速上很堵,只得从下面的省道去景德镇了。位于鄱阳湖南面的省道穿过了许多小湖泊,路两边有许多水产养殖,这里的虾蟹产业应是不错。穿过许多小村庄,车速不是太快,但看看与省道平行的高速上,由汽车灯光形成的长龙一动不动,心里不由得感到欣慰。在省道上行驶了20多公里,上到高速上,一路来到了景德镇。

2018年2月21日　景德镇　陶瓷博物馆

来景德镇就是为了去陶瓷博物馆了解一下有关陶瓷的知识,以及有关景德镇陶瓷的知识。作为四大瓷都之一的景德镇陶,其瓷博物馆是中国较大的陶瓷类博物馆。

陶瓷无疑是人类杰出的发明之一,先民无意间发现了黏土在火的作用下具有改变性状的性质,进而有意识地去改变原料和工艺,让其具有更为稳定的特性。无固定形状的黏土变成了千姿百态的器物,并在实用性的基础上被赋予了艺术使命,从而具备了艺术品的特性,民间就有"玉有价,瓷无价"的说法。

博物馆人不多,在讲解员的引导下,沿着陶瓷的历史脉络,开始了我们的参观。展厅按照历史的顺序排列,从旧石器时代、新石器时代的陶器开始,那个时代的器物虽显得粗糙、笨拙,但那是陶瓷生命的起点。随着人类的发展,陶瓷在质地、色彩、形状、用途等方面都发生了变化,每个时代各有特点。

高岭土的发现是陶瓷质地改变的重要一环,而高岭土的命名就是由于它的发现是在景德镇高岭村。不同成分的土之间按比例混合,就形成了不同的质地。火候的把握则是从土蜕变成瓷的关键。不同窑的造型,不同的燃料,不同的烧火方式,不同的烧结时间,许多的因素迭加在一起,也就导致烧制成好瓷的成功率不高。人类在一次次失败的基础上逐渐掌握了如何去控制这些复杂因素,没有温度计、没有温控装置,完全看火苗,一件件艺术精品就这样诞生了。

开始时,陶瓷只是为了实用性,锅碗瓢盆缸是主要的器形。在这个过程中,每个制作陶瓷的人自然而然地把自己的喜好附加到陶器上面,器形漂亮的无疑会被其他人模仿,启发了人类创作的思想，陶瓷成了承载华夏美学思想的重要载体。一代又一代的人在前辈的基础上，不断创新。造型在不断变化，游走于简约和繁复之间；有了越来越多的装饰部件叠加到陶瓷上面，陶瓷承载了人类对于生活、生命、宗教、自然的认知。

釉质的发现使得陶瓷有了晶莹的外衣，瓷器也就因此变得美丽起来，单色显得纯美，彩色显得华丽。

随着时代的进步，以及科技的发展，新的科技手段不断被应用到陶瓷生产上，古人所不敢想的、做不到的，现在的陶瓷业已经全部实现。陶瓷造型已经从平面、圆、方走向了立体，从简约走向了繁复，从小巧走向了硕大，甚至一些作品达到了以假乱真的水平，一粒花生、一朵鲜花无比逼真，色彩的应用可以像画水墨画、水彩画一样用色自由。

那些年代久远的艺术品，不知道何人制造了它，它的制造者必然是一个爱生活、爱美、懂艺术的人，他们没有在历史上留下姓名，但留下了经久不衰的作品。也不知道多少人欣赏过它，欣赏它的人必然和制造它的人有了隔空的共鸣。

曾经景德镇烟囱林立，国营瓷器厂就有10多家。随着时代的发展，国营厂已经不复存在，代之的是众多的工作室，以及其身后的私营企业。

博物馆的一楼有陶瓷专卖区，有多家工作室在此设点。眼前的陶瓷真可谓琳琅满目，流连于其间也是一种享受。购物的冲动挡也挡不住，只是想把一些艺术品带回去，待得有空时拿出来欣赏。

下午2点，我们离开了陶瓷博物馆，往西递古村进发，想去看看粉墙黛瓦。一路上依然是车流浩荡，服务区基本"沦陷"了。在赣皖交界处，往苏南、浙江的车辆成了主流。

下了高速，沿着山间的柏油路来到了西递古村，入住靠近西递景区的一家民宿。假日已结束，酒店里比较冷清。

2018年2月22日　黟县　西递古村

从酒店到景区只有几分钟的车程。大概是2004年的时候曾经来过西递，景象似曾相识，但来时的路已经没有一点印象了。那时候，西递、宏村刚被定为世界文化遗产没几年，人们也才知道皖南古村落，西递是我们这么多年来探访过的众多古村落中的第一家，也是印象较深刻的一家。

景区门口的一亩方塘依然映照出蓝天白云，不远处的山脊蜿蜒起伏，像极了笔架，古代人对于文脉很重视，选择这样的环境定居，冀望人才辈出。方塘边的一条小路直通村口！

村口的牌坊成了这个村子里历史上众多牌坊中的唯一幸存者。牌坊是古徽州文化特征的重要代表，反映了古徽州人对于"忠孝节义"的尊重，以及人们对于家族荣誉的自豪感。牌坊也是徽州石雕技艺的展示平台，人物、动物、花卉非常传神，让人叹为观止。整个村子的入口很小，古时，出于安全的考虑，村落的选择一般是依山傍水。进入村口，街道巷子逐渐纵横交错起来，天地也就越来越大了。

宅院是西递的精华所在，有官家宅第、文人宅第和商贾宅第之分。徽州出人头地的大多是寒窗苦读或者在商海打拼多年的众多人中的佼佼者。功成名就之后，回乡建一个宅院是通常的做法，一方面算是光宗耀祖，另一方面给自己退隐山林做一个准备。每个宅院都有自己的特点：凌云阁的回廊、旷古斋的官家气派、桃李园的书法、西园的石雕、东园学子苦读的书斋、惇仁堂的天井、笃敬堂的哲理楹联、大夫第的"山市"、膺福堂的门罩等。院子的主人就是设计师，他们有一些共性的理念，比如"终身平静"，同时他们会把自己的做人、做事态度，以及对自然、世事的理解融入这个院子里去，以期百代传承。

宅院的精华是三雕，宅院的门楼是展示砖雕技艺的地方，虽然内容不尽相同，但所展示的精细程度都显示了主人对门面的重视。透窗、柱础、门上的匾额和门口的石狮子是

展示石雕技艺的地方，西园的"松石图""竹梅图"无疑是石雕中的精品。宅院里门窗和横梁上都可以看到木雕作品，有展现故事情节的大型木雕，如文王访贤、桃园结义、八仙贺寿等，构图精巧，人物刻画活灵活现。在这些雕刻的装饰品里，好多被赋予了主人的情怀，如百可园"落叶归根"的那一片叶子、桃李园"冰梅图"的那一条条冰裂纹、西园"种春圃"后面的那一块菜园、膺福堂"清风徐来"的那一种淡然悠闲。

文化则是整个村子的灵魂，每个宅院里都有属于自己的文化信仰，这种信仰多用文字来表达，楹联和匾额则成了重要的文化载体。先人把自己的处世哲学刻成了楹联或者匾额，每时每刻都在警示后人，久而久之就形成了家风。这些文化涵盖做人、做事、读书、经商等诸多方面。其中，比较典型的楹联有："几百年人家无非积善，第一等好事只是读书""世事让三分天空海阔、心田存一点子种孙耕""孝悌传家根本、诗书经世文章"，等等。其中"作退一步想"的匾额则体现了一种看淡世事后的豁达与淡然。

西递的宅院大多数还是本家后人在住，白天供参观，做些买卖，晚上就回归正常的家庭生活。宅子还保留着原本的面貌，村落不光是游客的天堂，还是居民的家园。家家户户的门上贴着红红的春联，是手写的，而不是印刷的，真草隶篆，龙飞凤舞，可见文风不减。这是一个有传承的村落！

好多村落在经济大潮下，小桥、流水、人家成了卖点，原来的家被极力包装成商铺、酒吧、茶吧、咖啡馆，"人家"真的成了人家的。幸哉！西递还是一个有生命的村落，小桥流水，人家依旧。

西递是我们探寻古村镇的起点，此后探访过一些有名的古村镇，大概不下20个，而以皖南的居多。个人把古徽州的遗珠视为中国古村落的典范，皖南先人给后人留下的家园模板，成为忙碌的人心灵休憩的场所。

离开西递，结束了本次旅程。这趟旅程是自驾距离最远的一次，足迹到达了皖、鄂、湘、桂、粤、赣6个省份，驻足安庆、平江、衡阳、阳朔、贺州、宜章、赣州、宜春、南昌、景德镇、黟县等县市，探访了3个古村落，游历了3座名山，参观了2个博物馆。第一次看到了春节期间古村镇的人文景观，第一次体验了民宿，第一次伴随返乡返城大军，感受他们生活的节奏。

（2018年4月22日初稿）

河西走廊之行

台历从来没有像今年上半年这样标记得密密麻麻，一再被延期的出行计划，今天终于启动了。

与之前走宁洛高速相比，新永高速路况较好，缩短了行程，下午5点前就到达了登封。投宿去年曾经入住过的位于嵩山脚下的酒店。和去年一样，选择了那里的露天餐厅，熟悉的海鲜大咖、自酿啤酒、烧烤。远方落日下的高山，草丛里蛐蛐的鸣叫，晚风吹拂，从黄昏直到夜色阑珊。

酒足饭饱后，于夜色下，在酒店里绕行了一圈消消食。

去年没有来得及去嵩阳书院，这次将其列为第一站。史上"四大书院"之一嵩阳书院，坐落于嵩山脚下，曾有范仲淹、司马光、程颢、朱熹等名家大儒在此传道授业。整个书院的建筑物采用传统的对称式，中轴线分布一些主殿。大唐碑和汉封将军柏位于中轴线左侧。大唐碑碑制宏大，碑高9.02米、宽2.04米、厚1.05米，显得厚重无比，颇具盛唐气象。大唐碑的石刻、书法、碑文号称"三绝"。

汉封将军柏，有着四五千年的树龄，虽然饱经沧桑但依然枝叶繁茂、遒劲有力。"二将军"的一个树枝形成了天然观音像，颇为神奇！将军柏和中岳庙那些有着两三千年树龄的柏树是登封这座城市无声的名片，它们见证了中华民族发展演化的历史。时间改变了人类，人类改变了世界，而这些古木见证并经历了这些巨变。

现场有游学活动，一些学校在此举行小学生传统入学仪式，学生们着汉服、行汉礼、拜孔圣、读古训，整个活动过程充满了仪式感。

从嵩阳书院出发，过郑州、三门峡、潼关进入陕西。途经眉县，眉县杨家村出土过许多青铜器，可见其历史悠久。眉县横渠镇是张载的故乡，张载的名字很多人不熟悉，但他的"横渠四句"如洪钟巨吕，响彻千年，那就是："为天地立心，为生民立命，为往圣继绝学，为万世开太平"，明代大贤王阳明便将此作为座右铭。

　　傍晚，到达太白山脚下的一个小镇。小镇上竟有一个水世界游乐场，可见水资源之丰富。经过多年的连续打造，小镇旅游业基础已经颇具规模，餐饮当然是其中较为红火的行业。露天而坐，享用美食，吹着天然的凉风，也无蚊虫骚扰。

2018年8月6日　太白山

　　太白山是秦岭的主峰，这里有着中国海拔较高的森林公园。

　　游客中心离景区有点远，摆渡车从镇子里穿过，开了近半小时才到达景区。不知道这样的设计是出于何种考虑？

　　晴空丽日，对此行充满了期待。

　　到达第一个景点——莲花瀑布，规模不算大，甚至显得有些小巧，如薄纱一般覆盖在山石上，但给人以缥缈、灵动的感觉，瀑布下的潭水清澈见底。

　　沿三国古栈道步行，对面的山体如铜墙铁壁一般，给人以壁立千仞的感觉。

　　步行到达第二个景点——泼墨山，未停留，乘索道缆车去"天圆地方"。行至一半，即感到凉气嗖嗖，赶紧穿上事先备好的衣服。下了缆车，山顶上正下着雨，温度更低了，好在雨披穿起来遮雨又挡风。山顶的能见度很低，看来，太白山之行又将是一次雨中漫步了。

未走多远，便来到了海拔3511米的"天圆地方"，这是太白山的一个地标，除了能看清一堆岩石和其上的刻字外，周边景象几乎不可见，至于说"神州南北界，华夏分水岭"的景象更是难以体会。

与山下相比，"一山分四季，一里不同天"的描述倒是无比贴切。一片水雾弥漫，想来天色不会放晴，只得沿着栈道小心下行。看不到景色，倒也好安心看路。就这样，放弃了去"大爷海"的行程，选择了下山的路线。懵懵懂懂地便来到了拜仙台。拜仙台是一块伸出去的巨大岩石，像高仰起的船头，形成一个天然的观景台。这里视野开阔，加之天色稍微放晴，可以看到连绵的青山和翻滚的白云。这是本次在太白山顶看到的最好景色了，也算是弥补了一点遗憾，稍微欣赏到一点美好的景色让人的心情也好了很多。

放弃了乘坐索道下山，将这次太白山之行演变为一次体力拉练，一行人硬撑着徒步下行到了"世外桃源"乘车点。虽然是走下来了，但大腿和小腿肚子感觉有点不自然了！明天又将是一身的酸爽！

摆渡车上，疲劳的游客们昏昏欲睡。

告别太白山，赶往宝鸡，投宿酒店，然后打车去品尝陕西小吃。这里小吃品种众多，食客也是络绎不绝，各种陕西特色小吃很是刺激人的味蕾，大家风卷残云，个个酒足饭饱。

步行回酒店的路上，顺便欣赏宝鸡夜景，城建还是很不错的，商业街区很繁华，南方的地级市也不过如此。

2018年8月7日　陕西宝鸡-甘肃天水

宝鸡，古称陈仓，是一座历史名城，也是兵家重地。石鼓和西周青铜器是这座古老城市的2张闪亮名片，其中陈仓石鼓是九大镇国之宝之一。

青铜博物馆是宝鸡的标志性建筑之一，设计风格独特，"平台五鼎"的造型，气势雄伟，浓缩了西周列鼎制度的深刻内涵。

作为西周和秦的发祥地，宝鸡历史悠久，文化底蕴深厚。青铜器兴盛于西周，宝鸡自然就成了青铜器的发源地，事实上，宝鸡出土的青铜器也是较多的。博物馆里陈列了西周、秦汉以及后世历代王朝的青铜器物，有1.2万多件。其中，何尊、厉王胡簋、墙盘等在内的限制出境的文物有10多件。

作为礼器，西周的青铜器显得敦厚庄重，有股子霸气，青铜鼎更是作为国家、王权、地位的象征，器形、饰纹、铭文都非常精美。每一件带铭文的青铜器就是一份历史记载：厉王胡簋讲述了一个民族情结的缘起；墙盘介绍了西周文、武、成、康、昭、穆六王的文治武功；国宝重器何尊重点呈现"营建洛邑，宅兹中国"的铭文特写，追溯了"中国"二字的由来。

秦以后的各朝代虽也制作青铜器，但逐渐将青铜器物从礼器转向具有实用功能的生活器具，从外形到内涵都发生了变化。

行走于这些青铜器之间，仿佛游走于历史长河之中。青铜器是冰冷的，历史也是冰冷的，但冰冷的青铜器记载了历史的瞬间，留下了后人窥探历史的一个小窗口。越是久远的古物，其上面的字越是宝贵，真可谓"一字万金"，足见后人希望通过文字了解历史的急迫心情。

博物馆旁边有一家"臊子面"展示店，装修颇有文化特色。虽过了饭点，但服务仍很热情，几道凉菜，一碗热腾腾的臊子面，好吃且不贵。

从宝鸡到天水，一路上，重峦叠嶂，穿过了许多隧道。山上的植被茂盛，渭河水在山谷里蜿蜒前行，颜色和黄河水差不多，黄与绿色彩分明，而又相互依存。正是这片山川大地孕育的西周文化和秦文化深远地影响了中国的历史。

下了高速，在山间的公路上游走了近1小时，四五点钟，赶到饭店。这是一座花园式的酒店，入口很普通。处于山谷之中，喷泉、流水、湖泊、草地，与泰国的度假酒店颇为相似。

刚进入房间，外面便响起闷雷，随后下起了雨。躺在沙发上，透明的落地窗外是青翠的山峰，除了滴答的雨声，一切都显得那么宁静，间或有一两声老鸹的叫声。午后，窗外雨依旧潺潺，卧听风雨，也是一种难得的放松。

雨后，天放晴了，碧空如洗。漫步在花园里，凉风习习，雨后的草地格外青翠，小溪里流水汩汩，奔向那一方湖泊。湖边的长廊通向湖心，漫步其上，看鱼儿三五成群地游弋，白鹅悠闲地在绿水上拨弄清波。湖边的柳树、远方的青山、天上的白云在湖面上留下了美丽的倒影，形成了一个幻化的世界。远方的青山呈露丹霞地貌，一条白练般的瀑布挂在山上，整个画面颇似南太行的风景。

沿着山间小道去往麦积镇，足足开了20分钟。沿途有几个村落，村民们在悠闲地打发傍晚时光，一条条小路通向更深处的山里人家。一路上森林茂密，远方一片葱茏，颠覆了我们对甘肃干旱、苍凉的印象，完全是一派江南景象。天水素有"陇上江南"之称，果然名副其实，比"塞上江南"的银川要更为贴切。我们在镇上收获到了桃子、西瓜、香瓜等水果。

公路两边有许多农家乐，各家店面都挂着火红的灯笼，旅游业让这些村落呈现一派兴旺的景象。在返回途中，选择了道旁一家饭店用餐。村子里弥漫着柴火的味道，勾起了人们心底里对古老家园的思念，我们也对这顿晚饭充满了期待。40多岁的一对夫妻，忙活了1小时，弄了一桌子菜。凉拌的山间野菜清香爽口，特色排骨、柴火鸡味道好、分量足。

2018年8月8日　天水　麦积山石窟

酒店里现场制作的牛肉面（即拉面，但甘肃人习惯叫作牛肉面）味道很好，用完早餐，沿着昨天走过的那条路，一路来到麦积镇，继续往前到达了麦积山石窟景区。

天气真是不错，晴空万里，碧蓝的天上飘着些许悠闲的白云，从容而淡定。在导游的带领下，我们徒步进入景区，在几个观景点远景仰望麦积山——因形似麦垛而得名。山体为丹霞地貌，山顶有绿色的植被。在蓝天白云的大背景下，整个山体显得异常醒目。毋庸置疑，麦积山石窟的自然景观要比其他三大石窟好很多。山体上有许多石窟，最高的石窟离地80多米，几尊大的佛像清晰可见，颇为雄伟，而那些连接众多石窟的栈道显得颇为奇特，不难想象古人建造石窟的艰辛。

　　麦积山本是一座很平常的小山，是石窟使它有了显赫的名声，如同本是寻常的纸张，由于附加上了名家的书法绘画而变得价值连城。麦积山石窟是我国四大石窟之一，其历史要比云冈石窟和龙门石窟久远，起源于后秦。云冈石窟和龙门石窟如同横幅画卷，而麦积山石窟则是竖轴的。

　　出于保护的目的，好多石窟被铁丝网挡住，很难看清塑像以及壁画真面目。偶能看清时，不难发现好多塑像的表情并不是那么庄重，而是更具有世俗化的表情，一颦一笑更接近常人的神态。这里有一尊微笑的小沙弥造像，很是特别，这是创作者的无心之举，还是有意为之呢？我个人觉得后者的可能性更大。

　　站在栈道上眺望远方，除了天空便是连绵的青山，偶露一块丹霞地貌。此情此景，使人一下子会有种飘忽的感觉，内心有种空荡荡的感觉，说不清是受到了一种莫名力量的震撼，还是短暂脱离喧嚣尘世后的感悟。关于生命，关于未来，人类还所知甚少。千百年来，这些佛像静静地注视着远方，偶尔能听到丝绸之路上传来的阵阵驼铃声。虽经历了世间沧桑变化，饱受风霜雨露的侵蚀，但永恒于天地之间！

离开麦积山，驱车向兰州方向进发。正如麦积山的导游所说，过了天水，就没有绿水青山了。沿途的植被越来越弱，地貌也就越来越差了，从青山逐渐到不毛。G30连霍高速在群山里穿行，隧道一条接着一条，可以想象造路时的艰难。正是一代又一代的劳动者，他们改造了世界，地理上的隧道如同时光隧道一样，让远方可及，让另一个世界可以触碰。

过定西，赶到榆中，投宿酒店。在酒店里用餐，2斤手抓羊肉、酸辣汤、韭菜盒子、两三道凉拌菜，犒劳饥肠辘辘的旅人。

2018年8月9日　兰州　甘肃省博物馆

从榆中到达位于兰州市区的甘肃省博物馆花了近2小时。

在古生物馆里，看到了小学课本里介绍过的"黄河象"化石，这是世界上保存较好的黄河剑齿象化石。沧海桑田，甘肃也曾经是非洲矮草原的生态。虽在电影电视里看过恐龙的画面，但是巨大的马门溪龙化石还是让人真实地感觉到自己的渺小。鱼化石简直就是一幅灵动的鱼戏图，一群嬉戏的鱼仿佛在不经意间被定格，这一定格就是上千万年，依然栩栩如生，即便是现代顶级的画家，也难以创作出这样的艺术品。

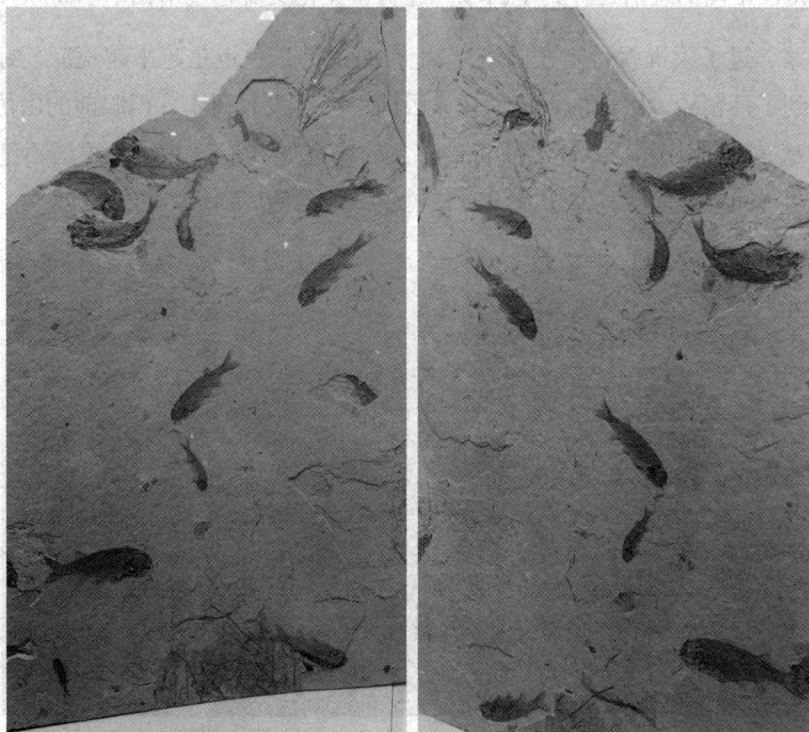

丝绸之路展馆门口的动画创意不错，介绍了丝绸之路所串联起来的城市，动态演绎了驼队从中国输出的物品和从西方世界输入的物品，让人一目了然。作为镇馆之宝的铜奔马——"马踏飞燕"，早已成为中国旅游的LOGO，它出土于丝绸之路的重镇凉州（现称武威。同地出土的铜车阵阵势磅礴，彰显了大汉朝的宏盛景象。

仰韶文化的起源地之一就在甘肃，彩陶是这一文化的代表性文物。彩陶大多朱砂底色，黑色或白色线条形成各色图案，文化特征非常明显。彩陶馆里展示了许多四五千年前的物件，造型和图案朴实，实用性和艺术性兼具，原始的生活气息和艺术感染力扑面而来。这些精品反映了先民对于美的追求，以及当时他们就具有的艺术创造力和高超的技法。面对这些古老的物件，不由得让人发出"江畔何人初见月，江月何年初照人"的感慨！

在博物馆纪念品店，我买了一幅丝绸之路贴纸，希望在不久的将来，能够与友人结伴自驾沿着这条神奇的路走一走。

出兰州，沿着祁连山脚下的河西走廊西进。地理上一条狭长地带的河西走廊是丝绸之路的咽喉，对于东西方世界的连接起了重要作用，影响了世界的发展。张骞凿空西域后，雄才伟略的汉武帝和一代战神霍去病的完美配合驱逐了匈奴，打通了河西走廊，建立了武威、张掖、酒泉和敦煌4郡，瓦解了匈奴对汉帝国在西部的封锁，打开了汉帝国向西的发展之门，使得汉帝国的统治延伸到了西域，经贸、文化交流越过了帕米尔高原。

高速修路，过了天祝就行走在国道312上，路边的景色也是越来越荒凉，好多山寸草不生。然而到了乌鞘岭，眼前的景色就让人眼前一亮，没有树木，但眼前的山仿佛被覆盖上了一条绿毯，在细雨中显得青翠欲滴，巨大的绿毯如波浪般起伏，绵延不绝，煞是壮观。公路在山谷间蜿蜒起伏，路边是田野和村庄，如同仙境一般。

　　乌鞘岭是河西走廊的东部起点，也是河西走廊的咽喉，曾经是横亘在丝绸之路上的一道天然关卡。南方的暖湿气流经过长途跋涉，已经无力再翻越乌鞘岭，乌鞘岭挡住了南方的暖湿气流，造成了岭南多雨、岭北缺水的状况。过了乌鞘岭，景象果然变得干涸、荒凉了。

　　过永登、天祝、古浪、武威到达永昌。夜宿永昌县城，永昌是一个寄托了人们美好愿望的名字。这个小县城有建于明万历十五年的钟鼓楼，也有国内仅有的骊靬文化。

2018年8月10日　张掖　马蹄寺和七彩丹霞

　　从永昌出发，奔向张掖。计划中的山丹马场之行由于景区整修而取消。汽车行驶在省道上，两边是草原或戈壁，很少有建筑，一眼便可以看到远处的祁连山。山体是裸露的，一派苍凉的景象。途中路过焉支山，不由得想起强悍一时的匈奴人发出的那句哀叹："亡我祁连山，使我六畜不蕃息；失我焉支山，令我妇女无颜色。"霍去病短暂而辉煌的一生如同一颗流星划过汉帝国天空，他的人生好像只是为了完成上天赋予的一个使命——打通河西走廊，拓展汉民族的生存和发展空间。

　　隋炀帝是唯一到过河西走廊的中原帝王，曾率10万大军巡边河西走廊，亲征吐谷浑，解除后者对河西走廊的威胁。他出扁都口，到焉支山下的张掖，于此举行了万国博览会。

　　几乎与道路平行，有一条不起眼的土墙，有的地方有残缺，还有的地方呈垛状，整条土墙长几十公里，这就是著名的汉长城遗址。它东起永登，西至酒泉，横贯了整个河西走廊，是用来抵御游牧民族铁骑的坚固防线，也成为丝绸之路的补给线。久远的岁月磨损了它刚健的身躯、模糊了它刚毅的线条，但仍然彰显出汉帝国对西域的宏大经略。所幸这个地方雨水稀少，否则可能早就荡然无存了。

　　过了"长城口"，上了G30。快到张掖的时候，路两边不再荒凉了，成片的农田，近乎清一色的玉米地。下了高速，沿着蜿蜒的县道穿过两三个村庄，最后的路段在修路，颠簸了近20分钟，才来到了马蹄寺。

　　马蹄寺景区并不是一个寺庙，而是一个寺庙群，包括普光寺、千佛洞、三十三天佛洞。与山西浑源的悬空寺相似，这里的寺庙也是凿绝壁而成，一座座殿堂错落分布在一面悬崖上，通过或明或暗的梯道相连接。人站在远方，对于整个寺庙的布局自是一目了然。每个殿堂都很小，供奉着不同的菩萨。僧人则在悬崖下建有普通院落。

　　三十三天佛洞的规模要比千佛洞大许多，而吸引的游客也是众多，远远看去，游客排成了长龙，下来一人才能放进去一人，以保证进入参观游客的总数在佛洞可承载范围之内。

马蹄寺之旅集祁连山风光、田园风光、佛教文化、裕固族文化于一体。可以欣赏青山、蓝天、白云、田野组成的自然美景；可以穿梭于田野间、村落里，在树下坐一坐，品茶聊天，到村落里品尝一下农家饭菜；可以参观寺庙，与僧人来一回坐而论道，听一下晨钟暮鼓在山谷里回响，敲击人的心灵；可以有机会一睹裕固族人民的生活样貌，听一听原生态的歌声，观赏一下朴实的民族歌舞。如果有机会在此盘桓几日，定能修养身心。

离开马蹄寺，奔向七彩丹霞，一路穿行于湮没玉米地里的乡村道路，直感叹高德导航功能的强大。

快到景区时，我们就看到了一座丹霞地貌的山体上呈现出窗棂状的立体结构，感觉像欧式建筑一般，与在贵德地质公园看到的极其相似。

作为张掖代表性的名片，这个景区的人气很旺，其中尤以黄昏时候游人较多，看来大家都是冲着夕阳下的美景而来的。

进入景区，天空中飘起了丝丝细雨。乘摆渡车来到第一个景点，眼前呈现出一幅美丽画面，如同油画，色彩斑斓而有层次，固有的立体饱满自不必说。沿着栈道登临山顶，山体表面是土壤，只有稀稀疏疏的矮草在风中摇曳；群山绵延，每条山脊成白色线条，不知是不是人行走的足迹。彩色的山体如同锦缎随风，也确有不少女性迎风展开丝巾，好像要与丹霞媲美。

到达第二个景点，雨势渐大，温度降到了20℃以下。穿起雨披，来到观景台，景色虽美，但天雷滚滚，闪电霍霍，广播里恶劣天气的预报一直在耳边回响。哪还有心思闲庭信步？只好匆忙离开，随着长龙般的队伍慢慢移动，好不容易上得班车，同行的7人散落在3辆车上，有种狼狈逃窜的感觉。乘车直接来到第四个景点，本想再上观景台看看景点，但是看到栈道上和观景台上挤满了人，天色也没有好转的迹象，也就作罢了。

带着看丹霞风光的心情而来，想感受苍山如海、残阳如血的壮观景象，奈何天公不作美，只有等下次了。遗憾也是旅行不可或缺的一部分。

驶离景区一会儿，回头看看，整个景区已经被乌云压顶，也就不后悔了。

甘州市场是张掖较具盛名的小吃市场，规模大，品种多。我们在这里体验了河西走廊上的美食。

2018年8月11日　武威　天梯山石窟

返程途中，顺道去看看天梯山石窟，该石窟被史界称为中国石窟鼻祖，想来自有其特殊之处。下得高速，行驶于山间的乡村小路上。天梯山山体呈流线型，山上的植被很稀疏，有一种"草色遥看近却无"的感觉。一个高坡后，眼前突现一片绿洲，有了成片的高大树木，与之前一路荒芜的景象相比，反差极大。再往前走，眼前蓦地出现了一片湖面，这就是黄羊口水库。

天梯山石窟就在水库边，进了景区往前走，水面越来越大，看不见尽头，不知道尽头在哪座山的后头。穿过一条一人多高的隧道，来到了大佛面前。建水库时特意修了一座大坝将大佛与水库分开，站在坝上仰视大佛，感觉距离还是近了一些。出于保护的目的，众多石窟里的佛像、壁画已经搬到甘肃省博物馆了。这尊大佛是天梯山石窟目前仅存的一座佛像，大佛高28米。

天梯山石窟地处"通一线于广漠，控五郡之咽喉"的武威，其艺术价值和历史地位不亚于麦积山石窟和莫高窟。天梯山石窟始于北凉时期，由昙曜主持开凿，后来他在云冈创造了著名的"昙曜五窟"。河西走廊几易其主，战争纷扰不断，佛教就有了生存的土壤，帝王和百姓都信奉佛教。特别是一些信佛的帝王，推动了这一地区佛教的发展，凉州曾经云集高僧，佛名远扬。凉州石窟独特的风格对同时期周边石窟的艺术风格起到示范和引领作用，对云冈、龙门、麦积山、新疆的石窟有着深远影响。

景区里还有一个陈列馆，以图片形式介绍了天梯山石窟之前保留下来的塑像、壁画，简述了所形成的年代及其艺术风格。

离开天梯山石窟，向设定的目的地会宁前进。在高速上又经过了乌鞘岭，3条隧道的总长度达到了40公里，当年修建乌鞘岭隧道也是在条件极其恶劣的情况下完成的，是中国筑路史上一段辉煌的篇章。虽只是匆匆一瞥，但窗外的景色已摄人魂魄。很少在行进的车上拍照，不由自主地拿出手机咔嚓了几张。

会宁，一个充满美好祝愿的地名，它是坐落于山坳里的一个小县城，但它却是中国革命史上的一座名城，中国工农红军一、二、四方面军胜利大会师于此，是伟大长征结束的地方。中国革命由此真的"会宁"了！

入住"会宁印象"，这是一家地方商务酒店，非常干净。

2018年8月12日　平凉　崆峒山

从会宁到平凉虽只有百十公里路，却花了2个多小时。甘肃的高速一方面限速低，另一方面不断有修路的地方，本来的两车道经常变成了一车道。

崆峒山号称"中华道教第一山"，西接六盘山，东望八百里秦川。虽位列5A级景区行列，管理却比较混乱，游客服务中心跟导航到达的地方距离5公里。询问那些貌似工作人员的人，不耐烦地用听不懂的话糊弄几句，就不再搭理你了。问了好几个人，才弄明白，这里只出售步行上山的票，如果需要乘车，需要到5公里以外的游客服务中心去购票。这里明明是游客中心发过来的大巴换乘上山中巴的站点，但不卖中巴车票。

我们从东门的步行入口进入，沿着上山的步道前进。树木繁茂，倒也阴凉，人不多，显得幽静。透过树叶，可以看到远处绿色的山峰和一片蓝天。不一会儿，台阶变多了，坡度变陡了，攀登的难度越来越大了。转过了一座山坳，来到了山的阳面。站在一个相对平缓的山脊上，对面的山和峡谷都是一片绿色，森林覆盖率很高。远方有一片与山高的平地，平地上有村庄，感觉村庄与白云离得很近。

平缓的路并不长，又开始了无尽的台阶攀登，不时听到鞭炮和吹奏的乐器声。往前继续走一阵，来到了一座道观，刚才听到的声音就是从这里发出的。从道观外走过，有了栈道，与之前的石台阶相比，坡度舒缓了许多，也可能是过了疲劳期，步履轻松了许多。上了一个小高坡，出现一片大平台，这里离中台游客服务中心不远，有许多游客在休息。稍事休息，过了"天门"，继续前行。到达一个观景台，有一座建在悬崖上的楼阁，凭栏远眺，对面山峰上错落分布着道观、塔之类的建筑物。在风的吹动下，白色的云层舒卷聚散，形态变幻很快；云层压得很低，快要触碰到远方的山尖了。

来到"上天梯"，一个近乎60°的陡坡呈现在眼前，看不到尽头，上上下下的人艰难地行走着。于是我们下定决心往上走，这果然是一段不太好征服的路途，有时候得用手拽住旁边的铁链，借力并增加稳定性。二三百米连续的坡道，一口气上去还是有点累。最后穿过一条天然隧道，到达了顶峰，视野开阔，晴朗的天气，使得周边诸峰一览无余。好多道观依山而建，被树木掩映，隐约可见。

这里和天水一样，森林覆盖率很高，一派郁郁葱葱的景象。脚下的亭台、眼前的山峰、远方无尽的青山和山谷里的村庄、城市，这一切在蓝天白云的大背景衬托下，显得和谐安逸。

下了天梯，从中台乘区间车下山。这次只走了一条线，对于崆峒山的诸多风景也只是略观一二。

因同行的人归家心切，于是驱车当晚赶到咸阳。

2018年8月13日　回程

早上9点，从咸阳出发，出潼关，结束本次西北行。当天横贯豫、皖2省，途经宿州时，受台风影响，遭遇暴雨，回到扬州，已近晚上10点。

本次行程5000公里，横贯了安徽、河南、陕西、甘肃，到达了"金张掖""银武威"和"金银不换的天水"。多年来，我喜欢上了自驾游，喜欢镜头拍摄般的推进感觉。在路上，时空变换之间，捕捉瞬间的美丽风景，收获片刻激动甚至感动的心情。

人已归，心未静。河西走廊是一片神奇的土地，是一条影响世界发展进程的通道。它的自然景观变化多端；它的历史悠久，多种文化交融。犹记车头所向的那一条条没有尽头的路，丝绸之路串起来的那一座座陌生的城市。湛蓝的天空、富有想象力的白云、绿毯般的青山、无垠的荒漠戈壁、梦幻的七彩丹霞，历历在目；仰韶彩陶、西周青铜器、北凉石窟，这些文化印记挥之不去。

（2018年9月16日初稿）

闽浙游

昨晚，行政部策划、组织的年会给2018年画上了一个圆满的句号！

午饭后，启动本次行程。从扬州到衢州，基本与返乡大军保持逆行，520公里用了约6小时，在春运期间已算难得的顺利。对面的车道上明显拥挤许多，归家人的车在高速上汇成了滚滚洪流。高速上滚动的字幕表明，交通部门正严阵以待即将到来的车流高峰。每年这个时候，中国大地上，由南向北、由东向西会形成几股奔腾的巨流，而在一周以后，这个巨流的方向将会反转。

暮色苍茫，乡关何处？车头所向，心安之所。回家过年是一种传统习俗，更是身处异乡的人们进行的一次次精神回归。

整个冬天没有见到几个晴天丽日，现在总算逃离了阴霾之地。雾霾的形成究竟是什么原因？该采取哪些办法防控？

夜宿衢州的酒店，地方很偏，周边一两个小店已经停业，开车走出六七公里吃了个饭。到了衢州，不由得想起一段往事，1993年大学暑假期间曾到衢化实习，转眼，25年的光阴已经飞逝。

2019年2月2日　江郎山和廿八都

江山市虽是衢州下辖的一个县级市，但却有烂柯山、江郎山和廿八都这样一些知名景点。烂柯山有盛名，烂柯人是历代文人墨客喜用的典故。由于行程路线的原因，我们选择了江郎山和廿八都。

乡道穿过村镇，本来不宽的道路边停着一些车车，不时有骑摩托车采购年货的村民穿梭其中，道路颇显拥挤。路上看到一个形状较为奇特的山峰，与周边的群山相比，显得有些突兀。进入景区门口，此前见到的那个奇特的山峰已经变成2座独立的山峰。从登天坪开始，沿步道前行，坡道不太陡，对于刚开始行程的我们来说比较合适。

站在会仙岩，对面的山体上刻着几个毛体红色大字——"江山如此多娇"，江山市借用这句话，多少让游客有了一点视觉震撼，震撼于苍茫大地间的江山，而非眼前的江山市。

霞客亭是观看三爿石的较佳场所，此时山脚下看到的2座山峰已经变为3座了。三爿石在群山中显得突兀而奇特，3座300米高，大小、形状各异的孤峰高耸于海拔500米的山地之巅，大有"一览众山小"的气势。3座山呈"川"字形，从不同的距离和角度看去，视觉画面完全不一样，刚才来的路上就已领略了其变化。霞客亭上有一座碑，其上载有《徐霞客游记》里面的章节，叙述了徐霞客当年来游所见，其"一变二、二变三"的描述恰如我们所见。高大雄伟的红层孤峰迥于周边的青山，醒目异常，被誉为"神州丹霞第一奇峰"。

从霞客亭下来，转向"一线天"，与其他地方并不一样的是，这里的"一线天"是"三爿石"中居右的2座山峰之间刀劈状的巷谷，谷顶的天空有几米之宽，称之为"一线"则显得俗气了一点。仰望天空，由于光学效果的原因，山的边界处显得很亮。两侧壁立千仞，沿着中间的梯道可以一直走到山的那一边，巷谷幽深，里面风很大。

　　江郎山不大，却属于世界自然遗产——中国丹霞的一部分，加之"三爿石"奇特的造型，确有其独到之处。

　　离开江郎山，上了G3高速，途经近3公里长的仙霞关隧道。仙霞关自古有"两浙之锁钥，入闽之咽喉"之称，与剑门关、函谷关、雁门关并称为中国四大古关口。留待下次来游！

　　进入廿八都，途经一座卧在溪流上的风雨桥，从北堡门进入古镇。导游告诉我们脚下就是古老的仙霞古道。道旁有一条人工小渠，引山上的泉水进入古镇，镇里的人就在门口洗衣、洗菜，与皖南一些古村落的生活方式相同。

　　廿八都因军事而生，坐落于仙霞关和枫岭关之间，地处闽、浙、赣3省的交界处，是仙霞古道上的要塞，三品武官衙门——浙闽游击衙门就是其军事地位的印证。廿八都因商贸而兴，仙霞古道是浙闽官道，是北上中原的交通要道。同时，它是钱塘江和闽江水系的陆路连接线，其重要性不言而喻。廿八都是行走于仙霞古道上客商和商队休息的场所，其商贸繁荣也就顺理成章了。

　　由于军事移民和经济移民的原因，廿八都成了文化"飞地"，姓氏和文化具有多样性，3600多人，就有142种姓，13种方言，在国内是独一无二的。其建筑风格也具有多样性，融合了浙、闽、徽、客家、西洋等多种风格，独特的地理环境使得众多古建筑得以保存完好，古民居、古厅堂依然风采依旧。

令我印象最深的文昌宫通过一个不起眼的小门进入，首先是一个百余平方米的小操场，进入正门后，有一殿供奉着文曲星，屋顶有壁画，描绘了《三顾茅庐》《文王访贤》《鲤鱼跃龙门》的典故，殿后有一座气势非凡的重顶歇山檐的木结构建筑，共3层，飞檐气势凌云。

浔里街是典型的古代小街，两旁有许多古宅第和老店铺——药店、当铺、绸缎店、杂货店，等等。和皖南一样，这里的宅子也注重门楼的设计和建造，以体现主人的财力和地位。

如今，祥和的廿八都还在书写着光阴的故事！

傍晚时分，我们赶到武夷山脚下，入住民宿，装修和服务尚可，感觉人气不旺。旁边的水上餐厅规模很大，生意很好，菜的分量和味道都很不错。

天气晴好！

可能是快到春节的原因，游人不算多。到了天游峰入口，从一个题额为"峥嵘深锁"的小石门进入景区，沿着不太宽的石阶向景区深处走去，台阶因势而建，好多石阶是在山石上凿出来的。路旁的山石上长满了青苔，也有一些顽强的植物扎根在上面。站在山脚下，仰望眼前的大山，如同刀切一般，又好似巨幕垂挂。山体上寸草不生。

天游峰是核心景区，道路难走。随着高度的上升，台阶越来越陡，游人的汗水越来越多。狭窄的台阶只容得下2人并排行走，从下到上几乎排满了上山的游客，主要因为有些体力不支的人站在那里喘气，后面的人难以快速通过。整个游人队伍的着装有点乱，有穿短袖的，也有穿羽绒服的，涵盖了四季的服饰特点。

站在观景台上看，九曲溪水异常碧绿，山体大多裸露，呈丹霞色，山顶上则长有一些树木。碧水在群山间绕行，水边不大的地块则被开发成田地种上了茶树。对面的绝壁上伸出了一块楔形山体，顶端在半山腰，有一个小亭子坐落其上，看上去很酷。

天游峰最陡的一段台阶，坡度超过了60°，用手拉着石栏杆，方觉得心里踏实。站在小平台上稍事休息，回首看，发现来时路弯弯曲曲地游走在山脊之上，好多人正努力前行。九曲溪的景色也看得更为真切，它在这里拐出了一个大大的"几"字，山之刚与水之柔得到了完美的结合。

我们来到一座庙宇前，这里有一个小广场，吃了点东西，休息了一下，准备抖擞精神继续登顶，却发现已经置身于天游峰顶，有点意犹未尽。

沿着梯道下行，山的这一面植被茂盛，穿行在树林里，看不到什么景色。来到山底，再看九曲溪，景象与阳朔遇龙河极为相似，河边也有许多修竹。令人感到意外的是，清澈见底的河水里居然有成群的大鱼，这一景象吸引了不少游客。

到了武夷山，气温近20℃，天空明净了，空气清新了。漫步观山景，山水变幻尽收眼底。

九曲溪漂流的等候点与游客服务中心一样，一色的付费按摩椅排开，这也是第一次见到景区有这样的配置。6人一个筏子，2个筏工，好多是夫妻档。这里的筏子集中出发，一时大有百舸争流之势。

九曲溪全长9公里多，有9个大的弯，故而得名。坐在筏子上看山，山的全貌更为清晰，临水的这面山山体近乎垂直。刚才我们攀爬的梯道几乎就靠近山体的边缘。现在看来，异常凶险，而当时并不觉得，生活亦如此，看不清大形势就不知道害怕。

登山时，俯瞰水；漂流时，仰视山。对山对水有了更全面的欣赏，从不同的视角观赏到了不同的风景。

与阳朔遇龙河漂流相比,这里河水一样清澈,环境一样幽静。虽然这里的视野更为开阔,但河边落叶的树木使得景致逊了一筹。这里的弯道较多,过弯道的时候,从不同的角度看身前身后景色,效果不一样。阳朔的山是远景,风格差不多,这里的山是近景,风格差异很大;阳朔的山是喀斯特地貌,这里的山是丹霞地貌。

摩崖石刻是武夷山的文化特征之一,九曲溪的每一曲都有摩崖石刻,历代文人的诗句和赞叹之语道出了每一曲的特点。

九曲溪漂流是武夷游的精华部分,游程历时1个半小时,镜头推进般的过程可以慢慢体会武夷山水之美。竹筏下缓缓的流水带走了繁杂的思绪和匆忙的节奏;筏竿的头部有金属块,敲击在河底的鹅卵石上,发出的清脆声音在空谷里回响,使周围的环境更显幽静。

茶文化是武夷山的重要文化符号之一,武夷岩茶名噪天下,大红袍更是重中之重。沿着清静的山谷小道往里走,天色渐暗,山谷更显幽静。脚下的石阶显得岁月久远,幽谷问茶本是雅士所为,大红袍的名头太大,好多人都想一睹芳容。小路边,能利用的地方都种上了茶树,一垄垄、一层层。总觉得梯田更适宜种茶,因为不需要蓄水,工程难度自是小了许多。夕阳照在茶树和竹篱上,反射出些许微光,显得无比静谧,一派怡人的田园风光。

三株六棵大红袍母树生长于九龙窠景区的岩腰上,作为古树名木列入世界自然和文化遗产名录,可见其地位不凡。母树背后的山石上刻有"岩韵"二字,与想象中的参天大树相距甚远,它们并不起眼,更谈不上惊艳。茶树扎根破岩,安身于半山腰,能经受三百六十多年风刀霜剑而享日月之精华,实属不易。"茶中之王"名副其实!20克母树大红袍曾经拍得20.8万元的天价,可见其珍贵!

从武夷山到三明,开了近2个半小时,入住酒店。

2019年2月4日　三明—龙岩　玉沙桥

虽说昨晚进入三明就看到了"好山好水好风情,数一数二数三明"的宣传标语,但鉴于今天要赶到龙岩，考虑到大年三十好多景点可能不正常开放，就没有省道安排正规景点游览。

玉沙桥值得一看。恰好行驶在去龙岩的途中，便从高速上下到S204，有一段路坑坑洼洼，好在已经过了中午，路上车和行人都不多。高速下行走了近1小时，导航上搜不到，停车2次问了当地人。路边泊好车，步行穿过农舍，才见真容！

这座桥是国家重点文物保护单位，始建于康熙年间，经历了300多年的风风雨雨，石头垒成的石阶直通桥头，桥上有几块牌匾，"朗朗上行""活活回映"显得与众不同。这座桥历史感厚重，风韵犹存，只可惜湮没在村落之中，孤零零地立于田野之间，没有了往日的荣耀。此时，我不由得想起了陆游《卜算子·咏梅》的意境，只不过主体换成了桥。这座桥和广西一带的风雨桥类似，建筑风格以全木结构为主。横卧于一条溪流之上，桥周边有几棵年代久远的大树，有可能是造桥时植下的。这几棵树像母亲对待孩子一样呵护着这座桥。

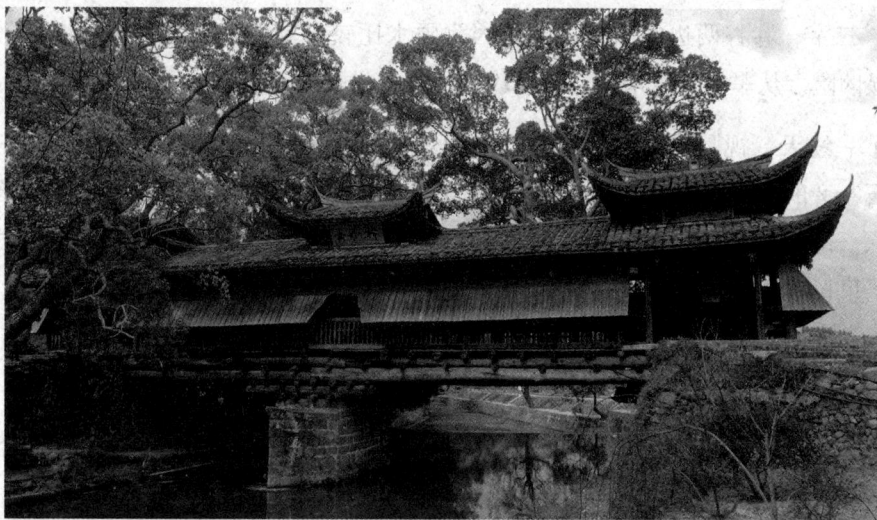

古桥和古木形成了一幅历史感很强的画面，依稀可见几百年来，人们在上面穿梭的身影。在桥上走了个来回，感受了一下这座桥曾经走过的历史，也成为它的过客之一。在四周看了看这座桥，多角度欣赏它的风采，选择角度拍了几张照片，就此别过。

离这座桥不远，还有一座与之年岁相当、规模更大的古桥，由于时间关系，未能去一睹芳容。

到了龙岩，这个地级市高楼林立，高楼数量多得让人咋舌，繁华程度不同一般。

入住酒店。酒店为外地游客安排了年夜饭，自助餐的菜肴酒水品种很丰富，服务人员的态度也很好，算是给异乡人带来了节日的温暖。

2019年2月5日农历初一（春节）　连城　冠豸山—石门湖，培田古村落

　　冠豸山和培田古村落这两个景点离龙岩也就1个多小时的车程，位于三明和龙岩之间的连城，虽是折回，但还是决定去看一看。

　　冠豸山景点还处于建设中，接待水平不高，接待中心和景点入口间的区域管理比较乱。上山下山，人流不息，不太宽的登山道上挤满了人。走了不一会儿，就浑身大汗了。大年初一，如此多的人登山，不知是图一个"步步登高"的吉利，还是让新的一年从出汗的健康生活开始？

　　天气晴朗，路两边的桃花已经盛开，春天总能让人感觉到有一股勃发的力量在催生着万物，虽无形，但强大。

　　古代战乱时期，这里曾经结寨，建有山门，山门只有一人多宽，一夫当关，万夫莫开，绝非虚言。过了山门，来到一线天，也是巷谷构造。一线天也有一道门，门头上刻有"天堑"二字，巷谷两边的山石可能是因为雨水比较丰富长了青苔，颜色发黑，光线幽暗，更显凶险。从军事角度来看，即便攻进山门，过一线天堪比登天还难。

　　过了一线天，视野突然开阔了，眼前的景色为之大变，冠豸山的风光才真正展现。"长寿石"旁的一个小山头上有一座小亭子，在此观景，远处群山绵延，近处险峰突兀，沟壑幽深。山的形态各式各样，山体呈丹霞特征，兼有南太行、张家界、武夷山的一些特征。亭子里风很大，有点凉。

　　随处可见的历代石刻表明这里文风很盛，山里曾经书院遍布，确是一个潜心学问的好地方。

过了鲤鱼背，一路沿坡度极大的梯子下探到谷底。感觉谷底像一个裂谷。过了必达亭，来到了游轮码头，这是一个很小的河湾，仅供两三艘游轮在此靠岸。

上了游船，开始体会石门湖的水之美，水特别绿，和镇远舞阳河的水有一比。和竹筏相比，镜头推进的速度无疑快了许多。游船在山谷里行进，眼前的山水组合也不断变幻。游船给水面带来了起伏，冲刷着岸边的礁石泥土。

冠豸山不算大，"上游第一观"表明了这里是闽西第一名山，"北夷南豸"的说法虽有些夸张，但其山水之美可见一斑。和武夷山一样，这个景区也是丹山碧水组合，山水相映，更加美丽。

离开冠豸山—石门湖景区，赶到了培田古村落，已近下午4点。

在导游的带领下，我们进入了古村，和好多古村落一样，村口有一棵巨大的古木。

"吴家大院"的门面不算气派，建造的豪华程度也赶不上西递、宏村的一些名堂，但从单一建筑群而言，规模很大，典型的"九厅十八井"特征。和土楼、围龙屋一样，"九厅十八井"也是客家人创造的一种建筑风格。房屋、厅堂、天井、巷道组合成不同的院落，按照古代大家庭的规矩，不同的院落居住着不同身份的人。这里也信奉"耕读传家"的信条，建筑和装饰处处体现着儒家的思想，这一点和皖南几乎如出一辙。

曾经较为豪华的都阃府只剩下了断壁残垣，两根龙纹华表和门闾彰显着昔日的辉煌；"可谈风月"的容膝居曾是家族较早的女子学堂；建于崇祯年间的官厅，月塘雨坪、石狮石鼓石桅杆显现其尊崇地位；号称"入孔门墙第一家"的南山书院为这个村庄培育出一代又一代英才；转角的三岔路口备受摄影爱好者的追捧。值得一提的是，共和国元勋朱德、彭德怀曾率队在此驻扎，官厅、南山书院曾是他们召开军事会议的场所，培田古村也是红军长征出发地之一。

村落里许多街道和地面由鹅卵石铺成，走在上面的感觉完全不同于现代平整的水泥地面。巷道是村落的血脉，连接着千家万户；一条水圳和巷道相伴，贯穿了整个村落。看似不起眼的小道竟然是古代的官道，通往汀州府。近千米的官道两边店铺林立，给这个村落带来了长期的商业繁荣。

培田古村落号称"福建民居第一村"和"民间故宫"，始建于中国历史上第二次衣冠南渡，中原吴氏在此聚族而居，累数代之工而成，规模宏大，集高屋华堂、宗祠寺庙、书院商铺、古街牌坊于一体。在历史上，走出村子里的名流巨贾都在老家建有宅院，目前，这里有许多保存完好的明清建筑，这些建筑代表了这个村子的历史与荣光。

每家每户红彤彤的春联、噼里啪啦的鞭炮声、彼此见面寒暄的老乡亲，这里的年味儿还挺浓。村子里也有许多家庭客栈在招揽顾客，能有机会在这样的小镇逗留几日，感受一

下中国传统村落的生活应该是个不错的选择。

闽北、闽西一路走来，看到或到达了毛主席诗词中提到过的地名，如武夷、长汀、上杭、龙岩、宁化、清流，还有著名的古田，提醒着人们，这里曾经是共和国的摇篮。想当年，这里万马战犹酣，为国家的命运在较量。80多年的时光，换了人间，这里的发展真不错。

闽西虽也属山区，但这里的高速很少限100公里/小时以下的低速，测速也很少，隧道众多，但限速和正常路面一样。

2019年2月6日　永福樱花茶园和永定洪坑土楼群

樱花茶园是临时决定去看的一个景点，离开龙岩市区，市郊的道路坑坑洼洼，之后一路是省道，S308转S358，本次出行以来第一次进入了盘山路，让无聊的赶路过程多了一份刺激。

快到达景点的时候，道路就严重拥堵了，进出的车辆挤满了省道。整个游客中心周边跟一个大集贸市场差不多，路边卖花卉盆景的摊点和小饭店各显其能地招揽着顾客。车水马龙、煎炒烹炸，一片乱哄哄的动感；汽笛声、叫卖声、扩音喇叭声形成了混响，好生热闹。能用的空地，包括学校操场，都变成了临时停车场，石子简单铺了个地面，车辆一过，暴土扬尘。村民在引导车辆进入，顺便完成收费。

过了一个天桥，进入了景区，沿着步道向前走，路两旁的樱花树花期结束，地上落红缤纷，已被践踏得不像样了。

景点由几座小山组成，从山脚到山头都种满了茶树，一垄垄，层次分明。山头与山头之间通过道路相连，道路两边种着樱花。本来的主角是那一片片茶园，而宣传上，樱花倒成了主角，有点喧宾夺主的味道。

蓝天背景下，茶与樱花的组合，红与绿、淡雅和艳丽形成了美的搭配。起伏的山岗和盛开的樱花让茶园不再单调。行走在茶田里的小径上，脚踩着松软的土地，清风徐来，空气里有淡淡的植物芬芳和泥土的味道。融入田园，享受阳光、空气和绿色。

出了樱花茶园，走近2小时的山路，来到洪坑土楼。停车场上，有个苏姓中年妇女主动来给我们当导游。在她的引导下，我们进入了景区。路边"星光大道"边列出了50位著名的客家人，客家人的祖先是中原士族和百姓，为躲避北方游牧民族入侵而南迁，涵盖面很广。

客家人发明的土楼，如同遗珠般散落在闽西南的永定、南靖和华安一带的大山中。本是客家人身处异乡于乱世而力求自保的一个初衷，将军事防御功能融入居住设计。夯土筑起又高又厚的墙，土墙泛黄色；黑瓦构成的圆形屋顶，线条流畅、柔美。在青山背景的衬托下，这座庞然大物更像一个军事堡垒。个头儿虽大，但与周边环境毫无违和感。我一直认为，中国古代的建筑，无论是一亭一屋，还是一座城池，讲究与自然融合，墙的颜色无论是白色、黄色或者青灰色，配以黑色的屋面，飞檐所构成的柔和线条，一切与自然都是绝好的搭配。

振成楼是洪坑土楼群较具代表性的建筑，也是为数不多的中西风格合璧的土楼。巅峰时期，这里住了六七百人，在这一带的土楼中号称"土楼王子"，其地位仅次于"土楼王"。该建筑内外两圈，外高内低。外圈两侧分别有一个附属建筑，一侧是烟刀铺，是楼主人发家的行当；另一侧是学堂，用于培育后代子孙。经济和教育并重，可见楼主的持家之道。外圈有四层，通过八堵实墙隔成八个独立单元，既暗合八卦，又可以起到防火的作用。内外两圈通过三条走廊连通，暗合天、地、人三才。内圈建筑中西合璧，采用许多石柱。随处可见的楹联和题额无不体现客家文化的精髓。

在土楼里徜徉，一个楼梯、一条廊道、一个转角，多少代人曾在此穿梭？随意一个角度仰望天空，直线和弧线、弧线与弧在天空中构成美丽的画面。

一个几百口人的大家族聚居于一个相对封闭的环境，那是怎样的一个场景？随着社会的发展，土楼已湮没于钢筋丛林的现代建筑中，前者历史感厚重，仍在泽被后世，后者则显得单薄了许多。

导游苏大姐家住玉成楼，夫家是这座土楼的主人。土楼里有个酒坊，客家人自酿的糯米酒，祖上6代在此酿酒。喝一口，甜甜的，有点像饮料，但有浓郁的酒香。苏大姐热情地泡了壶茶，茶叶像金骏眉，泡出来的茶水清澈，淡淡的茶香扑鼻而入。据介绍，这类茶叶被茶叶商收购后，贴上"金骏眉"的标牌，就价格不凡了。客家人自己的花茶，没有茶叶，由多种植物的花组成，具有保肝的功效，味道比茉莉花、菊花这类的花茶要复杂得多。

喝了几杯茶，稍事休息了一下，就匆匆作别了洪坑。

在去往云水谣的路上，每个村庄里都有几座醒目的土楼，被一群形式各样的现代建筑包围着，如同鹤立鸡群一般的感觉。

云水谣，本名叫作长教村。一路上，旅游大巴在狭窄的乡村公路上费力地会车。接近景区，道路就堵塞异常，好不容易挤到停车场，找个车位费了好大的劲儿。游客接待中心会集了好多还未能进村的游客，厕所外面排起了长龙。天色也已不早，看看眼前的人山人海，只好取消计划。

行到了水穷处，却未能坐看云起时，不由得懊悔没有把有限的时间用来看看其他土楼。真心希望这类的古镇能不被过度消费，还能保留让人去寻找家园的那种吸引力。

穿村而过的公路因为游客太多而封道了，只能绕道更远的607县道，再改道562县道。近四分之三的路程是山路，也不知道拐了多少道弯，总感觉一直在琢磨着拐弯和超车。

晚上7点多赶到漳州，入住漳州酒店。

2019年2月7日　泉州大开元寺

早上，近10点从漳州出发前往泉州，高速上的车辆明显比前几天多了许多，服务区里人头攒动。

泉州是宋元时期海上贸易的重要港口，对外经济文化交流频繁，是海上丝绸之路的重要城市。进入泉州市区，目的地附近的街道很堵。

大开元寺建于唐武则天垂拱二年（686年），原名桑莲寺（名字源于一个梦）。唐玄宗时期，要求各地建一开元寺，以纪念开元盛世，当地的官员体恤民众，将桑莲寺改名为开元寺。

开元寺毁于一次7.8级地震，后于明末清初重建，规模比之前缩小了许多。在建筑艺术方面有许多值得称道的地方：大雄宝殿里羽人造型的斗栱和戒堂里飞天造型的斗栱都是明代木雕，后者则是将壁画中的飞天形象立体化了，这2种木雕都有400多年的历史了。戒堂号称百柱堂，是中国现存仍在使用的三大戒堂之一，整个建筑由84根柱子支撑着。后门中间的2根元代石雕柱上面雕刻着印度教中的一些特征图案，这从一个侧面反映了泉州的对外交流既活跃又广泛，印度教曾经在泉州盛行过。

曾经作为泉州标志的双塔是那次大地震中仅存的建筑。双塔始建于南宋时期，距今800多年，是仿木结构的石塔，整个塔采用榫卯技术，榫卯分解力的功能是石塔在地震中得以幸免的重要原因。这2个石塔超过40米高，是国内现存较大的石塔，号称"石塔之王"，与西安大雁塔、杭州六和塔、开封铁塔一起号称四大名塔。

开元寺中还有初唐时期种下的一棵桑树，它建寺前就存在，至少有1400年了，它是开元寺整个历史的唯一见证者。

大雄宝殿前有南宋时期植下的榕树，有800多年了。

出了开元寺，来到了西街，这是本地有名的古街，和全国各地的古街一样，俨然变成了吃喝一条街，人气很旺。感觉没有太大的特色，便匆匆结束。

泉州不再停留，鉴于热点城市节日拥堵、住宿困难的特点，决定放弃福州、厦门，直接前往下一个目的地——宁德。晚7点左右赶到宁德，入住宁德美伦。

2019年2月8日　周宁鲤鱼溪和九龙漈

这次宁德之行本为霞浦而来，综合考量住宿因素，临时起意去鲤鱼溪和九龙漈看看，这两个景点离得较近，便于前往。

从宁德出发，宁武高速经过山区，天下着雨，山谷里面雾气很重，车辆如同行驶在云里一般。

下高速，经过周宁县城到达浦源村，正在找车位停车时，一位老人热情地把我们带到镇派出所里，安排了车位停下来。在我们泊车的过程中，他又引进来一辆车。本以为他是要收停车费，却被告知不要钱，给支烟抽就行，出行这么多年，这还是少见的。之后他又把我们带到了售票处，把大致的参观路线给我们讲了一下。告别之际，他还略有抱歉地说今天他很忙，否则就给我们当解说员了。这位老人热心而友善，他的举动让我们对当地的淳朴民风有了直接的感受。

沿着进村的路，首先看到了2棵古树相互依偎，好像只有一个树冠。2棵树之间是1个鱼冢，不禁让人觉得这个地方的人很有风雅之气。进入村口，见到一个池塘，水面上有拱桥、亭子，还有用类似荷叶的圆盘铺成的路。池塘周边有一些古式建筑，黑瓦白墙倒映在水里，俨然一幅典型的水乡图。

池塘边有一个宗祠，船型设计，门脸不大，绕过门后面的屏风（其实是一个戏台的背面），眼前的空间让人为之吃惊，无论是宽度，还是纵深，都出乎人的意料。祠堂里陈列着郑氏先贤的简介，以及本村郑氏几十代先人的牌位。里面的楹联和牌匾很多，可见这个宗祠不同一般。

和好多江南古镇一样，这个村庄也是典型的"一河两岸"的设计风格，鲤鱼溪划了一条柔和的曲线穿过了整个村庄。村民们沿溪两岸建房，有巷道伸向纵深，溪上隔不多远就有一座木头搭建的小桥。小桥流水人家的画面跃然眼前！溪水清澈，成群结队的鱼在溪流里自由游弋，这些鱼与人相处久了，并不怕人，游客喂食，它们也并不争抢，或许已经吃得太饱了。

这个村庄自南宋而建，从一开始，村民便与鲤鱼形成了良好的关系，爱鱼护鱼，世代相传，上演了人鱼同乐800年的佳话。当时本是无心之举，如今却成为这个村庄的"名片"，带动了旅游业的大发展。这既改变了当地人安静的生活，也改变了那些鱼的命运，不过旅游业带来的水质污染，鲤鱼死亡的数量可能会增加。

缘溪上行，鲤鱼溪拐了一个大弯，此处回望过来的街道，"一溪两岸"，别有一番风景。

鲤鱼溪的上游"九溪十八涧"，整体像个几米深的峡谷，一路上行，山势渐高，清澈的溪水在天然形成的河道里顺势而下，溪流淙淙；河边有修竹和花卉。河上有福建特色的风雨桥、石磴桥；河里有些造型奇特的巨石，其中"回龟石"与龟较为神似！不时有小水坝而形成一个湖面，周边的景物在河面上形成倒影。到了源头，山势一下子拉高许多，山泉从高处落下，形成了一个"二叠瀑"。上游有一个规模较大的水库，水面平静，湖水碧绿。

九溪十八涧如同深闺中的小家碧玉，天然无雕琢，秀色藏不住。

九龙漈离鲤鱼溪只有半小时的车程。进入景区，眼前是无边的青山，由于下雨的原因，不时有白色的水汽从树林里升起。

沿步道下行，一路只听到涛声，但不见瀑布的踪影。途经一片水杉林，挺拔的杉树显得很有力量感。过了伯牙台，瀑布就出现在眼前了，但这里还不是观赏瀑布的最佳位置。继续下行，来到了一个建在孤峰上的观景台，"三叠瀑"呈现在眼前，龙潭瀑、龙井瀑、龙角瀑依次而下，瀑布越来越宽。继续下行，"三叠瀑"再加上龙口瀑就变成了"四叠瀑"。

　　九龙廊桥是一座架在山涧上的风雨桥，这种桥在浙南和福建的大山里有很多。从谷底上行，发现好多奇怪的地质现象，有圆圆的坑，如同机械切割抛光过一般，看旁边介绍是旋涡夹带泥沙长期打磨而成。巨石形成的平缓河床上网格状分布着许多沟槽，以前单方向看过，这种情况倒是第一次见，也是水流沿着河床上本身的浅槽长期冲刷而成。时间的力量可见一斑！

　　一路上有许多潭，其中最大的要数卧龙潭，上游的水流在此汇聚成碧玉一样的一汪清水。在这里可以看到第二个"三叠瀑"——龙鳄瀑、龙牙瀑、卧龙瀑，瀑布坡度比上一个缓了许多。

　　最后，我们来到了九龙漈大瀑布面前，从宽度和落差来说，气势不凡，瀑布雪白，如同巨大的白纱覆盖在山石上，被风吹皱，有了飘逸的动感。在风的作用下，水雾蒸腾，在山间飘荡。面对不息的瀑布，感觉到的是地球不竭的能量，大自然是一个奇妙的生命体！

　　九龙漈景点集峡谷之清幽与瀑布之壮美于一体，深藏于周宁深山中，鲜有人问津。这里的瀑布种类众多，最大的瀑布堪比黄果树瀑布和罗平九龙瀑。植物的多样性和地质形态的多样性也很具知识性。2个多小时的漫游，一路瀑布不断，涛声不息，景色极美，而无拥挤之苦。

　　晚上入住酒店，"味享+海鲜姿造"的海鲜自助餐很是不错。

2019年2月9日　　霞浦滩涂、杨家溪

　　滩涂美景是霞浦的名片，于是设计了"北岐—小皓—东壁"的路线。北岐处于县城城郊，一路上穿过村庄，不时看到一二棵巨大的榕树散落在不起眼的角落里，城市扩张，这些大树的命运也在被改变。街道本身就狭窄，仅能供2辆车经过，车流量较大，加之村民乱放一些物件，车辆在逼仄的小巷子里艰难前行。好不容易到了目的地，一块平整的沙石地就是临时停车场。下了车，微风细雨，眼前就是一个普通的港湾，停泊着些小渔船，并未看到令人惊艳的景色。渔民们在招揽游客乘坐小渔船去看海！

　　停留了只几分钟，正准备离去，却有人过来要收30元的停车费。够狠的！那些挤破了头进来的游客大多比较恼火。回头又经过了那段拥挤的小巷道，还有好多车辆正努力地往里挤。

　　离开北岐，不由得对下一站有了点惶恐，如果还是这样的经历，那就太不值得了。

　　沿着县道前往小皓，在一个不起眼的路口，按导航提示向右后方拐上一个小山坡，正

迟疑间，发现一块较为平整的停车场，偌大的停车场上只停了一辆车，与北岐那边相比，差别很大。旁边有一块摄影图片展示牌，图片上的景色确实不错。

　　沿着路标，顺着林间小道往里走，没有人，很安静。走了大概15分钟，到了一个观景台，有好几层，每层的视野不一样，景色也不同。广阔的大海上分散着或大或小的岛屿，海面上随意地停着许多大小不一的船只。从不同的角度看去，大海、岛屿、云雾、船只就形成了效果不一样的画面。

　　下了观景台，继续往前行，通过一扇小柴门，沿着石阶下行，走到了海边，眼前不再有遮挡物，视野更加通透了。海面上有许多巨大的方阵，那是由竹竿和渔网形成的养殖场，规模甚是宏大，还有许多小渔船在矩阵里穿行。

正如梯田是农民种植庄稼的场所一样，霞浦滩涂原本是渔民劳作的场所。竹竿和渔网在滩涂上形成了一块块巨型图案，与散落的小岛一起点缀着苍茫的海面，劳作的人和移动的船只是不可或缺的元素，在光影的作用下形成了美丽的画面。海产品养殖的"副产品"使得这座海滨小城成为国际滩涂摄影者向往的圣地，普通人难有雅兴在海边等待日出日落，但是面对大海，随意一瞥，也足以被打动。

时间不早，雨渐大，想来东壁的景色大同小异，就结束了霞浦滩涂观光，取道直奔杨家溪。

杨家溪号称"小武夷"，可见山水不错。来杨家溪，主要是看千年的古榕树群。古榕树在榕枫公园，这里除了千年榕树群，还有近千亩的枫树，每到秋来，火红一片，煞是壮观，是国内赏枫的知名景点之一。枫林需要在秋天才能见到其绚丽的一面，而榕树则在任何时候都可以让人感觉到它们的古老和美丽。榕树王树干直径达4米，树冠面积近3亩，在这样的大树面前，内心总是会被震撼一下，能够经历千年的世事沧桑，是何等不易？

一直羡慕那些有几棵参天古木的村庄，古木是一个村庄历史的见证者，寄托了多少代人的乡愁；古木是一个村庄的灵魂，有大树的地方才是远方的家。大树的背景配上荷锄的老农或者骑牛的牧童，便是一幅醉人的画面。

在大树下徜徉许久，离开了杨家溪，开启了返程之旅，今天的目的地是丽水。途经温州绕城，遇到了出行以来第一次大堵车。从一个出口下了高速，上了G330国道，不时切换到省道、乡道，按照导航的指令在山间穿梭，暮色中经过了几个小山村。细雨中，远处住家窗户里透出来的灯光显得很温馨。

快8点多，到达丽水，入住东方文廷。

2019年2月10日 浙江丽水市古堰画乡

雨在继续下，原本计划去云和梯田，看看"云"和"梯田"，但因为雨雾太重，只能见"云"而不能见"梯田"，到了景区门口，也只能抱憾而去。

于是，古堰画乡就成了今天的唯一目的地，来时尚且通畅的高速，回程时已经略显拥堵，提前下了高速，比较顺利地来到了碧湖镇。

村口，几堵错落的白墙，墙头一抹黑色的瓦，简单的组合勾勒出了江南水乡的神韵。不太宽的街道上，人流熙熙攘攘。和其他古镇一样，这里保存着传统民房的特色，街道两旁是各色店铺，颇有特点的是有许多以美术、绘画为主题的客栈。街道的一侧不时有巷陌，透过宽不到1米的深巷，可以见到宽阔的大河和河边石头垒成的码头。这里是通往温州的水路要冲，古码头曾经过尽千帆，曾经迎来送往南商北贾，茶楼酒肆也有多少游子在此消遣乡愁。

沿岸的码头边有几棵巨大的古樟树，樟树下，或许有过简陋的茶摊。有多少行色匆匆的过客曾在树荫下小憩，喝一杯茶，缓一缓奔波的脚步。河面上停着几只帆船，这是人为的布景，但多少体现了些意境。

坐船来到对岸的大港村。上了岸，沿着河岸行走，河水清澈，静静流淌。对岸是青山，雨雾蒙蒙，不是很清晰，但画面感很强。山形在变、河流的曲线在变、云雾在变，眼前的画面也在随之改变，唯一不变的是江南水乡那种水墨神韵，画乡之名，果然不假。

往前走，便来到了古堰。这里有建于南北朝萧梁时期的水利工程——通济堰，是中国古代几个著名的堰之一。和其他一些不朽的工程一样，不因频繁的朝代更迭而黯然，1500多年来，通济堰一直在造福着这一方的人民。伫立堰首，不由得让人赞叹那些可能不知姓名的倡导者、设计者、施工者为社会发展所作出的杰出贡献。

千年的古堰已经变成自然的一个部分，将人类文明毫无痕迹地嵌入了自然的山水中，山水因之而更美丽。

有了堰，就有了村庄。堰分流出一条并不是很宽的河，穿过了大港头村，河两岸有１０多棵千年的古樟，非常震撼。这些古木本为护堤而植，经历了岁月人世的沧桑，依然枝繁叶茂。沿河有一条街道，街道两旁是一些明清古建筑，其中有民居、祠堂、文昌楼。

古堰画乡不产画，山水本身就是画，古街、古埠、古村、古木皆可入画。古街一角、古木一棵、扁舟一叶入画，便胜却大画家精妙构思无数。这里的产业定位很好，充分利用丽水的自然山水和古堰及其衍生的人文资源来发展以绘画、写生基地为核心的旅游业。

高速封路，从丽水到金华，一路县道、乡道走过，有清澈见底、潺潺流动的溪流相伴，随便一汪清水便宛如碧玉一块，丽水果然有好水！车窗外便是移动的画卷，真想驻足欣赏。途中穿过一个个小村庄，非常干净，果然没有辜负周边的好山水。过往的车辆不多，村庄显得静谧，不禁怅然，如有机会到这样的小村庄盘桓几日，应是幸事一桩！

入住酒店，酒店里的自助晚餐很不错，吃了好几个小烧饼。

2019年2月11日　金华　诸葛村和大慈岩

诸葛村位于浙江兰溪，从国道G330拐进去不远即可到达，这是全国较大的诸葛亮后人居住生活的村落。作为智者的后人，村庄设计自然不一样。整个村落按九宫八卦的格局设计，在中国众多古村落里算是独树一帜。

位于村口的丞相祠堂没有正对外面的大门，从侧门进入。门面上的雕刻很是讲究，东阳木雕很出名，这里自然不缺佳作。整个建筑三进两井，两侧有厢房和廊道连通。中间是一个由24根柱子支撑的堂屋，外围是石柱，中央9根是木柱，四面无墙。横梁以及每个梁与柱榫卯处都有精美的木雕，四角的飞檐处更是木雕层层叠加。供奉诸葛丞相的大殿要比前面两进的建筑高出半层，不知是由于地势的原因，还是为了彰显尊崇之意。整个祠堂幽深肃静。

出了祠堂，就进入了复杂的巷道，巷道不宽，但很复杂，感觉是由无数个"T"形组成，建筑风格与皖南的类似，白墙黑瓦马头墙。其间，有元、明、清时期的古建筑200多座。一砖一瓦一木、一巷一堂一园，历史的厚重感随时可以触碰。整个村落以阴阳鱼造型的"钟池"为中心，沿八条小巷向外辐射，形成八卦的形状。整个村子有18个水塘，除了钟池，还有春、夏、秋、冬4个水塘，每个水塘都是该区域的核心，可能是为了生活用水的方便，也可能是为了防火的需要。水和周边的民居相得益彰，共塑了一幅水乡图。

百草园是这个村落的一大特色。诸葛家训是以耕读传家，倡导兴商致富，"不为良相，便为良医"，明清时期在大江南北开设了200多家中药店，源源不断的商业利润给村庄的发展带来了资金保证。

大慈岩位于建德市，离诸葛村只有10公里的车程，有"浙西小九华"和"江南悬空寺"的美誉。

这里的建筑特色之一便是悬崖高位洞穴建筑，地藏王大殿一半嵌入洞穴，一半悬空而建，与山西浑源悬空寺有异曲同工之妙，只不过这里支撑悬空部分的是嵌入山体的钢筋混凝土铸成立柱。近看,这里的殿堂规模要比悬空寺大许多,不像悬空寺那般"螺蛳壳里做道场";远观,整个建筑附于悬崖之上,颇为壮观。

沿着山道前行,山道虽有起伏,但还算比较平缓,淅淅沥沥的小雨一直在下,远方的山被乳白色的云雾遮住,朦朦胧胧,只偶尔露出一点真容。

双面佛是弥勒佛,整体涂金,坐落于一个小山峰上,在青山里显得异常显眼,如果是晴天,势必金光闪闪了。

一道坝,在山里形成了一座水库,水面如镜,清澈碧绿异常。

上行来到观音殿,也是依山而建,地势不如地藏王大殿险。这里有一株800多年的银杏树,树干粗壮,大大小小的枝丫很是茂密。想来,深秋季节,金黄的银杏叶长满枝头,落叶随风而下,落在寺庙的屋顶上、落在栏杆上、落在地面上,古木、古寺,晨钟暮鼓响起,是怎样的一种意境?想想都让人心醉!古人喜欢在建筑物旁边栽树,建筑物和树相互陪伴,而这种陪伴往往一开始就注定了千年。

新修的玻璃栈道也让游客体会了"足底悬崖恐欲崩"的感觉。

下山选择徒步,走在新修的步道上,时不时会发现从前的故道,总感觉新修的步道从感觉上输了故道许多。山涧中的溪流一路不断,雨点打击树叶的唰唰声和溪流的淙淙声形成了美妙的大自然合奏。此情此景,不禁想起东坡先生的《定风波》:"莫听穿林打叶声,何妨吟啸且徐行。竹杖芒鞋轻胜马,谁怕?一蓑烟雨任平生!"

从建德到德清,几次尝试上高速未果,在国道、省道、乡道上来回切换,过多的车辆和数不清的红绿灯使得行进的速度缓慢。最后一段路程，完全是在夜色里穿行于山间的小路。很难想象没有导航，该去往何方？

入住的酒店虽是五星，但条件实在一般。

从德清到扬州，道路很通畅，到润扬大桥的时候，发现对面向苏南方向的高速上挤满了车辆。此情此景，与去年几乎一样。

皖赣闽之行

整个上半年工作强度很大，出差的频次和时间是历年来较多的，现在该给自己的身心放假了。

午饭后，从扬州出发，开始了这趟旅程。一路上，烈日高照，透过车窗看到天空上白云朵朵。夏日的天空，云彩变幻莫测，颇为壮阔。心随云动，该去看看外面的天空了。

夜宿安徽池州酒店，酒店处于一块湿地里，这里有个小湖泊，能看到远方的山，景色不错。

2019年8月9日　石门　牯牛降

前几年外出旅游，好几次计划去牯牛降，但一直未能成行。这次将其作为出行的第一站。

从池州出发，11点左右到达景区，游客服务中心人很少，不知道是不是由于天气热的原因。景区外远眺，天格外蓝，云朵格外白。

　　进入景区的林间小道，立马感觉凉爽了许多。小道旁有一条浅浅的小溪，溪水特别清澈。几个孩子光着小脚走在溪水里，用小网兜在捕鱼。家长们站在岸上，微笑地看着孩子，我想他们或许是想起了小时候的自己。

　　小溪旁和小路边有许多大樟树，有的树龄近千年。皖南保存了好多大樟树，这是一件幸事。皖南人民喜爱樟树，一代代人种了不少。在那种材料匮乏的年代，这些大树没有被就地取材打家具、建房屋而得以存活千年，实属不易。

　　途经一个小村子，有十几户人家。有户人家的一面墙上还留有几条红军北上抗日的标语。外面的世界变化快，只有大山里才能尘封一些鲜活的历史。

　　一座小桥边，有户人家在树下摆了个摊位，卖些西红柿、黄瓜、香瓜、西瓜之类的农产品。香瓜香甜爽口，我们一家3口各吃了一个，算是午餐了。

向前走不多远，来到第一个景点——四叠瀑。四叠瀑，顾名思义，一条瀑布由4段瀑布组成。水随山势，似白练铺陈在山间，又似珍珠卷帘随风飘动，与周边的绿树青草相衬，格外清新。

上行，来到好汉坡，这里是一段很长的坡道，坡陡路长。这时，没有了树荫，立马感觉到了太阳的火辣。

拴牛石本是一座孤立的柱形小山峰，因其后的大山形似牯牛而得此名。山顶上建有一座凉亭。坐在凉亭里，凉爽的山风阵阵吹过，带走了途经好汉坡后的热汗和疲乏，使人精神为之一振。环顾四周，青山绵延、白云悠悠，蓝天、梯田和农舍在眼前组合成美丽而自然的田园风光。如此美景，怎能不让人产生一种回归田园的想法？

　　下行途中，幽谷里有许多潭，当地人也为其命名。其中，碧玉潭最大，其水清澈见底，碧绿如玉，果如其名。

　　龙门潭下游筑坝，水面宽广了许多，并且依然清澈碧绿。坐在石磴桥上，面对一汪清水，迎面而来的山风带走了我们的思绪，眼前只有绿水荡漾、鸟鸣啾啾。在潭边的凉亭里小憩，听山谷里的风和山涧里的流水，悠闲的感觉真好。

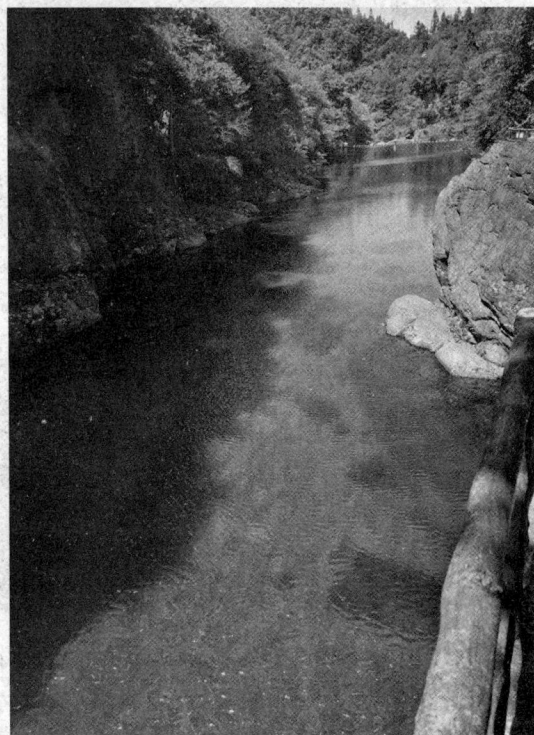

景区里的溪水、潭水异常清澈，成群的小鱼在水中游弋，鱼鳞清晰可见。一片树叶、一条小鱼在水底的石头上都能留下投影。偶有人投食，蒲扇大的区域立马黑压压一片。柳宗元在《小石潭记》里写道："日光下澈，影布石上。怡然不动，俶尔远逝，往来翕忽，似与游者相乐。"我们所见，正是文中所述！

溪水浅的地方有一些大人、小孩在玩水。小时候，家乡的小河也是这样的景象。随着社会的演变发展，有时候只有在他乡才能找到童年时的感觉。

牯牛降与九华、天柱相邻，名头却小了许多。景区里的游客不多，倒也清静。山外35℃的高温，山里却凉风习习，不由得让人想做回山里人。

从牯牛降出发，赶往九江。再一次被导航所折服，在庄稼地里穿梭，导航指挥游刃有余。

路过石钟山，天色尚早，决定去看一下。

占地0.2平方公里的石钟山，地处长江之岸、鄱阳湖之滨，正应了"山不在高，有仙则名"，苏东坡先生的一篇短文使得这里文风大盛，文人骚客的墨迹处处皆是。独特的环境，既有江湖一览、湖天一色等自然风光，也有历代修建的亭台楼阁，颇具江南园林的特色。清浊亭上眺望，长江和鄱阳湖的汇合处水线分明，天然的江湖却是泾渭分明。

夜宿的酒店门前就是浔阳江，于夜色中在江边走了一段路，根本找不到白居易《琵琶行》文字描述的那种意境，可能是城市的灯光掩盖了月光的美丽，车水马龙的噪声扰乱了

琵琶女如歌似泣的弦音。

白鹿洞书院，中国四大书院之首，具有千年的历史。位于庐山五老峰下，依山傍水，一个清静峡谷之地。门面不大，显得简朴；黑底白字的题额，很有拓本的气息。

书院里有一条小溪穿过，河的那一边是山地，有高大的树木和翠竹。书院建于水边平缓之地，庭院密布。鼎盛之时，曾有几百名学子会集于此，也有历代大贤大儒在此开坛讲学，是培养国家栋梁的高等学府。相较于现在的学校，环境可谓静雅，是个读书的好地方。庭院中植物繁茂，清风徐来，树影婆娑。有朱熹老夫子手植的丹桂，花香四溢，沁人心脾。800多年来，花香依旧，而随着时代的变化书香却渐渐地淡了。

遥想当年，一众衣袂飘飘，羽扇纶巾的学子，手持圣贤之书，三五成群徜徉在溪边，或坐于古树下，或卧于巨石上，或斜倚在凉亭的栏杆上，晨读夜诵之声不歇。王贞白"读书不觉已春深，一寸光阴一寸金"的名句正是白鹿洞学子们读书生活的真实写照。

溪两岸有许多石刻，文风之盛，可见一斑。溪中一巨石上刻有"枕流"二字，足见风流。几百年来，条石铺成的古道已被磨得光亮，见证了历代求学之人的来来往往。溪水昼夜不停地流淌，流水带走的是光阴，带不走的是中华文化的传承。

古有好事者觉得白鹿洞必须有养白鹿的洞，于是凿洞并石雕一个白鹿；今有好事者在古之好事者凿洞相邻之地圈养数只锯了角的白鹿！

云居山地处江西永修，盛夏时节，山顶只有22℃，凉爽异常。

真如寺名头很大，始建于唐，是禅宗五宗之一曹洞宗祖庭。盘山公路单程就花费了半个多小时，见到的是原址上新建的寺庙，并没有期待中的那么好。建筑物本身显得不那么雄伟庄严，只有拱形山门有点历史感。寺庙很是清净，禅房幽静，是个好的清修场所。唯有位于寺庙一隅的一棵银杏树凌霜傲雪，见证千年，它才是真如寺的代表，让人有不虚此行之感。

在赶往南昌的路上，取道安义古村，该村由罗田、水南、京台3个村落组成，具有1400多年的历史，是中国典型的赣商文化村。

村口打造的水乡造型和后面的青山、村落形成了一幅美丽的画面，有"青山横北郭，白水绕东城"的意境。

　　罗田村的历史有千年以上，但只留存了为数不多的明清古建筑。只能从古街的麻石板道上的车轴痕，以及老建筑上点缀的砖雕、石刻、木雕等物件依稀看到这个村落的久远历史。

　　千年古樟树是罗田村能数得上的亮点。古樟树上系了许多祈福牌，世俗之人希望以此来沾沾千年古木的灵气。千年古樟旁，古宅改造成的民宿看似不错。落日下，徜徉于千年古樟之下，听树叶婆娑；静谧的夜色下，夜宿现代装修的古宅，感受古村千年来的静夜之美。这是一种怎样的体验？

水南村则主打"赣南名小吃一条街"，两个村子之间是人造的花海和荷塘。

古村古镇是旅游开发的重点，古村与美食街、人造花海牵手，算是啼笑姻缘了。目前，全国大搞"特色小镇"，古村的命运又被赋予了新的内容，福兮祸兮？

一日之内见到了千年的书院、千年的银杏、千年的香樟，好似打开了"月光宝盒"。

夜宿南昌。

2019年8月11日　乐安　流坑古村

流坑古村位于抚州乐安县，中原董氏自五代南唐来此聚族而居，已有千年的历史。进入村落，立马被村口散落着的几棵巨大樟树所吸引，树身上长着一种像鳞甲一样的东西，据导游讲，那是一种附着樟树而生的姜类植物，只有达到一定树龄才会有这种现象。在我的印象中，其他地方的樟树并没有这种现象。一路走过，有不少这样的千年古樟树散落在村庄里，给村庄撑起一片片绿荫。

　　一条河流从村边流过，村中有一个人工湖，湖两岸通过廊桥连成一体。廊桥还兼具菜市场的功能，每天早上颇为热闹。

　　不难看出，该村的文化根源和皖南古村一脉相承，经历了耕读文化和农商文化的演变。这个村子重视教育，曾出过文武状元各1人、进士21人、举人78人，有"一门五进士、两朝四尚书"的美称。科举成功和经商有成的人，往往会在家乡兴土木建宅子，使这里留存的古建筑规模很大。建筑以明清时期的为主，包括高坪别墅、武当阁、状元楼、"理学名家"、文馆；有官第、商宅、祠堂、书院之分。一个不起眼的宅院、宗祠、书院可能就有几百年的历史。与徽派建筑一样，这里的官第、商宅到处有精细的砖雕、木雕，砖雕和木雕的图案所代表的意义颇为讲究，这些细微之处和楹联、题额一样，体现了董氏家族世代相传的处世哲学。

"七纵一横" 8条大巷道加上数不清的小巷子连接起村庄的每个角落。一条不到1米宽的巷子被当地人称为时光隧道,因为它的一边是明代宅院,一边是清代宅院。两栋建筑体现了两个朝代的不同风格,一条小巷子成了两个朝代的分水岭。

与一些开发过度的古村相比,这个村子的商业气氛很淡,几乎保持了村落原有的状态。古村对外宣传不多,名头不响,但历史文化厚重度却要超过许多古镇。

古村书院里有一株千年桂花,它曾有过枯木逢春的经历。我想,流坑古村也会焕发新的生机,它的未来不会差。

阳光下,温度有36℃,日照很强,而在没有阳光的巷道中、古宅里,凉风习习。据说这是因为七巷对着乌江河,凉爽的河风沿着风道进入家家户户。真的要佩服古人的智慧。

离开古村,汽车温度计显示地表温度为38℃,我们没心思去计划中的渼陂古村了。

驱车前往井冈山,进入井冈山风景区,就被巍巍青山给吸引住了。路过 "红军万岁" 雕塑,甚为震撼,以青山为背景的巨大铜雕塑,每个人物的表情都很到位。80多年前,这片土地曾经轰轰烈烈过,是中国革命的摇篮。

夜宿井冈山下。

2019年8月12—13日　井冈山

井冈山景区很大,最远的景点离游客服务中心有30多公里,游客中心有发往各个景点的班车,各景点之间有直通的班车,很是方便。

杜鹃山,又名笔架山,是井冈山的核心景点之一。在索道上俯瞰,青松翠竹组成的绿色海洋绵延起伏,一望无际。缆车上到一个山头,又开始了一个深 "V" 路线,落差极大,是我印象中经历过最大的。缆车上会瞥见青翠间透过的一段段洁白的溪流,很醒目,也很灵动。翠竹基本生长在山脚,过了山腰就基本是青松的地盘了。

山顶很凉爽!行走在平缓的步道上,遥看近观,山势巍峨,峡谷纵横,群峰参差。天气不错,蓝天白云使得青山更加妩媚。云的作用使得山的颜色有深浅之分,更有层次感。脚步移动,眼前的景色在变化,有了 "横看成岭侧成峰" 的感觉。在观景台上观景,视野更加开阔,心境也随之大好。

　　尽管不是杜鹃花开季节，但脑补一下，山花烂漫于群山之际，应是瑰丽壮观无比。对照那段火红的岁月，"待到山花烂漫时，她在丛中笑"的境界更令人动容。

　　龙潭是另一个核心景区，是一个瀑布成群的峡谷。逐级而下，巨大的落差形成"一瀑一潭"5组。5个瀑布的姿态和气势各不相同，有的似白练悬空，有的似白纱飘逸，有的似珠帘垂挂，又好似朵朵白云落到了人间。潭水清澈，在深邃的幽谷青翠间，个个都显得不俗。潭水向下流淌，与山上的汩汩细流汇合成下一级瀑布。最后一节瀑布下方形成了一个规模很大的潭，潭水碧绿无比，在瀑布的冲击下，水面微泛涟漪，其和绿色的枝叶在一个镜框里，让人感觉到无比清新脱俗。

　　鸟鸣声、知了声和潺潺的流水声形成天籁组合。夕阳使得谷底越发清幽，也让人更能理解王维山水诗的意境。"兴来每独往，胜事空自知。"就是那么率性，就是那么陶醉于山水之间！

密林间的小道上不时有穿红军服装的游客从身边走过，让人有一种穿越的感觉。80多年前，红军战士在此穿梭，或忙于下山进行军事行动，或忙于从山下往山上运粮补给。他们考虑的是生存和发展，关心的是劳苦大众的解放事业。

第二天早上，在一场暴雨后，我们来到井冈山主峰。雨后的林间，空气清新，流水潺潺。观景台上，视野毫无遮挡：峰峦秀丽，山间淡淡的白云飘荡，打破了纯绿色的单调，更增添了一分仙气；高峡平湖，湖面如镜，群山、天空倒映其中；山水相接处，山体的颜色好像给水面镶上了一条金边。此地观景，景色绝佳。那山那水展现出的那份碧绿沁人心脾。第四套人民币百元币背面的图案取景于井冈山主峰，足见井冈山的特殊地位。

巍巍井冈山，中国革命的摇篮，中华人民共和国的基石。"井冈山"是红色主题的代名词，它的自然风光也非常不错。

黄洋界是井冈山五大哨口之一，是井冈山的战略要地。

"黄洋界上炮声隆，报道敌军宵遁"描述的正是发生在这里的一场战争。站在这片曾经炮声隆隆的土地上，既感受到了地势险要，也能感受到红军战士保卫脚下这片土地、保卫红色火种的决心和不易。这里有一块纪念碑，背面是毛主席题词的"星星之火，可以燎原"，正面是朱总司令题词的"黄洋界保卫战胜利纪念碑"，黄洋界的地位，赫然可见。

这里的密林间有一条崎岖、蜿蜒的小道，正是当年红军的"挑粮小道"。官兵一致，朱总司令和普通官兵一起从很远的地方挑粮上山，一根扁担挑起了井冈山的供给线，也挑起了共和国的未来。

《西江月·井冈山》和《水调歌头·重上井冈山》，创作时间跨度38年，旧地重游，换了人间，抚今追昔，感慨自非寻常。

大井景区是老革命家在井冈山时期的旧居。

革命博物馆让人从另一个视角了解井冈山波澜壮阔、光耀千秋的那段历史，一张张图片、一段段文字描述着中国近现代历史。

来到井冈山，感受到了浓烈的红色文化，《十送红军》和《映山红》的背景音乐，缠绵而动情，让人不由自主地跟着哼唱。

这次井冈山之行改变了我的认识，井冈山不仅是进行革命教育的地方，还是一个景色优美、气候宜人的好地方。

2019年8月14日　泰宁　寨下大峡谷

从井冈山出发，横穿江西省，到达福建泰宁。

　　寨下大峡谷是泰宁的重要景点之一，以丹霞地貌为特色。三条峡谷首尾相连，形成一个三角形，三角形中间有一座山。

　　开始的路程，阳光直晒较多，也较热。左侧的山裸露，丹霞特征很明显。山体多为垂直弧形，弧面上有许多大坑，大坑里还有许多小坑，这是在千万年来雨和风的共同作用下而形成的。天穹岩更是奇特，一个直径20米的凹岩内竟有上百个大小不一、形状各异的洞穴，犹如蜂窝一般。整个岩面上寸草不生，另一侧山体上的植被则很好，覆盖着茂盛的青草，长着竹子和小树木。

　　步道旁有浅浅的溪流，较深的地方不超过20厘米，奇怪的是里面有一些小鱼，较大的鱼大约有10厘米长。

　　通天峡"天崩地裂"的景观让人震撼于大自然的力量。一块巨大的红色峭壁平整得如同刀劈斧削一般，这是山体一部分自然脱落后的结果，所谓"天崩"；一条一人宽的峡谷把大山分隔开，这是山体经过千百万年分解的结果，所谓"地裂"。

倚天峡两侧的地质岩层在空间上只有一水之隔，近在咫尺。时间上却相距甚远，一边形成于4亿年前，一边形成于8000万年前。可以同时看到、同时触摸到相差3亿多年的岩体，犹如面对一条巨大的时空隧道。

到了大峡谷，没有了阳光的直晒，一阵阵山风更是让人倍感凉爽。这里危岩突兀，幽深得近似封闭状态，步道旁的溪水比之前要深了许多，鱼儿多了起来，个头儿也大了许多。

丹崖谷底有一个堰塞湖——雁栖湖，多么有意境的一个名字！雁栖湖处于壁立千仞的悬崖下，丹崖的阳刚与碧水的阴柔相交织，构成了一幅意境美好的画面。湖里还种植了莲花，一群群红鱼在莲花丛中自由游弋，正是"江南可采莲"所描述的画面。

景区里有一条水流湍急的溪流，在有落差的地方形成了小瀑布。在与此溪流平行，修建玻璃滑道漂流，在落差和水的冲击力作用下，橡皮艇穿梭于林间、瀑布旁。

在林间，见到一个颇让人感叹的景象，一棵树倒于山涧上，从树干上齐刷刷长出了一排朝天的枝干，如同竖琴一般，使人不由得感叹生命的强大，对于阳光雨露的需求，只能朝上拼命生长。主干的生命依赖这些枝干获得阳光，而这些枝干离不开主干的根系从土壤里吸取水分和养分。

泰宁古城素有"汉唐古镇、两宋名城"之称。

街头有几口直径超过1米的古井，古井旁有纵横交错的沟渠，沟渠里流水不息。沟渠旁有三五人或坐于小竹椅上，或坐于门前的石阶上，手摇蒲扇，摆开了龙门大阵。在灯光下，古宅高高的砖墙显得有点肃穆；天空上，一轮明月挂在古老的飞檐上。这样的景象让人感受到曾经的岁月。

夜宿泰宁闽江，一个天然小湖泊，给这个酒店增色不少。

2019年8月15日　泰宁　大金湖

泰宁大金湖，中国丹霞·世界自然遗产，是泰宁旅游的名片。

乘坐的小游轮首先来到甘露寺，该寺坐落在大金湖里的一座小岛上。岛上除了丹霞地貌的美景，还有始建于南宋绍兴年间的甘露寺。寺庙建于丹崖洞穴之中，一根柱子顶起一座寺庙，有"南方悬空寺"之称。方寸之地，也有佛音阵阵。

游轮行驶在水上，丹山碧水，山奇峰秀，山水尽收眼底。群山环湖，湖中有大岛3座，小岛众多，岛的形态各异，如玉盘上的青螺点缀。靠近水面的地方露出了丹霞地貌，好像给青螺镶上了金边，使整个画面的颜色更加丰富！湖中有山、山中有湖，山环水、水绕山，果然是"天下第一湖山"。

　　猫儿山是环湖众多山峰中较有特色的一个，山顶有一块神奇巨石，如同一只坐在山顶上的神猫。它好像在仰望天空，又好似在看护这一方好山水。

　　远方青山隐隐，山有数重；眼前绿水悠悠，涟漪微泛。伫立船头观景，别有一番韵味。拐过一座山后，会有怎样的画面？回望，则又有另一种景象和心情。

　　整个行程要4小时，游玩至一半的时候，我们结束了大金湖之游。

　　从泰宁横穿福建去霞浦。夜宿霞浦。

2019年8月16日　福鼎　太姥山

　　太姥山，海上仙都，山海相连形成山海大观，与北面的雁荡山、西面的武夷山形成鼎足之势。闽人称太姥、武夷为"双绝"，浙人视太姥、雁荡为"昆仲"。

　　与天柱山神似，好似造物主随意撒石头，垒成奇峰座座。千百万年来，经过风刀霜剑的雕刻，岩石仿佛具有了灵性，各具神态，游客可以发挥丰富的想象来定义它们。景区里有各种图片与实物相对比，对照着看，非常有趣。有诗云："太姥无俗石，个个皆神工。随人意所识，万象在胸中。"

　　太姥山的形成过程造就了众多的峡谷和洞穴，这里的"一线天"都是狭长、潮湿的坡道，狭窄处仅容得一人侧身收腹、双手紧抱一侧石壁才能过去；黑暗处，只能用脚探路，一步一步挪行。到了低矮处，还不得不哈腰屈膝，但即便如此，头、膝盖、肩膀还是会与石壁碰撞，让人小心翼翼。前进的道路并不容易！以探险的心态，迎着前面的亮光前行，坎坷之路充满了乐趣。

一片瓦禅寺始建于明代万历年间，以一块类似瓦状的巨石为顶，形成一个天然洞室，后人辟为寺庙。方寸之地建寺宇，名称低调而不乏禅意——"给心一片瓦，以度飘零人"，立意可谓奇绝。寺虽小，但在太姥山众多寺庙中，其分量当首屈一指。后建的一片瓦禅寺大雄铜殿悬空而建，整个建筑物表面似以纯铜包裹，在阳光下熠熠生辉。铜殿前，无一物遮挡，境界开阔。

九鲤湖位于山腰，聚清澈山泉而成，水质自然清澈。这里是个放生池，湖里有许多鱼儿和乌龟，鱼儿自由游弋，乌龟自由自在地漂在水面上，吸收日月之精华，享受岁月之静谧。做条自由自在的鱼，何尝不是一种幸福？

过白云禅寺，到达覆顶峰。覆顶峰是太姥山的最高峰，晴天时可见太姥山全景，也可一窥山海大观。

海、岛屿、渔村、山峰和怪石是不变的元素。日出日落、云起云落是变幻的，景象随之而变幻，呈现出奇幻之美。

全程徒步游玩了太姥山大部分景点，历时近6小时。

夜宿霞浦海悦。

2019年8月17日　返程

从霞浦出发，沿G15返程。其作为沿海的主要高速，车流量不小，加之浙、闽2省多山的地形，导致隧道众多，沿途修路的地方也不少，行驶了近10小时才到家。

赣粤游

此次旅行提前开始了，又提前结束了。感受到了国家和地方在疫情防控方面的应急响应。前五5天还处于游玩状态，没有任何异常。年三十和年初一，网络上铺天盖地的新闻让人无所适从。初二、初三连续2天，开车1600公里返回了扬州。正如李白《蜀道难》里所言："锦城虽云乐，不如早还家。"旅行、春节、疫情交织在一起，注定了此次旅行不一般。

假期没结束，游记已完成，这是第一次。

2020年1月19日　腊月二十五　出发

今年几乎整年未休，提前两天放假，放松一下身心。上午10点从扬州出发，考虑到春运期间的车流量巨大，导航设置了避开拥堵功能，绕道合肥，比较顺利地抵达了九江。入住住过的酒店，这家酒店的煎牛排不错。今天，餐厅里，除了厨师外，没有戴口罩的人。饭后到步行街逛了一圈，商铺都在进行年底前的促销活动，每家商铺用喇叭循环播放降价的消息，喧嚣声不绝于耳。

在城市灯光的映衬下，浔阳江上的明月，失去了古人笔下的美丽与哀愁，千年前幽怨的琵琶声早已湮没在城市的喧嚣中。

　　我从小学就已得知庐山大名，但此前对庐山的认知只停留在3个方面：李白、苏轼、白居易几位大家都留下了吟咏它的诗词；近几年，几次南下自驾游，都途经庐山，但未做停留，此次才成行。

　　开车进山，山路蜿蜒，弯道很多，倒也刺激。攀升到一定高度，看到了一侧的树木上有白色的积雪，景色很好，停车欣赏，却发现似雪不是雪，是雾凇！这是我们第一次见到雾凇景象。越往前走，雾凇越多，越壮观！

　　沿着"庐山会议"的指示牌，想去看一下会议的旧址，未能找到。

　　由于时间关系，我们选择了"含鄱口—五老峰"这条线路。

　　天虽晴，但雾气蒙蒙，难识庐山真面目。含鄱口上远眺，却看不到鄱阳湖的踪影，五老峰前也难见老人的真容。

　　含鄱口，有工作人员和村民模样的人说从此进入，沿着峡谷可以直达大瀑布。我们特意问了是不是李白笔下的大瀑布，得到了肯定的回答。买了峡谷的票进入，沿途并没有好的风景。到了瀑布景区，又买了看瀑布的票，沿着很陡的台阶下到瀑布前，并没有看到期待的壮观景象，不由得怀疑是不是由于雨水不足，才没有李太白笔下的那种气势，甚至显得很平常。然后百度了一下，才知道我们看的是大口瀑布，而李白描写的是开先瀑布。当地人故意将其混为一谈，民风差矣！实际上我们买的门票上只字未提开先瀑布和庐山瀑布群，着实令人费解。庐山景区票价不菲，成人票160元一张，而所见真的让人失望。

意外的收获是看到了雾凇。雾凇让一棵棵原本普通的树木变成了玉树琼枝，漫山则是一片"千树万树梨花开"的景象，异常壮观。细细观察，雾凇的形状与树叶的形状有很大关系，与风向也有一定关系，不同的树木所呈现出来的雾凇景象并不一样。更为奇观的是，路两旁显现出两种景象，背阴的一面如同水晶世界，朝阳的一面则青枝绿叶。雾凇的产生条件比较苛刻，地处江南的庐山却能得见，也属罕事。于是，观赏雾凇成了此行的重头戏。

一束束阳光透过林间的空隙投影到了地面上，使环境更显得清幽。

夜宿南昌的酒店，该酒店位于九龙湖畔，湖的另一边是高档的小区。饭后，到酒店后的公园里散步。路灯未开，夜色里却能看清楚周边的景物。

2020年1月21日（腊月二十七）　江西吉安市　渼陂古村

顺着指示牌驾驶，没有见到卖门票的地方，就已经进入了景区。初入景区的印象是村子特别宁静，几乎没有商业痕迹。建筑基本是砖瓦结构的平房。村口有几个池塘、2棵老树，1条小路直通村里。

　　渼陂古村地处江西吉安市，始建于南宋初年，号称庐陵文化第一村。村子傍河而建，河一边是古村，一边是新村，一条河仿佛将村子隔成两个世界；河上有桥，桥连通了两个世界。村里有一条小河穿过，最终小河汇入大河。古村里只有一条古街，沿街有许多小商铺，商铺的门面都是陈旧的木板。木板已经有点轻微腐朽，更显自然。两边房屋的屋檐伸出有1米多，不知是不是为了方便雨季里人们躲避随时会来的雨水？街道不宽，中间是竖放的条石，两边是鹅卵石，条石和鹅卵石已经被磨得极其光亮，街道两边是雨水流淌的小沟渠。

　　古村里有教堂、祠堂、书院和一些古宅，但规模都不算大。中央红军曾暂驻于此，这里保存有毛主席、彭德怀、黄公略、曾山的故居，还有"二七会议"遗址。这里曾是赣西南苏维埃政府和江西省苏维埃政府所在地，红色文化成了这个古村的亮点。

　　途经江西上犹县，虽是小县，却有森林、湖泊等宝贵资源，还有国家级湿地公园。该县于2017年被评为"中国天然氧吧"。

　　犹江水碧绿悠长，如同明镜一般映照出周边的景象，岸两边修竹随风婆娑，与阳朔的遇龙河很相似，只是两边山的形状不同。一条宽阔的柏油马路随河蜿蜒，这样的环境很适合搞自行车赛。河两边新建了许多漂亮的小房子，在青山绿水间倒也不违和，应是经过科学规划的。河面宽阔处已经建有水上活动中心，有帆船和小艇。在建的国际垂钓基地气势不凡。上犹县在旅游开发、自然养生方面高起点规划，必将有所作为。

　　上犹牧心入住一家民宿。民宿建在一个山坳里，房屋散落在大树和翠竹之间。一条山涧里，潺潺的流水不断。明媚的阳光、清新的空气（$PM_{2.5}$几乎为0）、啾啾的鸟鸣、不远处高山顶上的蓝天，眼见耳闻都是一派静谧的景象。躺在吊床里，闭上眼冥想一会儿，尽享余晖下的闲情；坐在挂在树丫上的吊篮里，品一杯清茶的幽香。生活也可如此清净！

晚饭是大铁锅炭火炖鱼,再配3个地方特色炒菜。一家3口围炉而坐,炭火熊熊,锅里咕嘟咕嘟冒泡,香味诱人,江西菜的咸辣很是刺激胃口。

夜晚的大山里真是安静,没有刺眼的灯光,也没有丝毫的杂音,只有微弱的风声和轻轻的流水声。

2020年2月22日(腊月二十八) 江西崇义县 上堡梯田

上堡梯田,在纪录片中曾经播出过,画面上的景色不错,所渲染的田园气氛很让人心动。上堡梯田素有"客家第一大梯田"的美称,一直计划着去一趟。2018年春节曾计划去,已经开车下了高速崇义出口,却看到了道路封闭施工的信息,扫兴而回。此次,又将其纳入行程。

下了高速,不久就进入了施工路段,大坑连小坑,绵绵不绝,车子在颠簸中龟行。在这样的状态下行驶了近40分钟,才进入了好的路段。车子不多,虽是山路,倒也开得畅快。到了景区,半个山坡上写着"梯田的世界,世界的梯田"标语,一语双关,场面震撼!不仅沿途看到的备用停车场空无一车,游客中心偌大的停车场也只停了几辆车,近看都是当地牌照,可能是工作人员的车辆。

乘坐观光车进入景区,一路飙高送我们到达最高的八卦田景点。这里几乎看不到游客,感觉被我们包场了一样。驾驶员说他们主打春季油菜花景观,由于没到种水稻的季节,梯田里不放水。而没有水的梯田无疑就没有了灵魂,再大的规模也没有视觉上的震撼了,更何况满眼都是割了稻之后的稻茬。

2019年10月，这里才正式建成为景区，游客中心、景区内的道路、观景栈道、观景台、民宿的投入很大，但仍可看出仓促施工的痕迹。

在游玩过程中，我们看到了稻田养鱼的现象，红色的鲤鱼在浅浅的水里懒洋洋地游弋，即使有人拨弄它们，也没有逃生的本能体现。和梯田一样，沟渠也是一层一层的，水较浅，每层都养有鱼，并且个头儿还不小。不知是景区随意放养，还是一家一家约定好的养鱼池？

山脚下的梯田里，鸭子在有水的田里淘食，鸡则在田埂上悠闲地觅食。

整体印象没有龙脊梯田壮观，"客家第一大梯田"的名头不知如何评判而得。

匆匆一游，未能看到春种、夏耘、秋收季节的美景之一，也没有看到千万面"镜子"形成的魔幻世界，颇为遗憾。民宿的规划设计理念不错，完全融入了梯田里，假以时日，配套设施和服务到位，梯田美景、山水田园、农家美食几种元素相结合的生活还是会有吸引力的。

一路开车来到了丹霞山。

2020年1月23日（腊月二十九）　仁化　丹霞山

仁化丹霞山以赤壁丹崖为特征，位列中国较美的七大丹霞之一。由几百座大小不一、高矮不同、形状各异的山峰组成。站在长老峰观景台上俯瞰周围，群峰如簇，绿水绕山，如同一个巨大的盆景。山体不毛，山顶上却长着一些树木。

阳元山下，抬头仰视，眼前赤色巨幕低垂，对于这种如巨幕一般的山体，好多地方都叫作"晒布岩"，比较形象。

　　云崖栈道建于绝壁之上，好似一条观景长廊。好几个路段是在山体上凿坑为阶，较陡处近乎垂直，手脚并用才能爬上去。地势险，平缓处稍作停留，看看远方的风景，紧张的心情也能放松下来。几只苍鹰在远处的天空中盘桓，偶尔发出几声鸣叫，鹰击长空的景象为这里增添了一份壮美。

　　占地仅20多平方米的细美寨与想象中的一个村落反差很大，这里本是富户人家为了躲避兵灾、匪患而修建的一个藏身之所。选址不由得让人惊叹，三面绝壁，另一面是"九九天阶"，陡峭异常，进出寨各有一道"一夫当关，万夫莫开"的岗哨，绝对是空中堡垒。细美寨是朝看日出、暮看日落的绝佳场所。当年的寨主避乱于此，不知道他有没有心情欣赏晚霞和丹霞浑然一体的壮丽景象？

　　离开丹霞山，直接来到了广东名江门市。

江门市给人的感觉比较现代，环线交通很发达，高楼大厦不少。城市绿化好，街道和广场很干净，主干道的绿化隔离带种了2排高大的椰子树，颇有气势。

一路走来，戴口罩的人越来越多，酒店的前台开始测体温了。愿出行的人和居家的人都平安！

2020年1月24日（大年三十）　新会　小鸟天堂、陈皮村

小鸟天堂是广东新会的一个知名景点，也是国内最大的天然赏鸟乐园之一，因巴金先生的一篇短文《鸟的天堂》而闻名。

在巴金先生的文章问世之前，这里叫作雀墩，似乎更有乡土气息！雀墩地处千亩湿地之中，尤以一近20亩的小岛上集聚的鸟类为多。该岛由一棵水榕树的气根不断入土而成树，终有"独木成林"的现象，本身也是一个奇观。岛上除了榕树，还有一些竹子，枝繁叶茂，郁郁葱葱，如此好的生态环境吸引了众多鸟类将这里作为栖息地。鸟的种类很多，有40多种，其中鹭就有10多种。鸟的数量也很多，有几万之众。

乘舟环岛而行，时有"惊起一滩鸥鹭"的情景。细细观察，好多鸟三五成群藏身枝叶之中，好似对游船已经习以为常，神态悠然，岿然不动。也有一些鸟受到一丝惊扰，振翅高飞，带动了其他鸟，于是便呈现出万鸟齐飞、遮天蔽日的盛况。

多种鸟类混居于同一片树林，竞翔于同一片蓝天之下，这里成了鸟类的天堂乐土，也成了爱鸟人士喜欢的景点。一河之隔，便是一个村落，居住着好多村民。人与鸟和谐共处，"小鸟天堂"成了新会的一张名片。人与自然，本应如此！

陈皮村是新会的另一张名片，也是全国较大的陈皮产业集中地。在当地，和茶叶一样，陈皮也上升到了文化层次。市场里陈皮的种类众多，众多生产商和经营户各展其能。陈皮产业的发展促进了特色餐饮的发展。大到陈皮宴，小到陈皮花生。

晚上，我们尝了新会烧鹅，味道没有想象中的那么好。

2020年1月25日（大年初一）　开平　碉楼

碉楼，顾名思义，是像碉堡一样的楼房。碉楼基本在广东开平一带，曾经有4000多座碉楼散落在开平乡间。一幢幢中西合璧、土洋结合、色彩丰富的高大建筑傲立于农田之上，苍穹之下。与传统的中国乡村建筑相比，就显得与众不同了。

很难想象，100多年前，偏僻的中国乡间，用英国的水泥、德国的钢筋和意大利的瓷砖建造出一件件堪称艺术品的中西合璧的洋房。而负责施工的就是当地的工匠，他们只是根据照片上的欧式建筑，愣是把希腊、罗马、印度的建筑风格和中国传统技艺成功地进行了糅合。碉楼是中国对世界建筑的贡献，它以其独特性和创造性成为较年轻的世界遗产。

和福建土楼一样，碉楼是集居住与防卫于一体的建筑物。除了大的历史环境外，碉楼的产生有几个重要因素：由于开平当地匪患的压力，开平华侨的财力和中国工匠的智慧共同造就了世界建筑史上的奇迹。每座碉楼都有自己的名字，叫作××楼或者××庐，显得很高雅。碉楼的顶层往往供奉着家族的祖先牌位，记录着家族来源和前人的创业史。

自力的碉楼有15幢，是开平保存碉楼较多的村落。碉楼大多高4~5层，坐落于田野之中。田里长的无论是绿油油的秧苗，还是浅黄的油菜花，抑或金灿灿的稻谷，碉楼无疑是画面里较美的元素。无论是晨曦中，还是夕阳下，碉楼的美丽从未改变过。

碉楼旁会有用一两尺高的竹篱笆围起来的一分菜地，里面种着家常蔬菜；也会有半亩荷塘，荷塘里养有红鲤，夏日必定是菡萏飘香，也有"鱼戏莲叶间"的画面。灌溉用的小渠从楼间穿过，渠上的小石板桥连接着乡间小路。有的碉楼会用1米多高的石板围起一个院落，院落里通常会种几棵树，有的树已经长得与楼一样高。

铭石楼是自力村众多碉楼中的精品，外形、内饰，还有楼内的陈列物，都体现出西洋元素。看到楼里的陈列物和一些老照片，有些许感叹，故园尚在，斯人已远。曾经繁华一时，人丁兴旺，如今偌大的房屋显得非常冷清。

振安楼是众多碉楼里最小的一个，显得很精致、秀气，如同小家碧玉一般。

　　立园是谢氏家族的私家园林，有洋房别墅6幢、碉楼2幢、大小花园各1个，自挖运河1公里与外河连接，运河上有大小码头几个，方便出行的同时，又便于物料的进出。园主人是旅美华侨谢维立先生。建筑群的风格更加西化，融中国园林、岭南水乡风情和西方建筑风格于一体。泮立楼的外形和室内装饰比较现代，屋顶是琉璃瓦，内饰有精美的意大利地砖、气派的楼梯，整个楼房还自建自来水系统。自来水的具备使得浴缸和卫生间更趋现代化。透过风格的外表，我们不难发现传统文化的精髓，灰雕和木雕所处的位置彰显出其重要性，所选择的主题无不与中国的传统文化相关。楹联更是紧扣传统的家国思想，四楼神龛两侧的楹联就彰显了这一点："宗功伟大兴民族，祖德丰隆护国家。"更为精妙的是，"国"字中，以"民"代替了"玉"，反映了"国以民为本、民以国为家"的要义，可谓用心良苦。由于外形风格和建筑色彩，立园的建筑反而少了一份历史沧桑感。

　　立园的鸟巢、花藤亭和毓培别墅是立园的特色建筑，设计理念独树一帜。花藤亭仿女王的皇冠模样，鸟巢则与中国传统的鸟笼相似，二者皆采用镂空设计。毓培别墅则按碉楼设计，但内饰较为西式。

立园牌坊、"本立道生"和"修身立本"大牌坊建在花园的中轴线上，牌坊很是气派，在私家园林里实属罕见。牌坊的匾额和楹联以儒家思想为内涵，这说明华侨世家尊崇儒家思想。

锦江里的碉楼只剩3幢，9层高的瑞石楼则是开平碉楼中较高、较美的，气派非凡，有"开平碉楼第一楼"的美称。整个建筑如同一个巨大的艺术品立于天地之间。瑞石楼的顶部结构更是独具特色，主楼和4个角楼都是穹顶结构，巴洛克式的山花，尽显欧洲古堡的风韵。4面的柱廊混搭了多种风格：中式的门拱、古罗马式半圆拱券和哥特式的尖顶并存，可能只有在中国才能够实现这样的共存。多元风格融汇，但"瑞石楼"三个巨大的字较为醒目。

透过7层的罗马柱和券拱，看到的不仅是远方的自然景观，百年前的那段历史也依稀可见。华侨之所以花重金建造碉楼，一方面是为了安置家室，另一方面是因为"叶落归根"的传统文化思想。漂泊在外，他乡总非故乡。

偶遇楼主的后人，有机会进入其中参观。顺着楼梯拾级而上到七层的过程，仿佛是在追溯历史。每层都有一些楹联，反映的也是儒家文化精神。2~4层设有卧室，墙上的一面面镜子被保存了下来，照着令人安详幸福自信的面庞。

马降龙碉楼群的周边绿化是较好，一个个村庄基本被树林所围绕，从外面看去，很难发现村落的存在。树枝摇曳，偶有一幢碉楼从林海里探出头。村子里有大片的竹林、树林，杨桃林里很多树有100年以上的树龄，有的甚至有150年，它们见证了村落的兴衰。

清幽蜿蜒的竹林小道成为其一大典型特征，树林之间的小道串联起一座座碉楼。多少游子曾经从小道上恋恋不舍地离去或者脚步匆匆地回到阔别已久的家园？又有多少家人每天凝望着这些小道，等待着远行的亲人归来？

这里的碉楼有一个特征：从上到下都有洞口相通，便于通风、通话和洪水期转移物资。

碉楼是时代的产物，是多种文化的融合，但处处又都以传统文化为核心。楼的主人接触了西方工业文明，但楼里处处体现了深入中华民族骨髓的农耕文明底蕴。有个形象的比喻：碉楼是穿着西装的中国老农民，恰如其分地反映了这个特征。碉楼记录了一段历史，中国广东沿海的村民出于生计而走向了世界各地，其中许多人在外打拼成功又从世界各地回归到中国乡村。可以肯定的是，成功的只是走出去人中的很小一部分。

碉楼之美在于与自然的完美结合，扎根在广袤的农田和树林里，与自然只有一墙之隔。碉楼之美在于多种文化的深度融合，而这种融合得到了世人的点赞。

2020年1月26—27日（大年初二至初三）　返程

决定返程，第一天开了860公里，到达南昌，下高速时已经有人在那设点开始测体温了，入住的酒店也开始测体温了。第二天开了750公里，抵家。

第一天的途中，反向车道有许多南下的车子，应是回乡过年的人开始返回珠三角。第二天的途中，同向车道的车流量也很大，应是回乡过年的人返回长三角。好多人难得回一次故乡，本想和家人好好欢聚，但他们还得留足自我隔离的时间。待到疫情过后再相聚吧！全国人民面对疫情，采取了积极的态度，既要防控疫情，又要做好复工的准备。这就是可爱的中国人！疫情过后，失去的时间，我们必将给追回来。

这几天，被充满正能量的信息感动着。

疫情袭来，84岁的钟南山院士走到了抗疫第一线，"90后"孩子们披上白大褂走到了抗疫第一线，全国各地的医疗志愿者纷纷来到第一线，一代代心怀"医者父母心"的人守卫着人民的健康。他们代表的是战胜灾难的力量！任何时候，不惧危险，迎着灾难而行的人，才是民族甚至人类的希望。

向那些义无反顾走上第一线的人表示敬意！

空旷的街道必将重现车水马龙，沉寂的工厂必将重新恢复生产，安静的学校必将响起琅琅的读书声，萧条的商场必将再现往日的熙熙攘攘。

我们相信！

滇西游

　　短短数日，从西双版纳出发，像风一样掠过腾冲、大理、香格里拉、丽江。刚从江南雨季走出来，又走进了滇西的雨季。

　　洱海边的"海"风凉爽异常，大理古城则彻底沦陷为饮食之都了；普达措森林、牧场所展现出来的那份绿色让人心怡；泸沽湖，湖水如蓝宝石，是一个能让人静心的地方；丽江古城还是那么流光溢彩、那么喧嚣，流浪歌手还在街头低声吟唱。

　　在滇西国道上自驾，由南到北，景象一直在变化。在行进的过程中欣赏到了国道G214和国道G348两边的美景。

　　我以前来过大理、丽江，虽然故地重游，但感觉有所不同。这种感觉与看到的景物、心境的变化有关。苏东坡先生说过："此心安处是吾乡"，出行的过程中，又有几个地方能让游人有这样的感觉呢？

2020年8月9日　西双版纳—临沧

　　昨日，从南京飞抵西双版纳，与李总一家会合。站在澜沧江边的酒店阳台上，俯瞰西双版纳这座城市，澜沧江依然清澈，江水缓缓流淌；远处的山依旧那么绿。几年间，无数的建筑拔地而起，城市森林正在形成。

　　今日，从西双版纳出发，启动本次自驾游。西双版纳至腾冲没有高速，只能选择G214国道。花了近3小时，盘山路过了几座山。途经澜沧，遭遇边境疫情防控的交通管制。之前的道路上并未见到任何提示，也没有收到相关通知信息。几辆被拦下来的外地车上的人一时间显得无所适从，被告知需要目的地开具证明。费了好大劲儿，花了近2小时，证明的截图给工作人员看了，就放行了，不知道这样的证明意义何在？

G214国道两边，巍峨的青山一路相伴。山坡的颜色深浅分明，深绿色的部分是森林，浅绿色的部分是梯田里的庄稼。一层层梯田一层层绿，一个个村庄散落在绿色的山坡上，云上人家，时有阵阵袅袅炊烟升起。

雨季，行进的途中时而会遇到雨。有时是丝丝细雨，有时是滂沱暴雨。东边日出西边雨，翻过一座山头，又会看到阳光灿烂。雨后初晴是大山较美的时刻之一。白云让青山多了一分妩媚，二分灵动，三分仙气。白云是青山较好的伴侣，是刚与柔的完美组合！国内有好多名山的名字里都带有"云"字，如云台山、云居山、齐云山、白云山、缙云山、天云山等。

入住临沧已经是晚上10点，滇西的路不算好走，开车平均时速只能在50~60公里。

2020年8月10—11日　临沧—腾冲

国道G219两侧的景象与国道G214的颇为相似，一路上，依旧雨水相伴。但只要天公作美，眼前就会呈现美丽的景色。只是有时找不到合适的停车点，也就不能驻足慢慢欣赏，引为憾事。在潞江坝服务区观景台，远眺了一眼景色。怒江大桥凌空飞跨于大江之上，有点泛红的江水滚滚向前。浓雾渐渐散去，远方的青山慢慢露出了美丽的面容，只是光线还不是很好，云彩也不够炫烂。

入住腾冲的温泉酒店，在模仿"四季"的风格，每栋住宅用古词牌命名。住宅院子里的温泉池，还有树林间散落的温泉池，都是酒店的卖点。

北海湿地，除了湖泊、草地，还有远方的山。湿地有了青山作为背景，更显美丽。可惜的是，雨季的天空被太多的云给遮住了，失去了蓝天白云的大背景，青山、草地和湖泊都逊色了好多。无论是舟行于水上，还是步行于栈道，都能近距离接触这里的水、这里的草、这里的鸟。良好的生态环境使得这里成为众多动物的栖息地。随处可见各种水鸟，或在天空翱翔，或在水面游弋，或在草丛觅食。在这里，人类把鸟当作朋友，鸟也把人类当作朋友，双方都无需防！

这次发现的新大陆之一便是能移动的湖泊浮毯，它远看与长满绿草的小岛无异，但人站在上面可以如同撑船一样让它移动。这种浮毯要经历漫长的时间才能形成，是这里的一个特色。

和顺古镇，一条小河绕村而过，取"士和民顺"之意。它是汉族人在西南少数民族聚居区建立起来的一座很有特色的镇子。几百年来，中原文化、西洋文化、南诏文化、边地文化在这里碰撞融合，形成了独特的侨乡文化和马帮文化。这里是古"西南丝绸之路"的必经之地，为马帮重镇。

整个镇子依山而建，具有立体的特色。山下，一条河流成了镇子天然的屏障，河的那一边有一块块荷塘，此时荷花正处于盛放期。河的这一边有马帮文化的建筑以及一些商铺。最特别的是沿河建有两个洗衣码头，上有屋顶遮阳避雨，下有九宫格状的建筑，九宫格下面流水潺潺。曾几何时，这里是妇女洗衣、淘米、洗菜、聊天的重要场所。如此为妇女劳作而考虑的设计，在其他地方很少见。

　　因河的上游有一座水坝，这里形成了一个半圆形的小湖泊，周边的景象和天空都倒映在这汪清澈而平静的水面上。沿圆形的弧线，背靠青山，建有一些明清风格的亭台楼阁，还有回廊，布局和设计颇有苏杭园林的风格。雨季，地面上满是青苔，行人如同在冰面上行走，虽小心翼翼，但仍不时打趔趄。

　　沿湖转了一圈，拾级而上，到达一条长街，有许多巷子与街道垂直分布，巷道幽深。长街两边都是商铺，主打腾冲的玉石和木制品。到了一个三岔路口，继续往前走，发现有好多民宿，一批批游客拖着行李箱正在寻找预订好的民宿。巷子里的建筑仍保持着古朴的风格，泥砖砌成的墙和小瓦铺成的屋面显现出古镇的历史。

看到一家门面设计颇有特色的民宿，门面很小，门到巷子的纵深也就几米。门口有几块石材随意摆放形成道路，几棵绿竹使得整个画面显得清幽、别致。好奇心驱使我们推开院门，顿有"别有洞天"的感觉，开阔的大厅，巨大的柱子支撑起二层楼的建筑。我们说出了参观的想法，服务员很热情地引领我们参观了一番。每个房间都有一个观景的大窗户，近可观参差的屋面以及邻近院落，远可观田野、山川和蓝天。外表古朴，室内的装修却很现代，融入了许多休闲要素。在此小住，定能养心！

走在古镇中，巷道多得让人搞不清方向。巷道纵横，如同这个古镇的血脉；人来人往，正是这个古镇的血液在流动。这是一个活着的古镇！

热海是腾冲的标志性景点之一，这里青山环抱，一水欢腾。一路走来，随处可见沸腾翻涌的热泉，沸腾的水汽模糊了人们的视线。靠近泉水的地方，感受到热浪滚滚，如同身处夏日暴雨后的空气里，其中还弥漫着硫黄的气味。这里有几处温泉较有特点：有像珍珠在盘子里翻滚的珍珠泉，有形似蛤蟆仰天吐气的蛤蟆泉，较著名的还属大滚锅。大滚锅的直径有10多米，水温达到95℃，发蓝的泉水在不停地翻滚着，泡泡的直径达20~30厘米。方圆9公里的区域内散布着几十处热泉，地球内部蕴藏的巨大能量可见一斑。

　　滇西抗战纪念馆位于来凤山下，为纪念入缅作战的中国远征军而建。一座座丰碑立于苍穹之下，浩然正气充满天地之间。抗日战争之于中国，正如国歌所言"中华民族到了最危险的时候"，正是那些在民族存亡危急时刻而奋斗、而献身的人构建起了民族的脊梁。震撼而令人感动的场面，以及真实的图文画面，激励后人不要忘记历史，更要自强不息。

　　由于是雨季，未能领略到腾冲最美的景色。好多旅行的人由于时间不自由，好多地方难以在其最美的时候到达，即便是在最美的时候，天公又有可能不作美，这就给好多行程留下了遗憾。虽然总是安慰自己择机再来，但是何日能重来？这是一件非常不确定的事！

2020年8月12日　腾冲—大理

　　从腾冲出发，6小时后到达大理。入住一酒店，它坐落在一个别墅区里。这是一个具有民宿性质，但拥有五星级设施和服务的酒店。酒店里的设施很高级，装修风格和装饰很有品位。酒店老板应是一位收藏家，酒店里陈列了许多藏品。拥有一片空间，将自己的收藏与南来北往的过客分享，这也是一种生活追求。

　　稍事休息后，我们开车顺着道，随性地奔向一个大方向——洱海边。在丰呈村逼仄的巷道里转来转去，也不知道拐了几道弯，终于走到了路的尽头。问了一下路人，说再往前走走就能到洱海边了。

　　行走在步道上，回首远眺苍山，苍山雄伟依旧，天上的云层很厚，好像正在漫过苍山，苍山好像是一堵巨坝在保护着大理城。但即便如此，还是给人一种"白云压山山欲摧"的紧张感。

10分钟后，我们来到了洱海边。这里看洱海，视野较为宽广。大"海"边，青山下，几个村落分布着，可能其中就有双廊村。这么多年，洱海的新闻几乎与房产开发密不可分，远有填海造房的旧闻，近有洱海边别墅整顿的新闻。开发与保护的碰撞一直在这个"海"边进行着！

伫立在洱海边，看着"海"水泛着波浪，"海"浪轻轻地拍打着岸边的岩石；迎面吹来的"海"风凉爽异常；落日让天空有了一份明丽。不远处，有情侣在拍婚纱照，穿着洁白婚纱的待嫁女子给美丽的自然风景增添了亮丽的一笔。

村子里有许多民宿，吸引了许多外地游客。旅游景区保留村落，村落里的民宿就有了最重要的优势——地利。

大理古城已经彻底沦陷为"饮食之都"了，每条街上都是各式的餐饮，空气里充满了美食的味道。游客蜂拥而至，家家都热火朝天。古城里药店也很多，是怕吃多了不消化，还是怕吃坏了肚子？巷子深处有一些酒吧，灯光柔和，不时有人拨弄出吉他声，让这饮食文化里有了一丝音乐的气息，好似在滋滋冒油的牛排上挤了几滴柠檬汁。

2020年8月13—14日　香格里拉

继续上到国道 G214，上坡盘山路，双向二车道，遇到一辆大卡车堵在前面，只有耐着性子等待着超车机会的出现。G214 国道如同一条巨龙，在崇山峻岭里蜿蜒，在峡谷上飞渡，在高原上延伸，让封闭的区域与世界连通，也让香格里拉、丽江、玉龙雪山有机会被更多的人赏识。

随着海拔的提高，国道两边的景象也在变化着。站在国道旁的观景台上眺望，远方青山绵延，山坡上有了草甸。和青山相比，草甸的绿色更让人心仪，草甸上有河流、有村落、有成群的牛马，好一幅美丽的农耕图！

到达香格里拉古城时，恰好遇到一场暴雨，地面上积水很深，根本下不了车。雨停后，民宿派来迎接我们的是一位藏族小姑娘，她穿着拖鞋，开着电动三轮车，衣服已被淋湿。小姑娘很是干练，开着三轮车拖着行李，在有坡度的巷道里拐弯甚是流畅。

这个季节正逢香格里拉松茸上市，我们岂能错过体验松茸美味的机会？在网上找了一家特色店，这家的松茸品种很多，做法也很丰富，有清炒、炖汤、切片生吃，口感和味道皆佳。

普达措，中国第一个国家公园。

洛茸村景区是一个纯天然的生态景区，参观时所经过的道路是林间一条泥沙小路，踩上去松软而有弹性。青草地上有许多涓涓细流在潺潺流动，细流顺地势而成，水流清澈。细流上几块石头或者一段木头就成了桥，丝毫不影响细流的前进。无数条细流汇聚成了一条浩浩荡荡的大河，大河奔涌不息，由于泥沙多，河水颜色浑浊，与清澈的细流反差颇大。

草地上开着各种颜色的小花，不论环境好坏，只管独自绽放，小花也有一分孤傲。有鲜花的地方，必然少不了蜂舞。景区里，500多年树龄的杨树随处可见。

哗哗的流水声伴随一路，偶有一两声鸟鸣打破这单一的声音。在这样纯自然的环境里徒步，人是很放松的。这里海拔虽高，但植被好，空气清新，负氧离子含量高，人体的舒适度较好，并不觉得累。

路边有许多尼玛堆，是用大小不一的石头堆成的，这是无数游客接力而搭成的。天南地北的人在不知不觉中合力完成了一项伟大工程，有的人是因为信仰，有的人是因为好奇。我们也好奇地在路边的尼玛堆上随意添加了一些小石块。

在转场去蜀都湖的路上，看到路边有广袤的牧场，绿草茵茵。草地上河水清澈，有稀疏分布的树木，树木矮小，但树冠如同伞盖，可以为牲畜遮挡烈日。小河蜿蜒前行，线条流畅。空气清新，牧草肥美，这里的牛羊悠然自得，或吃草，或饮水，或散步，或惬意地卧着。

内心好想驻足仔细欣赏美丽的牧场，奈何景区摆渡车飞奔，连拍照的机会都没能觅得。

蜀都湖是公园的核心景点，有用塑木铺成的步道供游人行走。青山、湖泊、森林、绿地、水草……相机取景，镜框里全是绿色，让人心情舒畅。游客们一路不停地用相机在拍摄美景，有人纯粹拍景色，也有人将自己和景色同框，各有所得。

坐在栈道上，静静欣赏蜀都湖，此湖水域面积很大，湖边的草地上长满了黄色的野草花，花朵很小，但也吸引了蜂蝶光顾。眼前绿草黄花，远方青山碧水，天空上白云翻滚，一色的冷色调，让人的内心变得很平静。

湖水微微泛起波澜，远方青山逶迤，山坡上的草甸与湖水相接。雨季的云层很厚，遮住了蔚蓝的天空，偶尔露出的那份蓝令人神往。

环湖的步道有一段穿过了森林。林中漫步又是另一种情调了，树林里有许多参天大树直冲云霄。天气阴晴不定，不时会飘起雨，游客们不得不在拿出雨具和收起雨具的行为中切换。环湖而行，眼前的景色略有变化，但都是那么美、那么恬静！

步道边可见一些倒下的大树，他们的根部形态让人震惊，由于土壤层不深，扎不了深根，但根的覆盖面积很大，有的超过了10平方米。即便这些树木曾很努力地在生长，但由于土壤的流失、大风的摧残，或者由于当初扎根的地方选择有误，它们还是倒下了。联想到好多企业的发展，道理颇为相似。但曾经努力扎根过、曾经快乐成长过，虽遗憾，但无悔。

由于时间关系和高海拔的原因，我们并没有深入游玩香格里拉，也就无法体会这"人间秘境"的精髓所在。以后有机会，再来细细体会。

2020年8月15—16日　香格里拉—泸沽湖

虽然从香格里拉到泸沽湖只有300多公里，但足足开了7个多小时。出发时，一路下坡，海拔下降了700多米。

到达拉市海服务区时，天空放晴，出现了很大的云洞，露出了一块蓝色的天空，那份蓝让人心驰神往，使青山、牧场显得更加美丽了。

过了丽江，上了国道G348，就开启了盘山公路的模式。途经一个小观景台，这里可以看到来时的路，也可以看到即将要走的路，还可以看到著名的金沙江，江水是黄中带

红，江面还算平静，未看到到"金沙水拍云崖暖"的画面。江面上的一座桥联系起了2座山上的盘山公路，从这个角度去看，每条盘山路都是4~5层的立体构造。如果说，金沙江是条巨龙，那么两侧插入云霄的盘山路就好似给巨龙插上了翅膀，在不断腾飞。

感谢这段路的设计师在这个地方留了一个观景台，虽只是方寸之地，但却是妙笔生花之作，由此可见，设计者应该是一个热爱山河的人。

有位老人在这里搭了个小铺子卖些山货。想来他应该很幸福，有山有水有美景，还能做生意。坐看风起云涌、日出日落、江河奔腾，每天能看到东来西往的车，和南腔北调的人做着或大或小的生意。

连续7个多小时的驾驶后，到达泸沽湖，已是下午6点多钟，入住小山坡上的民宿。坐在阳台上，面朝泸沽湖享受静谧的黄昏时光。青山与绿水相拥，山中有水、水中有山。湖中有诸峰，其中有一峰极高且大，傲视周边，一抹白云遮住了它的峰顶。事实上，在以后的两天时间内，始终未见其峰。余晖洒在平静的水面上，湖面成了金黄色。湖面上的船只正在回归码头，此时如有渔歌唱起，定是极美的渔舟唱晚图。

余晖渐散，山渐无陵！

夜晚，远方一片漆黑，没有任何光污染。晴天的时候，漫天星斗，群星灿烂不可数；雨天的时候，卧床听雨，雨点声清晰可数。

沿环湖路游泸沽湖是较好的选择。泸沽湖跨越云南和四川2省，沿湖有多个村落，各村各户主打民宿和农家乐，一派红红火火的模样。环湖路边有众多观景台，游客既可在低处平视湖水和远峰，又可在高处俯视湖面和湖中诸岛。虽然各观景点画面不同，但是都很美。

湖边有小沙滩和码头，可以近距离看水，水清澈见底，水草的茎清晰可见。湖边长有一种特殊的水草，开着白色的小花，浮于水面，当地人称之为"水性杨花"，其茎和花可以入食。水面上花少处，点点滴滴，如同撒了茉莉花瓣；花多处，茫茫一片，好似冬日湖面的积雪。

多个景点有游船项目，这里的游船都是人工划桨，为这样的环保意识点赞，也希望在旅游业大发展的趋势下，泸沽湖水能永远清澈。

草湖是湖边的一大片湿地，水草丰茂，高的有一人多高；低的不能过膝，看上去如同草原。走婚桥既直线联系了两个村落，改善了这里的交通，又很好地与摩梭族的走婚风俗文化相结合，还能让游客深入草湖腹地，欣赏草湖的美景。

神女湾藏在深山之中，偏离主干道几公里。这里水面如镜，远山如黛，天空中白云翻滚，湖面上停着的船只自然入画，好一个温馨静谧的港湾。

当地渔民现做的小鱼小虾鲜美至极，做法很简单，3到5厘米长的小鱼和小虾，加点油和盐，在炭火铁锅上炒熟即可。

在小洛水村的山腰上俯瞰泸沽湖，水似碧玉，山似翠螺。湖面如同镜面，银光闪闪；山峰倒映在水中，使水面成了深碧色。

在这个观景台上，我们品尝了当地特产牦牛肉，长条状的肉，口味有多种可供选择，现场切片，耐嚼，味鲜，回味长久。这完全改变了我对牛肉干的印象。

我们连续两天在入住的民宿里用餐，虽然菜肴简单，但货真价实，服务也很周到。这家民宿规模不大：1个管家，2~3个服务员，1个厨师，但有条不紊。

民宿一般靠景区较近，这就有了让游客接近自然的可能，在设计理念上就必定要突出这个优势。民宿的风格是店主个人爱好和品位的体现，一般会从游客的角度来设计，尽可能让游客有居家的感觉。民宿的经营模式一般是投资者不参与日常的经营和管理，好多投资者可能只是喜欢这个地方，然后做一笔投资，一年里，自己能回来住几次。这是不错的思路！

2020年8月17日　泸沽湖—丽江

从昨晚开始，雨就一直在下。

离开住了2天的民宿，服务员说秋天的泸沽湖很美，希望我们下次再来。但是何时才能重来？人生有好多地方难以二次到达，泸沽湖确是一个能令人静心的地方，如果要酝酿大的事件，或者要搞大的写作，这是一个很合适的地方。希望下次再有机会坐在小阳台上，看泸沽湖的晨光与夕阳，赏泸沽湖的青山与丽水。

再次经过国道G348丽宁路段，有了上次的经历，特意留神金沙江两岸的景色。这次是先从高处盘旋而下500米，下到谷底，回望来时路，已在云海间。过了江上的桥，开始盘旋而上，仰望空中的路，已经快与山峰同高。在来时的那个观景台观望，盘山路几乎是在山坡上刻石而成，一侧就是万丈深渊，二三十米高的桥墩扎根于山体之中。想想一次次在这样的路上180度拐弯、超车，心有余悸！对面的山被云笼罩住，但局部又能模模糊糊地露出山体的本来面貌，朦胧美顿显。

由于雨中行车，加之路上看到几处落石，且有的岩石直径足有1米。想想还是有点后怕。在这样的天气里，在这样的路上驾驶，就是用生命在驾驶，愿所有人平安。

在一个下坡处，因落石，前面的车给对面的车让道而紧急停车，这一下瞬间就逼停了后面三四辆车，原本流畅通行的车一辆辆急刹，我后面的车没能刹住，结结实实地撞上了，他们的车受损严重，人员也受伤了。虽事故责任不在我们，但我仍心有戚戚焉！这是自驾游以来，第一次亲身经历交通事故。后来的路上又看到了两起严重的交通事故。近年来，自驾游的人越来越多，车况、驾驶人员的素质、路况是复杂的问题，希望参与者务必以"安全第一"为己任。

七年后再进丽江古城，古城保护费终于取消了！但人流还是那么汹涌，夜店还是那么喧闹，吃喝仍然是主调。

今天与李总他们告别，今晚他们飞西双版纳，我们也将在明天飞南京。约好了，有机会再同游。

曾经的久留之地，离开时也会产生不舍之情。人生有许多地方很难去两次，但有些地方必须再去一次！